*Öffne Dir das Tor zur Welt -
in Rekordzeit!*

Wichtiger Hinweis

Die in diesem Buch vorgestellten Informationen sind sorgfältig recherchiert und wurden nach bestem Wissen und Gewissen weitergegeben. Dennoch übernehmen Autorin und Verlag keinerlei Haftung für Schäden irgendeiner Art, die direkt oder indirekt aus der Anwendung oder Verwendung der Angaben in diesem Buch entstehen. Die Informationen in diesem Buch sind für Interessierte zur Weiterbildung gedacht.
Autorin und Verlag beabsichtigen nicht, Therapievorschläge zu machen oder Diagnosen zu stellen. Wer die in diesem Buch aufgeführten Methoden bzw. Übungen anwendet, tut dies in eigener Verantwortung. Sie sind nicht als Diagnose-Technik geeignet und ersetzen nicht den Gang zum Heilpraktiker, Psychotherapeuten oder Arzt. Personen, die sich in psychotherapeutischer Behandlung befinden, wird empfohlen, die Eignung dieser Übungen für sie vor deren Anwendung mit ihrem Behandler abzuklären.

IMPRESSUM
© tao.de GmbH, Bielefeld

2. Auflage 2017

Anastasia Rödiger: Öffne Dir das Tor zur Welt – in Rekordzeit!
Umschlaggestaltung: Wilfried Klei
Satz: S. Geißler, A. Rödiger
Coverfoto: shutterstock_ifong
Autorin-Foto: R. Geißler

Printed in Germany

Verlag: tao.de GmbH, Bielefeld, www.tao.de, eMail: info@tao.de

Bibliografische Information der Deutschen Nationalbibliothek
Die Deutsche Nationalbibliothek verzeichnet diese Publikation in der Deutschen Nationalbibliografie; detaillierte bibliografische Daten sind im Internet über **http://dnb.d-nb.de** abrufbar.

ISBN Papberback 978-3-96051-808-2
ISBN Hardcover 978-3-96051-809-9
ISBN E-Book 978-3-96051-810-5

Das Werk, einschließlich seiner Teile, ist urheberrechtlich geschützt. Jede Verwertung ist ohne Zustimmung des Verlages unzulässig. Dies gilt insbesondere für elektronische oder sonstige Vervielfältigungen, Übersetzung, Verbreitung und sonstige Veröffentlichungen.

AnAstAsiA RödigeR

Öffne Dir das Tor zur Welt – in Rekordzeit!

Band 1

Warum es das Beste für uns alle ist, wenn Du die wesentlichen Geheimnisse in Deiner Welt kennst – und wie Du sie auf **liebevolle** Weise erfahren kannst.

tao.de

Hommage

Liebe Leserin, lieber Leser! Es ist kein Zufall, dass der Titel dieses Buches ähnlich klingt wie das Werk „Öffne mir das Tor zur Welt!" von Helen Elmira Waite. Sie erreichte, wovon viele Menschen bisher nur träumen: was sie am meisten liebte, machte sie zu ihrem Beruf und ging damit ihren Seelenweg. So ist „Öffne Dir das Tor zur Welt – in Rekordzeit!" auch eine Würdigung Helen Elmira Waites, denn sie lebte uns vor, wie ein Mensch seine Talente – also seine Berufung – als einen wesentlichen Teil seines Lebens-Sinns anerkennt und so in größerer Zu-Frieden- heit und Sinnhaftigkeit leben kann.

Zudem gilt diese Hommage in gleicher Herzlichkeit natürlich Helen Keller, der Hauptperson in Helen Elmira Waites Buch, und ebenso ihrer Lehrerin und Freundin Anne Sullivan. Viele kennen ihn – diesen berühmt gewordenen Moment an der Wasserpumpe, in dem die kleine taubblinde Helen Keller mit Hilfe ihrer Lehrerin das Prinzip der Sinnhaftigkeit im Leben buchstäblich begreifen konnte! Dies war ein Glücksmoment nicht nur für diese beiden Menschen, sondern für unzählige auf der ganzen Erde. Und sie profitieren bis heute davon. Denn Sinnhaftigkeit ist der Schlüssel zu dem Tor, das uns ausdem Dunkel des Lebens herausführt in den warmen Sonnenschein.

Ein ähnliches Schlüsselerlebnis wurde auch mir geschenkt – auf der spirituellen Ebene. Auch dieses ist nicht für mich allein gedacht, sondern dazu bestimmt, vielen Mitmenschen zur Höherentwicklung zu dienen. Ich teile es in großer Dankbarkeit. Mit diesem Werk lege ich meinen Schlüssel voller Freude auch in Deine Hände. In der Hoffnung, auch Du mögest Dir dieses Tor öffnen und hindurch gehen: in ein neues Leben in unermesslich bereichernder Sinnhaftigkeit – hin zu mehr Liebe, Glück, Zu-Frieden-heit, Freude und Erfüllung.

Möge dies uns allen zum Segen gereichen!

Anastasia Rödiger

Frühling

Heute früh hatte Philipp Seemann wieder diese ganz reizende *Ausstrahlung*. Außerdem war sein Glückstag, an dem sein Leben endlich die Kurve kriegte. Doch noch wusste er nichts davon. In Bälde jedoch würde er endlich wieder Spaß haben! Unter anderem damit, das Geheimnis der Attraktivität von Hawai'is weltberühmtem „Aloha-Spirit" zu lüften. In wenigen Stunden schon würde er ganz neue Informationen bekommen, zum Beispiel über die in Deutschland frei lebenden Wolfsfamilien. Wie man spielerisch die richtigen Entscheidungen fällt – etwa die beste Schule für sein Kind zu erkennen – würde eine seiner leichtesten Übungen werden.

Mit seinem sich entfaltenden Gespür für das *Wesen*-tliche würde er nicht nur alltägliche Dinge und Situationen *durchschauen* und verschönern lernen. Sondern mit ungeahntem Feinsinn den Adel des Geistes erfahren, wie den zeitlosen Wert „altmodischer" Tugenden wie Rechtschaffenheit. Auch manchem Rätsel der Menschheit – wie etwa der Pyramiden-Energie – würde Phil auf die Spur kommen. Während seiner Bewusstseins-Reisen sollte er in Abgründe der Seele hinab leuchten … gleichwohl sollte er auch Zugang zu den heiligsten Hallen finden, und das Wort „Schutzengel" würde für ihn lebendige Bedeutung bekommen.

Er würde sich – auf für ihn ganz neue Art – mit der Würde des Menschen befassen, und nicht zuletzt würde er tatkräftig beitragen können zur Völkerverständigung, ja zum Frieden in der Welt.

Phänomene wie eben jene *Ausstrahlung*, wie *Licht-Quanten* und *Charisma* markierten dabei nur die ersten Schritte auf seiner

Entdeckungsreise. Noch viele angenehme Überraschungen sollte es für ihn geben, und sein Liebesleben ... nun, momentan hatte Phil allerdings nicht die geringste Ahnung, welche Abenteuer ihn erwarteten. Denn als er jetzt aufwachte, konnte man das, was er gerade ausstrahlte, nicht unbedingt Frohsinn nennen. So viele Menschen würden den heutigen Tag begeistert begrüßen als den ersten warmen Frühlingsboten nach einem langen Winter – Phil nahm keine Notiz davon. Ob nun draußen ein laues Lüftchen wehte oder hoch über ihm der Merkur seine Bahn zog, für ihn bedeutete dieser himmelblaue Samstagmorgen bloß, einmal mehr in den nächsten trübsinnigen Tag hineingeschubst zu werden. Seine Laune war, wie so oft während der letzten Jahre, alles andere als glänzend. Dies spiegelte ihm die Atmosphäre seiner Wohnung im fünften Stock unerbittlich wider, sein Scheidungsfrust lag über allem wie ein Grauschleier. Mürrisch blinzelte Phil die kahlen Wände an. Trotz des Schlafes fühlte er sich erschöpft, die Frage war nur: schon wieder oder immer noch? I bin reif für d' Insel, stöhnte er. Zögerlich bewegte er sich unter der Bettdecke. Sein Körper fühlte sich derart verspannt an, als hätte Phil nichts Besseres zu tun gehabt, als auf einer Betonplatte zu nächtigen. Auch seine Kopfschmerzen waren pünktlich wieder da. Es blieb ihm nichts anderes übrig, als sofort aufzustehen. Ungelenk hievte er sich hoch. Morgens verlangte sein Kreislauf nach mindestens zwei Tassen mörderisch schwarzem Instant-Kaffee.

Also konnte man Phil nun in die Küche schlurfen sehen, unentwegt vor sich hin motzend, wofür ihn seine Landsleute wohl einen „Bruddler" gehei- ßen hätten. Und das war fein beobachtet, denn es *brodelte* ja tatsächlich in ihm, als seine düsteren Gedanken sich buchstäblich zusammenbrauten wie Gewitterwolken. Das *Flair*, das er dabei um sich verbreitete, spottete jeder Beschreibung. *Rosig* sah Phil seine Zukunft nicht.

Herrschaftszeiten, mit fünfundfuchzg fühl i mi wie achtzg ... Noch ehe die Last dieses schwermütigen Gedankens seine Laune vollends herunter ziehen konnte, streifte sein Blick im Vorbeigehen den Stapel ungeöffneter Post auf dem Tisch, huschte über die achtlos liegen gelassene Tortillachips-Tüte, die sein Abendessen enthalten hatte. Wie magnetisch angezogen wurde sein Blick von der Schlagzeile der gestrigen Zeitung, die ebenfalls auf dem Tisch zurückgeblieben war: „Erneute Steuererhöhungen noch dieses Jahr".

Das nun schmutzig-rote Gefühlsgemisch aus Empörung und Zorn kam jetzt richtig in Wallung, Zornesröte stieg ihm ins Gesicht. Innerhalb von drei Sekunden war Phil emotional von Null auf Hundert. Mit einer einzigen Armbewegung fegte er die Zeitung und alles andere vom Tisch. Lustig flogen die Chipskrümel in alle Richtungen ... das einzig Lustige für ihn an diesem frühen Morgen.

Das darf ja wohl nicht wahr sein, was diese Großkopferten sich mal wieder mit uns erlauben! schnaubte er. Seine Kopfschmerzen spürte er nicht mehr. Die Intensität seines Zorns nahm jedoch nicht ab, sondern seine *Ausstrahlung* verdüsterte sich ebenso wie sein gramzerfurchtes Gesicht. Der Anblick des auf die Spülmaschine wartenden Geschirrs in der Küche brachte das Fass schließlich zum Überlaufen.

I will naus hier! I muss an die Luft! Gnadenlos trieben ihn seine Gedanken an. Fast ohne hinzusehen zog er sich um und streifte über, was er eben fand. Wie praktisch, dass einiges an Kleidung noch von gestern Abend in der Wohnung verstreut herumlag. Frische Socken waren gerade nicht am Lager. Er hatte wieder mal vergessen, seine Sachen rechtzeitig von der Wäscherei abzuholen.

Dann geh i eben ohne! Ist eh alles wurscht! Er pfropfte seine nackten Füße ungeduldig in seine Laufschuhe, verließ die Wohnung, polterte die Treppen hinunter auf die stille Straße und rannte los. Von seiner Umgebung nahm er kaum etwas wahr. Längst war er mit seinen Gedanken wieder ganz woanders: bei dem letzten Streitgespräch mit seinem Konkurrenten.

Inmitten dieser inneren Debatte schäumte die blanke Wut in ihm hoch und mit ihr der Drang, in irgendetwas hineinzuschlagen. Er sprang vom Weg auf den nächsten großen Baum zu und trat gegen den Stamm ... zwei Mal, drei Mal ... seine Wut verrauchte ... sein Fuß tat weh. Wie Rumpelstilzchen hüpfte Phil fluchend auf dem anderen Bein herum.

Jetzt erst wurde ihm klar bewusst, wo er sich befand: er musste schon halb um den Zoo herumgerannt sein und stand nun in der Eilenriede, dem angrenzenden Stadtwald, eine der vielen Annehmlichkeiten seines Wohnviertels. Hier wurde Fußgängern, Radfahrern und Reitern auf jeweils eigenen Wegen die Möglichkeit geboten, nach Herzenslust den lichtdurchfluteten Wald aus Eichen, Buchen und Kiefern zu genießen – und Jogger konnten sich hier auch mal den Frust von der Seele rennen. Hannovers Eilenriede: zwei Mal so groß wie New Yorks Central Park ... zentrale, bestens erreichbare Lage ... temperaturmildernd für die Stadt... artenreicher Lebensraum zahlloser Tiere. Laut Expertenmeinung der bedeutendste Stadtwald Deutschlands, an dessen hohen Wert als „Grüne Lunge" europaweit nur noch die Wälder in Paris heranreichen...

Diese Litanei war ihm automatisch eingefallen, sie war ja praktisch sein täglich Brot. Als Immobilienmakler wusste er das Areal doppelt zu schätzen, obwohl die Immobilienpreise am erfreulich langen und dicht bebauten Saum der Eilenriede aus seiner Sicht durchaus noch besser sein durften ... Fahrig fuhr er sich mit der Hand über das Gesicht und durch die dunklen Locken, deren silberne Sprenkel im Morgenlicht schimmerten, als wollten wenigstens sie heute eine *Glanz*-Leistung zeigen. Betreten schaute Phil sich um: Hatte ihn etwa jemand bei seinem Ausraster eben beobachtet? Albern genug musste es ja wohl ausgesehen haben, einen Baum zu treten, schalt er sich selbst. Niemand in Sicht, Gottseidank, und der Fuß hatte sich wieder beruhigt. Aber nun meldeten sich, als wenn nichts gewesen wäre, sein Rücken und seine Kopfschmerzen wieder. Natürlich. Was denn sonst? Es war zum Aus-der- Haut-Fahren. Phil stöhnte innerlich auf. War es nicht immer so? Kaum spürte er mal ein bisschen Erleichterung, nebelten Groll und Unwohlsein ihn rasch wieder ein in eine düstere Wolke, und die latente Anspannung nahm ihn erneut in ihren stählernen Griff.

Diesmal jedoch lag etwas Neues in der Luft, und nur wenig später sollte sein ganzes Leben auf den Kopf gestellt werden. Bisher nie für möglich gehaltene tiefe Einsichten sollten ihn in Erstaunen versetzen, ungeahnte Geistesblitze ihn be-*geist*-ern, ja, das Leben pur würde er spüren ...

Von alledem bemerkte er allerdings immer noch nichts. Eine quälende Frage beanspruchte seine ganze Aufmerksamkeit: Womit habe

ICH das bloß verdient, dass ausgerechnet MEIN Leben so ätzend ist? Tausend Mal hatte er sich das wohl schon gefragt. Genervt von sich selbst, versuchte er, einen tiefen Seufzer zu unterdrücken, und selbst das wollte ihm momentan nicht gelingen. Ruhelos setzte er sich wieder in Bewegung, auf die Richtung achtete er auch diesmal nicht. Der Baum war längst vergessen, und automatisch begann seine innere Debatte von Neuem: diesem unsäglichen Kollegen würde er es schon nochzeigen!

Für Phil war es normal, mit seinen zerstreuten Gedanken überall und nirgends zu sein – bloß nicht dort, wo er sich tatsächlich gerade aufhielt. Daher nahm er nur unterschwellig seine Umgebung wahr: den erdigen Geruch von Humus und dem Laub vom letzten Herbst, das satte Laufgeräusch und den angenehmen Tritt seiner Schuhe auf dem federnden Wald- boden, das fast überirdisch schöne goldene Morgenlicht, welches das junge, frische Blattwerk leuchten ließ.

Nach einer viertel Stunde verbissenem Joggen plagte ihn elendes Seitenstechen und ließ ihn gezwungenermaßen auf die nächstbeste Parkbank zusteuern. Ihm passte es zwar nicht, dass sie schon besetzt war von einer Brünetten in heller Leinenhose und bunter Strickjacke, aber Phil wollte sich setzen, und zwar sofort. Neben der Bank war ein Fahrrad abgestellt, die bunt Gewandete war in ein Buch vertieft und ließ sich anscheinend nicht stören von seiner geräuschvollen Ankunft.

Daube Schnepf, daube! dachte er grimmig. Von „Weibsbildern" hatte er momentan die Nase voll und sah durch die Frau hindurch.

Er saß noch nicht ganz, da wurde sein innerer Dialog jäh zum Schweigen gebracht von einer seltsamen Emotion: einer Art geistigen Bewegung, so als öffne sich eine Schranke in seinem Inneren. Als stark extrovertierter Zeitgenosse gehörte Phil allerdings nicht zu denjenigen, die jetzt auf den Gedanken gekommen wären, diesem Hinweis in seinem Inneren zu folgen. Stattdessen betrachtete er verwundert nun doch seine Nachbarin genauer… ein Aufblitzen in seinem Gedächtnis… die Freigabe einer Erinnerung, die nun begann, sich zu entfalten. Eine lang vergessene Bildsequenz spulte ab, nahm für Augenblicke seine ganze Aufmerksamkeit in Anspruch: im Rückspiegel seines Wagens betrachtete er liebevoll und zugleich wehmütig eine vertraute Gestalt auf dem

Parkplatz… sie dreht sich schüchtern halb zu ihm um… er fährt langsam davon… Phils Herz machte einen Sprung. Diese bunt Gewandete … war sie etwa …? Einen Moment lang war er wie betäubt. Tatsächlich. Sie war es. Beide hatten sie in derselben Firma gearbeitet: er und Mélodie Laforêt, von ihren Kollegen aus der Abteilung nebenan bloß „die Graumaus" genannt.

Mit Mélodies wie vom Himmel gefallener An-Wesen-heit war Schmerz verbunden, aber zugleich viele weichgezeichnete, schöne Assoziationen eines glücklicheren Lebensabschnitts. Gleich einer Reihe schimmernder Perlen tauchten sie nun, wie an seidener Schnur gezogen, aus einer vergrabenen Schatulle seiner Erinnerungen wieder auf …Gell, das war 'n noch Zeiten …

Damals präsentierte Phil sich nicht nur überaus dynamisch, sondern mindestens genauso ehrgeizig. Er arbeitete hart, für ihn war „Ruhe" prak- tisch ein Fremdwort. Seine Landsleute sagten über ihn bewundernd, er sei ein „arger Schaffer". Darauf war er stolz. „Effektiv sein!" hieß seine Devise. Ständig lag damals, vor Spannung knisternd, sein machtvoller Führungsanspruch in der Luft. Phils Dominanz war kaum zu übersehen. Man tat auch gut daran, ihn im Auge zu behalten, denn ebenso gut hätte man einen sprungbereiten Löwen ignorieren können. Er strahlte eindeutige Signale von Kampfbereitschaft aus – er war allzeit bereit. Eines seiner wesen-tlichen Charakter-Merkmale war seine ausge- prägte Ellenbogen- Mentalität. Deshalb hatten andere, als er damals die Karriereleiter förmlich hinaufsprang, den einen oder anderen Hieb einstecken müssen. War das etwa sein Problem?

Mélodie hatte den Jogger, der sich schweißglänzend und keuchend auf das andere Ende der Parkbank fallen ließ, am Rande sofort registriert. Dann schaute sie hoch von ihrem Buch – und augenblicklich zeigten sich in Windeseile auch vor ihrem inneren Auge Bilder aus alten Zeiten: nachdem Phil, längst Abteilungsleiter, das Unternehmen für einen besser dotierten Job verließ, arbeitete Mélodie dort weiter. An Karriere war für sie in dieser Firma allerdings nicht zu denken gewesen. Obwohl fachlich hoch qualifiziert, passte sie von ihrem ganzen Wesen her nicht in diese Abteilung hinein. Es war keine

Glanznummer des damaligen Personalchefs gewesen, sie ausgerechnet dort einzusetzen. Zart besaitet, wie sie war, zeigte sie weder besonderen Ehrgeiz noch Konkurrenz-Verhalten, was ihre neuen Kollegen sehr bald erkannten und sich umgehend zunutze machten. Als Erstes erklärten sie ihren Namen zur Lachnummer. „Mélodie Laforêt" brachte ihr, dem un-schein-baren, fast farb-losen Menschen, dort Hohn und Spott ein. Weil verschiedene Mitglieder der tonangebenden Clique dieser Abteilung lautstark die Ansicht verbreiteten, ein solch klangvoller Name sei einfach lächerlich für eine derart nichtssagende Person. Mélodie wurde in der Tat meist übersehen. Teils mit Absicht, teils deshalb, weil man ihre An-Wesen-heit tatsächlich oft kaum wahrnahm. Leise wie auf Samtpfoten tat sie ihre Arbeit, und die konnte sich zu ihrem Glück mehr als sehen lassen. Man brauchte Mélodie nicht wie ihre Kollegen zu kontrollieren, wie man alsbald erkannte, denn sie hatte von sich aus eine hohe Arbeitsethik und gab stets freiwillig ihr Bestes. Bei ihr hatte Qualität Vorrang vor Quantität, und ihre Devise hieß: „Gute Arbeit machen!" Weil sie durch diesen hohen Anspruch das geforderte Arbeitstempo allerdings kaum einhalten konnte, kam sie regelmäßig in neue Bedrängnis. Sie schaffte es fast nie in der gleichen Zeit wie ihre Kollegen. Deshalb hielt man sie für träge und unmotiviert, obwohl ihre Arbeit qualitativ besser war. Sie gab sich verzwei- felt Mühe, trotz ständiger Müdigkeit ohne Qualitätsverlust schnell zu sein, aber das bemerkte niemand.

Und erst recht nicht ihre daraus resultierenden Schuld-und Minder- wertigkeitsgefühle.

Jahre später stellte sich heraus, dass die komplett überflüssig waren! Als Mélodie durch „Zufall" erfuhr, dass ihr bedächtiges Arbeitstempo einfach darauf zurückzuführen war, dass sie währenddessen tausend arbeitsrelevante Dinge bedachte und berücksichtigte, die ihre Kollegen nicht einmal wahrnahmen, Mélodie aber großen qualitativen Erfolg brachten. Welch unendliche Erleichterung, als ihr klar wurde, dass sie genauso leistungsfähig war wie alle anderen! Denn eine ruhige, besonnene Arbeitsweise ist eines der ganz normalen Anzeichen für die vortreffliche Gabe einer kraftvollen, gesunden Hochsensibilität. Was der damaligen breiten Öffentlichkeit allerdings noch nicht bekannt war. Doch nicht allein Mélodies Arbeitsauffassung war anders als die der anderen. Sie unterwarf sich nicht wie ihre Kolleginnen willig dem jeweils letzten Mode-Schrei, dem allerneuesten Kosmetik-Trend, dem angesagtesten „Hairstyling". Meist lief sie in schlichter Kleidung aus natürlichen Materialien herum und in „vernünftigen" Schuhen. Die biologischen Produkte, mit denen sie sich pflegte, waren kaum einer ihrer Kolleginnen bekannt, da sie weder in der Fernseh-Werbung auftauchten noch seitenweise einschlägige Hochglanz-Magazine schmückten. Trotz einer früh beginnenden grauen Strähne blieb Mélodies glänzende, in Wellen über den Rücken fallende braune Haarmähne ungefärbt. Das war, neben ihren ausdrucksvollen grünen Augen, ihr einziger Schmuck. Es dauerte nicht lange, bis einige Kolleginnen ihr mit dem dringenden Rat in den Ohren lagen, mit einer Kurzhaarfrisur sähe sie auf jeden Fall besser aus. Später sollte Mélodie erkennen, dass ein oder zwei von ihnen ihr am liebsten noch die Augen ausgekratzt hätten. Phil war damals für Mélodie so unerreichbar gewesen wie ein Lichtjahre entfernter Stern. Ob er etwas davon geahnt hatte, welch hoch willkommener Gast er in ihren Gedanken war?

Und nicht einer hatte bemerkt, was in Phil vorging, nachdem Mélodie Mitarbeiterin der Firma geworden war. Gut für ihn. Denn die Angelegenheit hatte sich für ihn zu einem Tanz auf dem Vulkan entwickelt. Begegnete er der „Graumaus" einmal allein in der Firma, wirkte sie distanziert, beinah scheu. Auch in Gesellschaft spielte sie sich nicht in den Vordergrund, sie zog es stets vor, still mit dem Hintergrund zu verschmelzen. Nie stand sie glanzvoll im Mittelpunkt des Interesses so wie er, sie war keine umschwärmte Schönheit wie manche Kollegin. Sie war nicht gefragt. Und doch flog sein Herz ihr zu. Wie war das nur möglich?

Die erste Begegnung mit ihr war für ihn wie eine Schockwelle gewesen, atemberaubend und herrlich zugleich. Und von Anfang an behandelte er

Mélodie rücksichtsvoll, was völlig untypisch war für ihn. In der Tat war sie die Einzige, die sich niemals seinen überall gefürchteten barschen Ton anhören musste, den er sich sonst quer durch alle Abteilungen bei jedermann außer seinem Chef herausnahm. Paradoxerweise kam mit Mélodie, der Stillen, ein frischer Wind in Phils Leben. Und nicht bloß ein laues Lüftchen – ein Sturm der Gefühle brach über ihn herein.

Er war bestürzt.

Niemand in der Firma hätte ernsthaft geglaubt, dass jemand wie Mélodie eine derartige Resonanz auslösen könnte: Phil empfand für die junge Frau tiefste Zuneigung. Er konnte es selbst kaum fassen, aber Mélodie stellte für ihn eine harte Prüfung dar, denn in wenigen Monaten wollte er heiraten. Die Feier mit Freunden und Familie war bereits generalstabsmäßig von einem bekannten Eventveranstalter durchgeplant, die Trauzeugen ausgewählt, sein Chef – natürlich als Erster – eingeladen. Die goldenen Ringe lagen bereit, das Hochzeitskleid war bei einem prominenten Schneider-Atelier in Arbeit. Seine Braut – eine Schönheit! Sie freute sich auf ein gemeinsames Leben mit ihm, er hatte es versprochen! Sie wünschten sich baldigst Nachwuchs, einen Jungen und ein Mädchen, das Kinderzimmer war schon ausgesucht ... ein perfekt geplantes Leben.

Und mitten hinein platzte Mélodie.

Sie war so erfrischend anders als all die herausfordernden, aufreizen- den Damen – inklusive seiner Ellen – mit denen Phil bisher Bekanntschaft gemacht hatte. Deren unstillbarer Lebenshunger, „action" ohne Ende und das ständige „shoppen" waren ihm ganz normal vorgekommen. Aber er hatte auch gemerkt, wie strapaziös das alles auf Dauer war. Manchmal dachte er, irgendwann würde es ihn noch den letzten Nerv kosten. Insgeheim sehnte er sich nach Ruhe, doch zugegeben hätte er das nie. So hatten Phil und Mélodie wie Bewohner zwei verschiedener Welten aneinander vorbei gelebt. Sie hatte meist stumm im Schatten gestanden und zugesehen, mit welcher Selbstverständlichkeit er auf der Sonnenseite des Lebens umherflanierte. Trotz allem mussten sie oft aneinander denken. Warum nur? Lag es an dieser unerklärlichen Vertrautheit, die sie beim Gedanken an den anderen spürten? Oder an dem unwiderstehlichen zueinander Hingezogensein, das in jener Sekunde aufgeflammt war, in der sie sich zum ersten Mal in der Firma gesehen hatten? Welches sie sich nicht erklären konnten, dem keiner von beiden je nachgegeben hatte, das sie einander nie offenbart hatten? Das innige Gefühl war da, doch ihre flüchtigen Begegnungen in der Firma waren kaum der Rede wert. Sie hattensich nieanders berührt als mit einem formellen Händedruck.

Eine private Verständigung zwischen ihnen hatte praktisch nicht statt- gefunden – bis auf ein einziges Mal: kurz vor Phils Weggang aus der Firma trafen sie während eines Betriebsfestes aufeinander, eine der seltenen Gelegenheiten, auf denen Mélodie sich manchmal blicken ließ. Zufällig gingen sie zur gleichen Zeit an die Bar und fanden sich plötzlich dort allein. Noch während sie sich bemühten, eine halbwegs normale Konversation in Gang zu bringen, geschah es einfach: aus ihrem tiefstem Inneren brachen synchron ihre geistigen Kommunikations- Ströme hervor, jene Kräfte ihrer seelischen Übereinstimmung, welche bisher unter starrer Förmlichkeit verborgen gewesen waren. Das war kein Knistern – es war das prächtigste Feuerwerk: für beide damals noch nicht sichtbar, doch deutlich spürbar, woben sich ihre sprühenden Energien harmonisch ineinander. Das Glücksgefühl in ihnen strahlte hoch und weit hinaus ... jenes von Phil etwas heller und kraftvoller als das von ein wenig Ängstlichkeit überhauchte von Mélodie. In diesem lebenssprühenden *Glanz,* der sie einhüllte wie in einen Mantel funkelnden Lichts, fühlten sie sich auf Grund ihrer großen *seelischen Ähnlichkeit* für Sekunden energetisch wie ein und dasselbe *Wesen.* Eine Woge aus purem Entzücken schlug über beiden zusammen ... sie schwebten in einem Zeitloch ... für Augenblicke schien die Welt um sie her zu versinken ...

So war es endgültig *um* die beiden *geschehen.*

Im Innersten berührt von dieser mystischen Erfahrung des Einsseins strebten sie doch gleich darauf wieder auseinander. Aufgewühlt und sprachlos verließen sie, jeder für sich, die Bar. Sie waren sich klar bewusst: die Lebenswege, für die sie sich jeweils entschieden hatten, würden sie zu diesem Zeitpunkt nicht zusammenbringen. Die

leuchtende Erinnerung an das eben gemeinsam Erlebte schenkte ihnen jedoch die Kraft, einander freigeben zu können – mit der heimlichen Hoffnung auf ein glückliches Wiedersehen, irgendwo, irgendwann. In ihnen keimte die Ahnung, dass die Kreuzung ihrer Lebensbahnen keine dieser Beinahe-Romanzen war, die ebenso schnell wieder verlöschten, wie sie aufgelodert waren. Ihre Begegnung schlug im Leben von beiden mit der Signifikanz einer unvergesslichen Schicksalsverbindung zu Buch. Es brauchte viel Zeit, bis Mélodie die Sachlage durchschauen konnte. Doch dann tat es ihr in der Seele gut, endlich verstehen zu können. Das Feuer des *Wesen-Gleichklangs,* erkannte sie, besitzt die elementare Kraft, Menschen-Wesen, die zusammengehören, zu einer Einheit zusammenzuschmelzen ... Heißt es nicht, dass solche Seelen-Bande unbezwinglich sind und – kommt die Zeit – alle Hürden überwinden?
Einige Jahre und etliche Übungen in praktischer Menschenkenntnis später sah Mélodie noch wesentlich klarer. Zu jenem Zeitpunkt wohnte Phil nach wie vor mit Frau und Kindern in einem schmucken Einfamilienheim am Rande der Stadt. Seine Telefonnummer hatte Mélodie im Kopf. So manches Mal hätte sie liebend gern wieder sein Lachen gehört ... seine sonore Stimme mit dieser köstlich mundartlichen Klang-Färbung, die oft so charmant hervorschimmerte unter seinem Hochdeutsch und diesem soviel Wärme verlieh ... eine Stimme, die sie unter Tausenden wiedererkennen würde.

Ein paar Mal hatte sie mit klopfendem Herzen das Telefon schon in der Hand. Aber sie war ein „Gebranntes Kind". Spätestens seit damals, als sie – blutjung und verliebt bis über beide Ohren – beinahe ewig auf einen Mann gewartet hatte, dem jedes Mal direkt vor der hoch und heilig versprochenen Einreichung seiner Scheidung irgendetwas sehr Dringliches dazwischen kam. So stiegen, wenn sie kurz davor war, Phil anzurufen, schmerzliche Erinnerungen in ihr hoch. Und es gab noch weitere, vielleicht wichtigere Aspekte: ihre Familie stand ihr dann plötzlich vor Augen. Ebenso die von Phil – würden seine beiden Kinder ihn nicht gerade in diesem Alter besonders brauchen? Ihr fehlte auch hierbei sämtliches Konkurrenz-Verhalten. Sie sah in Phils Frau keine Rivalin, sondern eher eine Schwester. Oder wenn sie dachte: wenn nun eine andere meinen Mann wollte, wie würde i c h mich dabei fühlen? – dann legte sie das Telefon ebenfalls aus der Hand. Den Schmerz, den sie dabei selbst fühlte, konnte sie niemandem antun.doch schicksalsergeben war Mélodie auch wiederum nicht. Sie fühlte sich Phil nah und wusste inzwischen zu schätzen, welch großartige Wesens- Ähnlichkeit sie besaßen. Das Schönste war, sie verstand nun, dass Phil ihr tief im Inneren ein wahrer Freund geblieben war. Über dem dumpf nagenden Schmerz des Getrenntseins stand daher ihr dankbares Bewusstsein, dass ihr in dieser Welt mit ihm ein ganz besonderer Seelen-Freund gegeben war. Für sie war und blieb er, trotz aller Ecken und Kanten, die sie an seinem Wesen wahrgenommen hatte, ein Geschenk des Himmels.

Nach seinem Fortgang aus der Firma hatte Phil ehrlich versucht, seiner Frau zuliebe seine strahlenden Empfindungen für Mélodie tief in seinem Inne- ren zu vergraben. Für immer. Doch sie wollten einfach nicht sterben. Sie bewegten ihn immer noch. Sein Kopf sagte knallhart: „Vorbei!". Aber sein Herz hielt unbeirrbar lächelnd ein Fenster auf, durch das in seine Betrübnis ein steter heller Hoffnungs-Schimmer fiel. Phil kontrollierte sich gnadenlos, um ja nichts von seinem zeitweiligen inneren Aufruhr nach außen dringen zu lassen. Das kostete ihn viel Kraft und forderte einen hohen Preis: er bezahlte mit seiner Zu-*Frieden*- heit. Keiner der Menschen in seiner Umgebung wusste, was genau mit ihm los war. Sie registrierten nur, dass er gegen sich und andere immer härter wurde. Wer hätte ahnen können, dass er auf diese Weise hoffte, den Schmerz seiner tief gefrorenen Gefühle endlich nicht mehr spüren zu müssen?

All das war keineswegs „Schnee von gestern", und hier und jetzt an diesem Morgen im Stadtwald war die überraschende Begegnung mit Mélodie Philein warmes Willkommen wert, und selbstverständlich wollte er nun einen beeindruckenden Spruch loslassen. In diesem Moment hob Mélodie den Kopf und sah ihn an mit leuchtenden Augen. Und alles, was Phil hervorbringen konnte, war ein kurzatmiges „Hallo, Mélodie!". Sie legte unwillkürlich für einen Moment die Hand auf ihr Herz. Den Jogger, der sich fahrig sein Handtuch wieder um den Nacken legte, erkannte sie sofort: fülliger als damals, das nun grau melierte Haar gelichtet, aber unverkennbar Phil. Sein liebes Gesicht war gramzerfurcht, was wohl kaum der Anstrengung des Laufens zuzuschreiben war. Doch seine bernsteinfarbenen Augen strahlten noch immer ein Feuer aus. Und seine Stimme! Der warme Schmelz war geblieben in dieser Stimme, die sie unter Tausenden wiedererkannte ...

Während mit Lichtgeschwindigkeit die Erinnerungen in Mélodies Geist aufleuchteten, ruhte ihr Blick auf Phil. Einen Moment später verwandelte sich ihr winziges Lächeln in ein warmherziges Lachen, geboren aus der puren Freude, die nun ihr ganzes Gesicht *leuchten* ließ. Instinktiv nahm Phil dabei den *Ein-Druck* ihrer *Ausstrahlung* wahr ... und die Erkenntnis traf ihn wie ein Blitz:

Mélodie war nicht mehr grau!

Wie zur Bestätigung strahlten ihre klaren Augen grüner denn je.

Ja, Phil ...!!! Zwanzig Jahre sind das jetzt wohl her, oder?

Das Gleiche habe ich eben auch gedacht! sagte er mit seinem umwerfendsten Lächeln. Die „dumme Schnepfe" von vorhin war vergessen, er hatte sich wieder gefasst und rückte unwillkürlich auf der Bank zu Mélodie hinüber. Sie freute sich über sein überaus charmantes Lächeln, genau wie damals, und legte ihr Buch beiseite. Das Gespräch, das sich zwischen ihnen entfaltete, strömte munter dahin wie ein Quell. Gegenseitig berichteten sie sich die verschiedenen Stationen ihrer Lebenswege. Allerdings nur die beruflichen. Über die private Seite schwieg Mélodie sich aus. Auch Phil wollte nicht rühren an seine ehemals großen Gefühle. Er konnte weder seine noch ihre Reaktion darauf einschätzen und wollte daher nichts riskieren. Trotzdem begannen die einst bewusst gezogenen Mauern langsam zu bröckeln. Denn die *wesen-* tlichen Informationen zwischen ihnen wurden ja nicht mündlich ausgetauscht, sondern auf einer sehr tiefen Ebene – tiefer noch als die nonverbale: auf der *glitzernden Kommunikations-*Ebene ihrer *energetischen Ausstrahlung*. Ihre Hände lagen auf der Parkbank direkt nebeneinander, und unterbewusst nahmen Mélodie und Phil wahr, dass die winzigen *Energie-Fontänen*, die ihrer Haut entströmten, sich nun keinesfalls zurückzogen ... im Gegenteil. Auch nach dieser *Fühlungnahme* blieben die zarten *leuchtenden Strahlen* einander *zu- geneigt*; sie zeigten im tiefsten Wort-Sinn das Bild echter *Zuneigung* – auf der energetischen Ebene. Langsam baute sich bei beiden ein Hochgefühl auf und nahm leuchtende Gestalt an. Der *Glanz* der Unzertrennlichkeit legte sich über sie wie eine schützende Hand.

Phil fühlte sich ungemein wohler als noch vor wenigen Minuten. Seine Schmerzen – wie weggeblasen! Diesmal jedoch aus einem angenehmen Grund: die Freude über dieses unerwartete Wiedersehen sprudelte reich aus den Tiefen seines *Wesens* herauf zur bewussten Oberfläche seines Empfindens. Seine Situation war durchaus bemerkenswert: da saß er nun vergnügt auf einer Parkbank neben jemandem, der noch vor Minuten eine Schattengestalt seiner wehmütigen Reminiszenzen gewesen war. Plötzlich leuchtete diese Gestalt und war zum Greifen nah, und das mit einer Lebendigkeit und *Präsenz*, die er früher nie an ihr erlebt hatte. Beim besten Willen konnte Phil sich nicht entsinnen, Mélodie jemals so sonnig und aufgeschlossen gesehen zu haben. Damals in der Firma schien sie nur bei den jeweiligen Neulingen aufzutauen, fiel ihm wieder ein. Es hatte sich nämlich mit der Zeit herauskristallisiert, dass Mélodie trotz aller Schwierigkeiten neue Kollegen hervorragend einarbeiten konnte. Sie machte ihre Arbeit derart gut und gründlich, dass ihr bald sämtliche Neuankömmlinge in der Abteilung anvertraut wurden. Dafür hat sie Fingerspitzengefühl, hieß es auf der „bel étage". Man hatte dort längst bemerkt: bei den neu eingestellten Mitarbeitern mit ihrer aufgeschlossenen Haltung tauschte Mélodie ihre sonst so große Vorsicht und Distanziertheit einfach aus gegen freundschaftliche Offenheit ihrerseits, ihr sonst so verschlossenes *Wesen* öffnete sich wie eine Frühlingsblume bei Sonnenschein.

Mit den Neulingen teilte sie bereitwillig all ihre gesammelten Erfahrungen, gab ihnen uneigennützig Tipps und verriet ihnen ihre besten Tricks. Mélodie hatte eine vorausschauende, planvolle Arbeitsweise und machte „ihre" Neuen früh genug auf heikle Sachlagen aufmerksam, bevor sie irreparable Fehler machen konnten. So bekamen sie die Möglichkeit, sonst typische Missgeschicke elegant zu umgehen, was zu deren Freude ihren Einstieg sehr erleichterte. Mit den ihr

Anvertrauten verstand Mélodie sich prima, es war ein effektives und gleichzeitig entspanntes Arbeiten. Von ihren Schützlingen, erinnerte sich Phil, war sie liebevoll „die Bossin" genannt worden, was Mélodie jedoch stets peinlich gewesen war. Von ihr ging so oft etwas Gehemmtes aus, doch immer zu jenen Zeiten, wenn sie ihr qualifiziertes Wissen an offene Ohren weitergeben durfte, sah man sie *strahlen* vor Begeisterung. So auch später, wenn sie sich über die guten Erfolge ihrer Schützlinge freute, selbst dann noch, wenn diese Mélodie überflügelt hatten.

Nach der „Grundausbildung" jedoch wanderten die Neuen regelmäßig ab in andere Niederlassungen der Firma, und innerhalb der Stammbeset- zung in ihrer Abteilung entstand um Mélodie mehr und mehr Isolation. Bei- spielsweise weil die tonangebende Clique verhindern wollte, dass Mélodie an einer Fortbildung teilnehmen konnte, während eine bei ihnen beliebte Kollegin in der gleichen Situation großzügige Unterstützung erhielt. Von da ab erzählte Mélodie gar nichts mehr von ihren Vorhaben. Sie vermied es beharrlich, im Vordergrund zu stehen, und wenn man sie ansprach, konnte es passieren, dass sie anfing zu stottern. In ihrer Gegenwart charakterisierte man sie gern als „zurückhaltendes Wesen", hinter ihrem Rücken wurde über sie als „komische Heilige" hergezogen. Eines Morgens wollte sie ihren Ohren kaum trauen, als sie unfreiwillig mitbekam, wie zwei aus dieser Clique über sie redeten. Als hätten sie bloß darauf gewartet, veranstalteten sie wie Verbal-Terrier damals bei jeder sich bietenden Gelegenheit eine Art Hetzjagd auf Mélodie. Sie ließ sich viel zu viel gefallen, und erst als es zu schlimm wurde, wehrte sie sich. In ihrer Not erwachte eine Seite in ihr, auf die niemand gefasst war. Wie eine Tigerin wusste sie instinktiv längst um die Schwach-Punkte ihrer Beute, und in diesem Fall nutzte sie das eiskalt aus. Sie konterte mit leisen Tönen, aber solch haargenau platzierten verbalen Hieben, dass manche rücksichtslos vorpreschenden Kollegen erschrocken innehielten und erheblich vorsichtiger wurden. Sie leckten sich jedoch nicht allzu lang ihre Wunden, sondern änderten daraufhin ihre Taktik, indem sie Frontalangriffe fortan vermieden und stattdessen vermehrt hinter Mélodies Rücken agierten. Spaß an ihrer zeitweiligen Überlegenheit hatte Mélodie nie, denn sie liebte Harmonie, nicht das Zähnefletschen. Dem „Tiger" in ihr ließ sie niemals die Oberhand, sodass ihre zeitweilig zu „Terriern" mutierten Kollegen nicht gänzlich zu Boden gingen, denn ängstliche Kriecherei war Mélodie nicht nur bei sich selbst, sondern auch bei anderen ein Gräuel. Sie war es zufrieden, wenn die Meute sie wieder in Ruhe ließ, dann ließ sie sofort von ihnen ab. Doch die Clique wollte keinen Frieden, sie wollte das auskämpfen. Wenn sich die Gruppe wie so oft zwischendurch in einem der Büros zu einer Kaffee-Runde traf, sagte absichtlich niemand Mélodie Bescheid. Während die anderen fröhlich Pause machten, erledigte sie automatisch einen Teil von deren Arbeit mit. Dass dies Teil der Strategie war, erkannte sie lange nicht. Zuletzt machten ihre Kollegen – bis auf zwei von ihnen, die sich aus Manövern gegen sie immer so gut es ging, heraushielten – sich den Spaß, Mélodies Geburtstag zu ignorieren. Nichts leichter als das, denn innerhalb dieser Abteilung war es seit vielen Jahren gute Tradition gewesen, stets gemeinsam zu feiern. Doch die damaligen Kollegen wollten ihr demonstrativ die kalte Schulter zeigen und benutzten dafür ihren Ehrentag. Kein schön gedeckter Tisch erwartete Mélodie an ihrem Geburtstag, kein Kerzenlicht, weder die liebevoll verpackten kleinen Geschenke, noch freundschaftliche Glückwünsche, nur verstohlene Blicke.

Zuerst sagte Mélodie sich, ihr Tag sei eben einfach vergessen worden. Doch als der Geburtstag einer anderen Kollegin kurz darauf tatsächlich in der allgemeinen Hektik untergegangen war und sie selbst und alle anderen sich peinlichst berührt bemühten, dies wieder gutzumachen, begriff sie endlich ihre eigene Lage. Die bittere Erkenntnis warf sie zwar nicht um, aber sie wurde sehr traurig, als sie erkennen musste, was sie so lange nicht hatte wahrhaben wollte. Und immer öfter machten ihr diese Magenschmerzen zu schaffen. Wenige Monate später kündigte Mélodie und machte sich selbstständig. In eben jener Branche, wegen der ihre Kollegen sie ausgelacht hatten … All diese Bilder flogen in Sekundenbruchteilen an Mélodies geistigem

Auge vorüber. Sie sah sie ohne Groll, den hatte sie längst aufgelöst mit den fabelhaften Methoden, die sie inzwischen erlernt hatte.

Und heute, bei diesem zufälligen Zusammentreffen mitten in Hannovers riesigem Stadtwald, funkelte in Mélodies Augen pure Lebensfreude! Einen rundherum glücklichen und zufriedenen *Ein-Druck* machte sie. Die „Graumaus" aus der Abteilung nebenan – was war passiert mit ihr? Wie konnte sie sich so zum Positiven verändern? Wer hädd au des dengd? fragte Phil sich im Stillen immer wieder erstaunt. Die Leute, die er sonst kannte – einschließlich ihm selbst, wie er sich eingestehen musste – waren im Laufe der Jahre kälter, strenger, schmallippiger geworden. Das Leben hatte so manchem scheinbaren Überflieger einige herbe Desillusionierungen beschert. Zu hochfliegende Selbsteinschätzungen waren kurz und bündig korrigiert worden, und nicht immer hatte es eine sanfte Landung gegeben. Aber bei Mélodie war ja schon immer alles irgendwie anders gelaufen … Früher hatte sie auf andere oft einen derart angestrengten und verschlossenen Eindruck gemacht, dass selbst ihre Jugend es nur hin und wieder einmal geschafft hatte, sie attraktiv wirken zu lassen. Nun *funkelte* Mélodie geradezu vor Energie – und das nach soviel Jahren! Sogar die damals aschgraue Haarsträhne hatte sich inzwischen verwandelt in Silberblond. Aha! Mittlerweile doch gefärbt? Misstrauisch blickte Phil genauer hin … seine Ex-Frau, Ellen, war ihm gerade eingefallen, die ihre ersten grauen Haare entsetzt ausgerissen und die Nächsten schnellstens überfärbt hatte…

Mélodie saß entspannt neben ihm, lachte und erzählte. Ihr starkes *Fluidum* ließ ihre Augen warmherzig *strahlen* und ihr Gesicht *leuchten*. Bald sprang das *Flair* ihrer neu gewonnenen natürlichen Fröhlichkeit auf Phil über. Mélodie musste auch längst über fünfzig sein, überlegte er. Doch sie vermittelte den *Ein-Druck*, als würde ihre *Glanz-Zeit* gerade erst beginnen. Was steckte hinter einer solch augenfälligen Wandlung?

So etwas hätte er nie erwartet. Auch nachdem er damals seine Gefühle für Mélodie gewaltsam einfror, hatte er sich noch lange insgeheim gefragt, wie es ihr wohl inzwischen ergangen war. Aber nach seiner Scheidung, die ihn sehr belastete, konnte er sich nicht dazu aufraffen, um Mélodie möglicherweise wiederzusehen. Die seelischen Narben des

„Gebrannten Kindes" waren zu frisch, schmerzten zu sehr. Unter dieser Verhärtung lag eine düstere Schicht von Trauer und Verlassenheit, und in schlimmen Stunden quälte ihn noch dazu der Selbstzweifel: war seine damalige Entscheidung für Ellen und gegen Mélodie richtig gewesen? Dass unter diesen verschiedenen Lagen dunkler Gedanken-Wolken mitten in seinem Herzen immer noch das Licht der Freude über Mélodie glomm, hatte er irgendwann nicht mehr bemerkt. Nun, hier draußen in der wärmenden Morgensonne, brach Phils oft sehr direkte Art wieder einmal durch. Unverblümt fragte er Mélodie nach ihrem Erfolgsgeheimnis.

Was würdest du sagen, fragte sie zurück, wenn ich inzwischen ein paar Methoden gefunden hätte, mit denen man echt zufrieden und glücklich werden kann?

Naja, lachte Phil, da wäre ich aber skeptisch!

Ich habe sie ausprobiert. Dadurch habe ich entdeckt, was eigentlich „Lebendigsein" bedeutet. Nun ist mir die ganze Zeit wie Frühlingserwachen! Endlich weiß ich jetzt, wie ich Freude am Leben haben kann. Und jeden Moment voll *auskosten* kann. Mélodie fühlte Phils Blick voller Ungeduld und unverhohlener Neugier. Sie verstand ihn so gut ... Um ihn nicht auf die Folter zu spannen, erklärte sie die Sache ohne Umschweife: es geht dabei um inneren Frieden, und wie man die wesentlichen Geheimnisse in seiner Welt in Erfahrung bringen kann, um daraus Weisheit zu schöpfen. Auch um Wunscherfüllung und darum, wie man sein Leben selbst gestaltet. Und nebenbei um die Entwicklung von Charisma.

Alles in allem beschäftige ich mich im *Wesentlichen* dabei mit der Ausstrahlung auf der Ebene der Licht-Quanten. Anhand dessen kann ich die *Essenz,* das *Wesen hinter den Dingen,* erkennen und es vor allem *wertschätzen* lernen. Denn es bringt mir viele neue Erkenntnisse und dadurch eine hervorragende Entscheidungs-Grundlage. So wird mein ganzes Leben erfolgreicher und harmonischer und ich erreiche mehr Zu-*Frieden*-heit. Und *spüre* dabei das *pure Leben fließen*! Allein das macht schon gute Laune. Und das ist noch gar nichts im Vergleich zu dem, was es noch alles an *Gutem* bewirkt.

Phils Verwunderung wuchs und wuchs. Wunscherfüllung, Geheimnisse lüften, Weisheit, innerer Frieden, Charisma … hört sich ja alles prima an. Licht-Quanten – das war reine Physik, die jetzt überall populär gemacht wurde, Quanten-Physik. Aber *das Wesen hinter den Dingen …? Fühlen, wie das Leben fließt …?* wiederholte er still bei sich. Seine Gedanken rotierten, sein Blick ließ Mélodie los und richtete sich in das lichtgrüne, junge Blattwerk der Buchen um sie herum. Er hatte ja alles Mögliche vermutet – aber so etwas! Garantiert hat sie das aus einer *Frauen*zeitschrift! tönte markig die vertraute Gedanken-Stimme seines inneren Machos, der nun wie gewöhnlich die Richtung vorgeben wollte. Urplötzlich aber bekam dieser Charakterzug nicht mehr genug Energie, sich mit seinen mehr oder weniger niveauvollen Sprüchen hervorzutun. Anstatt dessen entstand in Phil ein Gefühl der Ruhe und Ausgeglichenheit, begleitet von kristallklarer geistiger Frische.

Mit ihrem offenen Lächeln blickte Mélodie ihn an, sie schien in sich zu ruhen. Sie überließ ihm selbst die freie Entscheidung, ob er es bei ihrer Andeutung belassen wollte. Vielleicht wollte er aber auch seiner Verwunderung folgen und sich tiefer einlassen auf die schimmernde Gedankenwelt um Licht-Quanten und Phänomene wie Ausstrahlung und Charisma. Umhüllt und geschützt von dem leuchtenden Fluidum konnten sich Phils Vorurteile jetzt auflösen und sein übersteigertes Misstrauen sich beruhigen. So wurde seinem natürlichen, ausgeglichenen Urteilsvermögen wieder der ihm gebührende Raum eröffnet. Durch eine solch wohlwollend neutrale Gedanken-Atmosphäre innerlich gestärkt, wurde seine stumme Frage: „Kann ich ihr trauen?" klar und unverzerrt beantwortet und Phil bekam plötzlich das Gefühl, dass ein JA! da war. Sonst gab er nicht viel auf Gefühle und ignorierte sie in der Regel, doch die innere Kraft, die mit diesem JA! verknüpft war, kam ihm klar zu Bewusstsein. Er führte das zurück auf die Erinnerung, die eben in ihm aufgetaucht war: damals in der Firma hatte er eines Tages erstaunt festgestellt, dass Mélodie stur das Lügen verweigerte. Zum Beispiel für seinen Kollegen, ihren Ressortchef, der es als sein gottgegebenes Recht angesehen hatte, seine ewigen Schlampereien auf dem Rücken seiner Mitarbeiter auszubügeln. Nur Mélodie beugte sich ihm nicht. „Die tut ja unerbittlich!" schnaubte er einmal Phil gegenüber im Kollegenkreis nach der Abteilungsleiterkonferenz, gefolgt von einem längeren Monolog über Loyalität und Pflichtbewusstsein. Dessen größten Teil sich Phil allerdings ersparte, indem er diesen Typen einfach stehen ließ. Er hatte ihn auch nicht gerade ins Herz geschlossen.

Damals hatte er erkannt, dass Mélodie kein bisschen unterwürfig war – was seinen Beifall fand, da er Servilität nicht ausstehen konnte – und dass sie bei all ihrer Zurückhaltung offenbar einen stählernen Willen besaß. Die trotz aller Bestimmtheit dominierende Sanftheit und Fürsorglichkeit ihres Wesens waren reine Labsal für seine Seele. In Mélodies Nähe fühlte er seine Batterien sich wieder aufladen. Sie brauchte keine „action", sie machte keinen „Alarm", sie verbreitete keine Hektik – Mélodie verströmte erquickende Ruhe. In seinen Augen war sie schon damals erfreulich anders als die anderen. Wie er gehört hatte, bewahrte sie auch in heiklen Situationen oft einen hohen Grad an Gelassenheit. Das bewunderte Phil ehrlich. Ihm selbst, dem Choleriker, ging diese Fähigkeit fast völlig ab. Als Leiter der Nachbarabteilung sah er sie gründlich und verantwortungsbewusst ihre Arbeit tun, ein „Huimädle" war sie ja wirklich nicht. Nachdem er mitbekommen hatte, wie die bekannte Clique mit ihr verfuhr, ließ er geschickt seine Beziehungen spielen, um Mélodie unauffällig zu helfen. Sie hatte auch seinen Beschützerinstinkt geweckt.

Und nicht zuletzt: er konnte sich lebhaft vorstellen, wie unendlich zärt- lich und anschmiegsam Mélodie sein musste mit ihrem sanften Wesen …

„Kätzchen" nannte er sie dann im Stillen. Hätte er nun nach seiner just gestellten Vertrauensfrage bereits auf die analoge Kommunikationsebene

seiner *inneren visuellen Wahrnehmung* achten können, auf der seine Stumme Frage naturgemäß ebenfalls beantwortet wurde, hätte er vor seinem geistigen Auge etwas Bemerkenswertes erblicken können: eine ihm entgegen gehaltene Hand.

Diese symbolische Hand ballte keine Faust gegen ihn oder fuchtelte mit erhobenem Zeigefinger vor ihm herum, noch krümmte sie sich zu einer gefährlichen Kralle oder verbarg gar einen boshaft verzogenen

Mund. Sie trug auch keinen edlen Handschuh zur Tarnung von etwas Unedlem. Es war eine bloße, offene Hand, ihm ruhig und geradlinig entgegengestreckt. Sie war kräftig und bereit und in der Lage, auf seinem Weg zur Lichtquanten-Ebene eine geduldige Stütze zu sein, und sie war achtsam genug, auf Wichtiges und Hilfreiches am Wegesrand hinzuweisen.

Es war eine goldene Hand.

Seltsam angerührt hing Phil für ein paar Sekunden den Wellen dieser beruhigenden Empfindungen in ihm nach, welche mit diesen *wesentlichen* symbolischen Informationen verbunden waren. Natürlich waren solche Empfindungen nicht gänzlich neu für ihn. Direkt auf sie geachtet hatte er aber auch nicht. Er hatte sie nicht für wichtig gehalten, es waren ja nur irgendwelche Gefühle! In dieser nüchternen Welt konnte man so etwas ohnehin kaum gebrauchen, wie er nur zu gut zu wissen glaubte, also unterdrückte er sie. Und außerdem: wo bliebe sonst die Objektivität?

Jetzt und hier auf dieser sonnenbeschienenen Parkbank fühlte er sich jedoch so gut wie schon ewig nicht mehr, und auch sein Körper hatte längst begonnen, sich zu entspannen. Mit lang entbehrter leuchtender Klarheit entschied Phil sich nun *für* diese neuen Erfahrungsmöglichkeiten: Ja, er wollte das Leben fließen spüren, ja, er wollte inneren Frieden, er wollte sich liebend gern mit leuchtenden Licht-Quanten befassen und so das Wesen hinter den Dingen erfahren. Charisma entwickeln! Was für eine grandiose Vorstellung! Und Mélodie… Mélodie war mit dabei …

Diese wenigen Sekunden der Entscheidung waren nicht ohne schicksalhafte Bedeutung für sein Leben. Doch hörte sich diese fundamentale Angelegenheit im Originalton Phil schlicht so an: Mehr Spaß zu haben finde ich immer prima. Also wie kann ich das Leben fließen spüren?

Möchtest du vielleicht gleich einen Versuch dazu starten?

Nanu! Statt sich in ellenlange Theorien einzuarbeiten, konnte er gleich locker in die Praxis einsteigen! Das lag ihm, schließlich war er ein Mann der Tat. Erfreut gab er Mélodie das Startsignal:

Ja, legen wir los!

Dann schlage ich vor, dass wir auf der körperlichen Ebene anfangen, indem du einfach an verschiedene Regionen deines Körpers denkst. Erst einzeln und dann gemeinsam zum Beispiel an einen Punkt auf der einen Körperseite, dann auf der gegenüberliegenden, dann an beide Punkte gleichzeitig. Beginnen würde ich immer mit den Fußsohlen.

Phil schaute erstaunt auf seine Füße. Warum ausgerechnet die Fußsohlen?

Damit du bei all dem, was du erleben wirst, nicht planlos abhebst, sondern immer schön auf dem Boden der Tatsachen bleibst! antwortete Mélodie lächelnd. Du könntest das noch intensivieren und dir vorstellen, dass deine Füße fest und tief in der Erde verwurzelt sind, und dann wieder hochkommen und erneut die Fußsohlen spüren. Das nennt man „sich erden". Fühle die Punkte erst nacheinander und dann gemeinsam auf der Hautoberfläche, und achte darauf, was dann geschieht!

Zu Mélodies Freude begann Phil ohne Umschweife. Nach einer kleinen Weile, während der er still auf der Parkbank saß, erklärte er lächelnd: Das ist ja seltsam! Ich werde ruhiger ... und außerdem ... da ist plötzlich so ein ganz leises Strömen im Körper ... von unten nach oben, bis in den Kopf ... wie angenehm ... macht richtig Spaß!
Spüren, wie das Leben fließt, macht gute Laune! Das
Leben?
Du spürst jetzt *Lebens-Kraft* in dir aufsteigen!
Gleichermaßen verblüfft und hoch erfreut blickte Phil Mélodie erwartungsvoll an.
Früher hatte ich oft das Gefühl, erklärte sie, als ginge das Leben irgendwie an mir vorbei – aber nun kann ich es sogar *in* mir spüren.

Es ist nämlich eine Art, *in* sich zu gehen, sich in seinem *Zentrum* zu sammeln. Das ist die Grundvoraussetzung für das *bewusste* Erfahren von Phänomenen wie charismatische Ausstrahlung und die Essenz der Dinge. Für Wunscherfüllung und Zu-*Frieden*-heit genauso. Zu dieser bewussten Ausrichtung auf sein *Innerstes*, seine *Mitte*, sagt man auch „*Zentrieren*".

Das, was du eben praktiziert hast, ist das Zentrieren mithilfe eines Teils von deinem Körperbewusstsein, deinem körperlichen Fühlen. Beim geübten Zentriert-Sein ruht ein Mensch ganz in sich selbst, er kommt in tiefen Kontakt mit seiner eigenen *Essenz*, seinem ureigenen *Wesen*. Hauptelement beim Zentrieren ist das *Fühlen*. Zentriere ich mich, wie du es eben probiert hast, spüre ich mich selbst. Was ich dann fühle – so bin ich wirklich!

Phil stutzte. Aber ich fühle mich doch sonst ganz anders!
Du warst ja auch sonst nicht zentriert! Unsere schönste und feinste Seite liegt ganz in unserem Inneren, sie ist reine Lebenskraft, und die zu spüren erzeugt ein wunderbares Wohl-Gefühl. Das ist bei jedem Menschen so, nur hat man uns in der Regel nicht beigebracht, darauf zu achten und uns zu zentrieren. Das fließt wirklich! Ist ja geradezu ein Lebenselixier! freute sich Phil. Die Lebenskraft fließt aber nicht nur zart in meinem Körper umher und durchströmt dort alles, sondern strahlt zu einem Teil auch nach außen
– das ist meine *Aus-Strahlung*. Mélodie streckte ihre Hände vor und begann, sie fest aneinander zu reiben. Nach ein paar Sekunden hielt sie die Handflächen einander gegenüber und verschob sie langsam, horizontal und vertikal. Möchtest du das auch mal probieren? schlug sie vor.
Phil war offen dafür und machte es Mélodie nach. Wie
fühlt sich das jetzt an?
Er bewegte seine Hände aufeinander zu ... wieder voneinander weg ... vertikal, horizontal ... Das fühlt sich an, als hätte ich einen Gummiball zwischen den Händen! Einen ganz weichen, elastischen. Fühlt sich gut an!
Und dieses wunderbare, elastische Gefühl – das macht deine Ausstrahlung.
Wegen mir könnte das stundenlang so weiter gehen, ulkte Phil.
Ja, gell? Unsere Ausstrahlung ist etwas ganz Feines. Aber ein Mensch will ja nicht immer nur sich selbst spüren, erklärte Mélodie fröhlich. Unsere Ausstrahlung, die natürlicherweise unsere gesamte Umgebung mit ihren Strahlen zart wie Sonnenschein berührt, lässt sich direkt steuern. Jeder Mensch kann das und tut das unwillkürlich sowieso.

Ja womit denn?
Mit seiner Aufmerksamkeit. Indem
ich daran denke?
  Genau. Aufmerksamkeit mobilisiert enorme Kräfte. Ich kann das sogar übertreiben! Denn tut jemand dies in einem extremen Maße, sodass er mit seinen Gedanken nur bei den Dingen in seiner Umgebung ist, spürt er nicht mehr sich selbst dabei. Dann ist er von sich selbst derart abgelenkt, dass er sich in diesen äußeren Dingen im wahrsten Sinne des Wortes verliert. Ist es eine große Menge Dinge, auf die er seine Aufmerksamkeits-Energie verteilt, kann er jedes einzelne Ding wiederum auch nur noch oberflächlich betrachten. In einem solch buchstäblich „zerstreuten" Zustand spürt ein Mensch weder seine mannigfaltige Umgebung richtig noch sich selbst – und schon gar nicht die feine innere Ebene von sich, die durch unser exquisites Wohl- Gefühl charakterisiert ist, das du eben gespürt hast. Irgendwie kommt mir das bekannt vor ...

  Ich kann mich aber auch *zentrieren* – also mich erden und mich selbst, meine eigene Mitte, angemessen spüren – und *gleichzeitig* meiner Umgebung angemessene Be-*Achtung* schenken! Das ist die dritte Möglichkeit. Dafür erweitere ich mein *Zentriert*-Sein und *beziehe* den Gegenstand meiner Auf- merksamkeit in meinen Gesichts-*Kreis mit* ein. Da ich den Gegenstand nicht nur sehe, sondern auch *spüre*, also eine *Berührung* dabei ist, wird somit auch mein eigenes *Raum-Gefühl* größer. Und was sich jetzt vielleicht furchtbar kompliziert angehört hat, ist im Grunde nichts weiteralf „*Kon-zentration*". Die gute, alte Konzentration?
  Wiss doch! antwortete Mélodie vergnügt in ihrem geliebten Plattdeutsch.
Phil horchte auf und ein verschmitztes Lächeln zeigte sich.
Konzentration ist das Gegenteil von Abgelenktsein. „Kon-zentration" heißt wörtlich übersetzt „*Mit-zentriert-sein*", plauderte Mélodie weiter. Ähnlich wie bei *kon-zentrischen* Aufmerksamkeitsenergie-*Kreisen*, die von mir als *Mittel-Punkt* ausgehen. So etwa ... Sie malte mit ihrer Schuhspitze auf den Parkweg vor ihnen zwei kleine ineinander liegende

Kreise um einen Mittelpunkt. Das Ganze könnte man sich jetzt als dreidimensionales Modell vorstellen.

Ah! Damit erzeuge ich *geistige Wellen*! Wie wenn ich einen Stein ins Wasser werfe! Ist doch reine Physik!

Stimmt! Diese geistigen Schwingungs-Wellen meiner *Aus-Strahlung* – die ja auch bezeichnenderweise „*Fluidum*" genannt wird – be-Ein-*Fluss*-en alles um mich herum. Und wenn meine Kon-zentration die geistigen Wellen meines persönlichen Fluidums besonders stark bündelt und weitreichend schwingen lässt, wenn diese Aus-Strahlung wie ein Schutz-Schild aus *Licht* wirkt und gleichzeitig ein geistiges *Leucht-Feuer* ist, wenn sie auf diese Weise alles in der Umgebung in *herzensguter* Weise be-*ein-Fluss*-t, *liebevoll* berührt und *sanft* be-*ein-Druck*-t – das ist Charisma!

Sowas habe ich ja noch nie gehört! Woher willst du das wissen?

Ganz einfach: aus eigener Erfahrung. Ich befasse mich ja seit etlichen Jahren mit Übungen für Zufriedenheit und Klarsicht. Und damit naturgemäß auch mit *charismatischer Ausstrahlung*. Die Erforschung der *Ausstrahlungs-Kraft* und allem, was damit zusammenhängt, ist meine Passion! Hast du denn selber schon Charisma entwickelt? fragte Phil erstaunt. Das kannst du bald höchstselbst herausfinden! antwortete Mélodie bescheiden lächelnd. Davon mal abgesehen würdest du mich bei der Charisma-Entwicklung wahrscheinlich glatt überholen, wie ich dein Tempo so kenne. Phil und Mélodie lachten laut auf, wieder stiegen wohltuende Erinnerungen herauf… sein überbordender Aktionsdrang, damals in der Firma … wie oft hatte er alles auf einmal gewollt und das natürlich sofort … Tatsache ist, mir geht es prima mit diesen Zentrierungs-Übungen. Sie erzeugen eine angenehme und unterstützende Geisteshaltung.

Interessiert beugte sich Phil vor.

Wenn du Lust dazu hast, könnten wir uns auf diesem Gebiet auch gerne gemeinsam weiter voran tasten, meinte Mélodie. Wir könnten zum Beispiel unsere Erfahrungen austauschen und einer könnte vom anderen lernen. So könnten wir uns gegenseitig unterstützen.

Das ist es! jubelte Phil im Stillen, aber sagte betont lässig: Nicht uninteressant, sich mit Dingen wie *Charisma* zu befassen. Ich denke, ich bin dabei.

Mélodies smaragdgrüne Augen leuchteten noch ein bisschen intensiver. Also dann, Partner! sagte sie und schlug fröhlich ein in Phils Hand, die er ihr impulsiv entgegen gestreckt hatte.

Und wie war das jetzt noch mal mit der fließenden Lebenskraft und diesem Wohl-Gefühl? fragte Phil und betrachtete erneut das Bild der konzentrischen Kreise zu ihren Füßen auf dem Parkweg.

Mélodie überlegte einen Moment. Wenn du dich erdest und gut konzentrierst, wie du das eben schon geübt hast, bist du in *Kontakt* mit deiner fließenden Lebens-Kraft und deiner inneren Ebene – dort, wo du ganz du selbst bist. Dadurch kommt diese exquisite Energie in dir immer stärker hervor. Durch das damit einhergehende Wohl-Gefühl bekommst du unter anderem eine optimistischere Lebens-Einstellung.

Ja logisch! Kann ich mir gut vorstellen, dass ich gut drauf bin, wenn's mir gutgeht.

Optimismus bedeutet gleichzeitig mehr Gelassenheit und größeren Überblick. Befasst du dich dagegen häufig mit unguten Dingen, beispielsweise wenn du dir Sorgen machst, verbessert das weder deine Situation noch deine Laune. Und jemand mit ewig furchtbarer Laune kann alles Mögliche haben – aber gewiss keine charismatische Ausstrahlung.

Oh-oh. Phil dachte an seine eigene grässliche Laune, die er in den letzten Jahren fast ständig an den Tag gelegt hatte.

Mélodie sah, wie er überlegte und spürte, was in ihm vorging. So fügte sie hinzu: Das kann sich aber sehr schnell ändern. Die meisten Menschen denken aus Gewohnheit so, sie haben es schlicht nicht anders gelernt. Negativität hat ein Existenzrecht ebenso wie Positivität, und als ausgleichende dritte Kraft haben wir die Neutralität. Ich bin der Meinung, wir sollten die Dinge realistisch so sehen, wie sie sind – aber wir müssen sie keineswegs so lassen! Eine bewusste Konzentration auf unser ureigenes Wohl-Gefühl in uns verwandelt eine ungute innere Einstellung immer mehr in eine heitere und starke Haltung. Und dass unsere innere Einstellung sich in unserem äußeren Leben niederschlägt, ist ja eine Binsenweisheit. Mit einer gelassenen, wohlmeinenden Haltung gehen wir unser gesamtes Leben anders an, kraftvoller, ruhiger undbestimmter.

Du meinst jetzt „positives Denken".

Mélodie schüttelte den Kopf. Das ist nicht dasselbe.

Bewusste Kon-*Zentration* gehört sinngemäß zur *„Mitte"* und erzeugt starke *focussierte Energie*. Genau das ist ein Kenn-Zeichen jener Menschen, die ihre Wirk-Kraft nicht aus einer Extremhaltung wie Negativität oder Positivität beziehen, sondern weil sie mit dem dauerhaften Brenn-Punkt machtvoller Zentral-Energien in Berührung sind, wie sie durch dein Wohl-Gefühl bezeichnetsind. Durch eine konzentrative Geistes-Haltung baust du von deinem Innersten her enorme Stärke auf. Und hast noch Spaß dabei!

Habe ich eben schon bemerkt, bestätigte Phil vergnügt.

Na, dann weißt du ja jetzt selbst, was ich vorhin meinte mit „Spaß am Leben"! Die Sache ist im Prinzip so simpel, dass sich manche Leute fragen: Das gibt's doch nicht, das muss doch viel komplizierter sein – sonst würde es ja jeder tun! Wo ist da der Haken? Die Wahrheit ist: es gibt keinen! Nur eine Menge verschiedenster Gründe, die die Menschen erfinden, stur sich selbst davon abzuhalten, diesen einfachen Weg zu wählen.

Manche Leute scheinen ja wirklich nach dem Motto zu leben: warum einfach, wenn's auch kompliziert geht …

Mélodie lachte. Deshalb gehe ich lieber den anderen Weg. Der Witz dabei ist: konzentriere ich mich, ist das ja ebenfalls eine Art von Sturheit! So kann ich sie allerdings auf eine *konstruktive* Weiseanwenden.

Wieder eine kleine Anspielung auf frühere Zeiten, hm? fragte Phil prächtig gelaunt. Seine Unnachgiebigkeit war fast sprichwörtlich gewesen, nicht nur in seiner eigenen Abteilung. Das musste Mélodie zwangsläufig mitbekommenhaben.

Sie hob nur leicht eine Augenbraue und lächelte. Natürlich wusste sie, was für ein Sturkopf er früher gewesen war. Doch sie hatte ihn immer sehr gemocht, trotz seinergnadenlosen Härte und der maliziösen Geschichten über ihn. Wie wundervoll, jetzt mit ihm hier draußen im Sonnenschein zu sein!

Vormittägliche Waldspaziergänger und Radler in Richtung Zoo oder Kleefeld konnten die beiden gerade einträchtig auf der Bank sitzen sehen. Manchmal ganz still, dann wieder gestikulierend in ihr Gespräch vertieft.

Phil setzte sich bequemer zurecht, streckte lässig die Beine aus und ließ den Blick schweifen über die vor grün schimmernden Blättchen und Knospen strotzenden Bäume im hellen Morgenlicht. Was für wundervolle Aussichten! dachte er und schmunzelte, als ihm blitzartig der doppelte Wortsinn aufging.

Mittlerweile habe ich herausgefunden, berichtete Mélodie, mit guter Konzentrationschaffe ichmirtatsächlicheinestabile Grundlage für höhere Lebensqualität. In Situationen, indenen ich mir früher automatisch düstere Gedanken gemacht habe, fange ich nun an, mich zu konzentrieren und dadurch sofort das Wohl-Gefühl hervorzuzaubern. Konstruktive Sturheit! Das geht auch prima, wenn ich *bewusstspüre,* was auch immer ich *berühre.* Ich achte dann zum Beispiel darauf, was ich gerade mit meinen Händen anfasse. Oder dass ich jetzt hier auf der Bank sitze. Oder dass meine Füße den Boden berühren. Dieses körperliche Spüren ist für Gedanken wie ein geistiger Anker. Konzentriere ich mich auf eine Berührung, driften meine Gedanken nicht so schnell ab, ich bleibe bei mir. Das Wohl-Gefühl und in der Folge meine Lebensfreude kommen dann schnellzurück.

Stimmt! Habe ich vorhin selbst ausprobiert.

Damit habe ich mehr als genug Kraft, auch meine Umwelt zu erkunden. Obendrein wirkt meine durch Konzentration kraftvollere Ausstrahlung auf meine ganze Umgebung: heiter, zuversichtlich und optimistisch. Ich arbeite ja aus meiner inneren Mitte heraus mit der Kraft des „Optimums", dem Wirksamsten und Besten.

Also mit suboptimalen Sachen geben wir uns hier gar nicht erst ab? Sein charmantes Grinsen brachte Mélodie einmal mehr zum Schmunzeln. Das Wort „Optimismus" hat übrigens einen sehenswerten Wort-Stamm, falls dich so etwas interessiert.

Phil nickte heftig. Interessiert mich!

„Optimismus" stammt ab von einem Wort mit den Bedeutungen „Bei- stand", „Reichtum" und „Macht"[1]. Einem konzentrierten Menschen, der diese sanfte neutrale und doch geballte Kraft des Optimums stark

ausstrahlt, begegnen andere Menschen aufgeschlossen. Eigentlich kein Wunder, denn durch seinen Optimismus gibt er ihnen ja auf natürliche Weise Kraft und Beistand. Weil er sich dabei einerseits auf das fließende Leben, den wie eine *muntere Quelle sprudelnden Fluss des Lebendigen* in sich selbst konzentriert, und ebenso auf seine Umwelt, *muntert* er jeden im wahrsten Sinne des Wortes auf, einschließlich sich selbst. Das Wort
„munter" kommt ja von „lebhaft", „aufgeweckt". Es heißt aber auch „weise" und bedeutet eigentlich „seinen Sinn auf etwas setzen". Was du ja beim Konzentrieren auf eine Sache buchstäblich tust.

„Aufgeweckt" und „munter"? Damit gehöre ich dann also zu den ganz ausgeschlafenen Typen, ja? grinste er. Und Konzentration ist alles, was ich dafür brauche?

Mélodie schüttelte lachend den Kopf. Es ist eine *Grundlage* für geistige Kraft. Aber allein die bereichert mein Dasein schon, gleichgültig unter welchen Lebensumständen ich damit anfange. Ob es mir gerade nicht so prima geht oder einfach fantastisch – es ist immer gut, für Verbesserungen offen zu sein. Und es gibt noch mehr Möglichkeiten, um Wohl-Gefühl und Lebens-Freude zu erreichen. Das eben war bei dieser Methode die *Gefühls-*Ebene. Der Einstieg über die *Gedanken*-Ebene ist auch ganz lustig. Möchtest du den kennenlernen?
Ja logisch!
Dazu sage ich immer in Gedanken: „Ich bin n i c h t konzentriert".
Das wiederhole ich ein paar Mal und achte darauf, was dann passiert.
Phil schaute Mélodie mit großen Augen an.
Sie machte instinktiv ein ähnliches Gesicht, und er begann zu lachen. Sag ich doch, dass der Einstieg lustig ist!
So ein herrlicher Morgen! dachte Phil. Dann formte er die Gedanken: „Ich bin n i c h t konzentriert … ich bin n i c h t konzentriert" … Sein zentriertes Lächeln kam ganz von selbst mit dem Wohl-Gefühl zurück. Heiterkeit und Gelassenheit erfüllten ihn aufs Neue... Überzeugt. Also die Gedanken-Ebene, ja? Nur – wieso funktioniert das mit einem so blöden Satz?

Mélodie lachte schallend los… Lass mich bitte eins vorausschicken: als Kinder haben wir beim Spielen keineswegs gesagt, wir könnten etwas n i c h t, erinnerst du dich? Ganz im Gegenteil. Wir haben einfach so getan, als könnten wir's – und losgelegt.
Phil begann zu grinsen. Als Junge habe ich oft so getan, als ob. Meistens, als ob ich Rennfahrer wäre …

Ja, siehst du! So tun „als ob" konnten wir also ganz von selbst, aber mit der Zeit wurde es uns abtrainiert. Wir Erwachsenen kennen eher das „Sich Sorgen machen", weil wir inzwischen glauben, viele Dinge nicht zu können. Und eben dies können wir alle prima, nicht wahr? So, und jetzt machen wir aus der Not eine Tugend und benutzen es einfach mit umgekehrtem Vorzeichen. Fakt ist: mit der Kraft der Mitte – des Optimismus und des Optimalen – verschwinden unsere Sorgen mehr und mehr.

Phil freute sich sichtlich, was wiederum für Mélodie ein Grund zur Freude war. Strahlend erklärte sie: beim Sorgenmachen denken die Leute ja unermüdlich an Dinge, die sie um Himmels willen n i c h t haben wollen. Die hoffentlich nie, nie, nie passieren sollen – und häufig genug passiert dann genau das. Und zwar deshalb, w e i l sie sooft daran gedacht haben!
Wie bitte?!
Ja, das ist den meisten Leuten überhaupt nicht klar! Aber es heißt schließlich nicht umsonst: sich Gedanken *machen*! Wir *formen* sie tatsächlich selbst! Wir erschaffen auf diese Weise eine *Gedanken-Form* – und die hat *Wirkung*! Wir nennen das: ich *form*-uliere einen Gedanken.
Gut, das ist einleuchtend, sagte Phil. Bloß – woraus formen wir denn deiner Meinung nach unsere Gedanken?
Aus dem Stoff, aus dem auch unsere Ausstrahlung besteht: pure Lebens-Kraft! Die wurde übrigens in den 1970er Jahren in Deutschland als *Bio-Photonen-Emission* von Professor Fritz-Albert Popp nachgewiesen. Als Bio-Physiker wollte er physikalisch nachweisen, dass in unseren Körperzellen prinzipiell *Licht* existiert. Hat er auch geschafft! Und dabei herausgefunden, dass unser Körperzellen-Licht auf einer Frequenz von

etwa 900 bis 200 Nanometern schwingt. Damit liegt es zwischen Infra-Rot und Ultra-Violett – also exakt im Bereich des für den Menschen sichtbaren Lichts.

Phil überlegte einen Moment. Du meinst, wir können die Ausstrahlung tatsächlichsehen?

Allerdings. Nur strahlt diese Lichtquanten-Emission„ultra-schwach". Das ist ein Grund, warum viele Menschen diese überaus zarte, fein- stoffliche Ausstrahlung mit offenen Augen erst dann erkennen, wenn ihnen ganz genau gezeigt wird, worauf sie achten müssen – und wenn sie es geübt haben. Vor dem sensibleren „inneren Auge" ist die Ausstrahlung anfangs oft besser zu erkennen. Mithilfe moderner Apparateistmaninzwischensoweit, diese angeborene Fähigkeit technisch nachahmen zu können, allerdings nicht optimal. Effektiver ist es, wir arbeiten mit dieser feinen Licht-Energie auf natürliche Art und Weise.

Hm. Dann könnte man einen Geistes-Blitz sehen!?

Durchaus – und das war wohl gerade einer von dir! lachte Mélodie. Ah!

Phils Gesicht hellte sich immer mehr auf.

Mit diesem Gedanken-Stoff bin ich schöpferisch tätig. Solche Gefühls- und Gedanken-Energie sind im Weisheitsgut der östlichen Völker ja schon seit Langem als Realität verankert. Aufgrund der Sichtweise unserer westlichen Kultur waren sie für viele von uns hier aber bisher etwas Nicht-Greif-bares, Nebulöses, Nichtvor-Hand-enes. Obwohl sie als Lichtquanten-Energien durchaus als physikalische Energie, als materieller Stoff einzustufen sind. Darum nennt man sie ja fein-stofflich, im Gegensatz zur grob-stofflichen Materie, die wir direkt anfassen können, beispielsweise diese Parkbank. Wie nun immer mehr Leuten klar wird, war unsere alte westliche Sichtweise alles andere als umfassend und optimal. Und nicht zuletzt durch die jüngsten Forschungsergebnisse der Quanten-Physik werden auch die feinen Gedanken-*Kräfte* in der Öffentlichkeit jetzt mehr und mehr wahrgenommen und daher ernst genommen. Noch vor wenigen Jahrzehnten war das völlig anders. Kein Wunder, die meisten Menschen konnten diese naturgemäß ultra-schwache Biophotonen-Ausstrahlung ja nicht so ohne Weiteres erkennen. Dieser Umstand hatte sogar Eingang in unsere Sprache gefunden. Es hieß zum Beispiel: eine „Idee" zu viel, wenn „ein bisschen", ein „Hauch" zu viel gemeint war. Ideen kamen vielen Menschen bisher vor wie etwas Hauch-Feines, Un-*schein*-bares. Also wie etwas Un-*wicht*-iges im Gegensatz zur buchstäblich *gewicht*-igen materiellen Welt. Das hat sich inzwischen geändert. Die Menschen befassen sich immer mehr mit fein-stofflichen Dingen, und das ist dringend not-wend-ig in dieser Zeit.

Ich habe neulich im Internet einen Bericht gelesen über Geräte, die man mit Gedanken-Kraft steuern kann. Zum Beispiel Rollstühle.

Ja, jetzt kommt der große Durchbruch im Bereich der Gedanken-Kräfte! Die gesamte Menschheit wird sich jetzt immer intensiver mit den fantastischen Möglichkeiten und ungeahnten Fähigkeiten unseres Bewusstseins befassen, berichtete Mélodie weiter, die Quanten-Physik ist ein Meilenstein unserer Zeit. Eine dieser grandiosen

Möglichkeiten ist: begebe ich mich *bewusst* auf die geistige Ebene, kann ich erkennen, dass Gedanken und Gefühle in ihrer Dimension durchaus etwas *Hand-festes* sein können. Gedanken sind *plastische fein-stoffliche Strukturen, bild-hafte Energie-Formen*. Hauchzart sind sie und doch auf ihre Weise harte Realität. Lichtquanten sind ja immens beweglich und reisen schnell. Diese sanfte Strahlung meines eigenen Bio-Lichtes kann ich bewusst steuern, siehe die Steuerung von Rollstühlen und Ähnlichem, wie du eben schon sagtest. Aber man braucht selbstverständlich kein technisches Gerät dafür, um Gedanken-Kraft anzuwenden. Wir steuern unsere Gedanken ja ständig und überall – auf natürliche Art und Weise. Denn ich kann meine steuernde Aufmerksamkeits-Energie buchstäblich als Gedanken-Bild, also als Muster aus unzähligen Lichtquanten, gezielt *aussenden*. Überall nach außen hin. Und genauso in mein eigenes Inneres, beispielsweise in den Bereich meines Unterbewusstseins. Das hat die Eigenart, jedes gedankliche Energie-Muster, jede *geistige Vorstellung* von mir als direkte Aufforderung aufzufassen, diese innere Vorgabe in mein äußeres Leben *auszustrahlen* und dort *Wirk*-ung tun zu lassen: das nennen wir „etwas ver-*wirk*-lichen".

Nachdenklich stützte Phil den Kopf auf eine Hand. Einen köstlichen Moment lang sah er fast aus wie der „Denker" von Rodin ... Dann drehte er den Kopf, blickte zu Mélodie und sagte: Beim Sorgenmachen denke ich aber doch, dass ich etwas n i c h t haben will!

Ganz genau. Aber dein Unterbewusstsein bekommt dabei als *wesen*-tlichen Faktor dein vorgestelltes *Bild* als *Vor-Lage* – um deineLebens-*Lage* danach ab-zu-*Bild*-en und zu gestalten. In diesem Fall ist nur das *Bild* in deinem Kopfentscheidend! Die sprachliche Verneinung versteht dein Unterbewusstsein natürlich ebenfalls. Aber du sendest ihm ja eigentlich eine paradoxe, in sich zuwiderlaufende Aufforderung: mit der rechten Gehirnhälfte eine bild-hafte, mit der linken Gehirnhälfte eine entgegengesetzte verbale Anweisung. Bilder wirken sehr stark, das macht es dem Unterbewusstsein praktisch unmöglich, das kraftvolle Bild der Situation, das du jedes Mal dabei erschaffst, durch die sprachliche Verneinung zu löschen. Denk doch jetzt bitte mal n i c h t daran, in eine Zitrone zu beißen!

Oh ...!

Merkst du, es läuft einem unwillkürlich das Wasser im Mund zusammen, obwohl wir doch bewusst gedacht haben, dass wir eben n i c h t hineinbeißen wollen! schmunzelte Mélodie.

Alles klar, sagte Phil und grinste.

Unser braves Unterbewusstsein kennt allerdings noch eine besondere Art, mit Verneinungen umzugehen. Für uns persönlich wichtige Annahmen über das Leben, über Gott und die Welt – sogenannte Glaubenssätze – werden besonders tief in uns abgespeichert, und zwar als kompakte Einheiten. Solch ein Glaubenssatz heißt etwa: „Ich bin reich". Er ist tatsächlich eine Grundlage für Reichtum. Bei einem Glaubenssatz, der durch eine wichtige frühere Lebenserfahrung entstand, richtet sich unser Unterbewusstsein dann eben danach.

Einfach weil Glaubenssätze jeweils aus der Tiefe heraus als geschlossenes Energie-System in deinem Welt-Bild wirken und damit für dich buchstäblich welt-bewegend sind. Mit Glaubenssätzen kannst du „Berge versetzen"! Im Gegensatz zu – im Allgemeinen – unwichtigeren Dingen wie in eine Zitrone zu beißen, was eben nicht tief ver-*inner*-licht ist, sondern ein eher oberflächlicher Gedanke. Ich kenne effektive Methoden, Glaubenssätze zu verändern und zu optimieren. Wenn du mehr darüber wissen willst, erzähle ich dir gern mal Näheres.

Und für Verneinungen, die nicht so tief als Glaubenssätze verankert sind, gilt: das Bild bestimmt die Wirkung.

Phil überlegte. Erklärst du mir das mit diesen Glaubenssätzen später mal genau? Im Moment interessiert mich nämlich eines brennend: gilt das mit der Verneinung nur für Bilder vor unserem inneren Auge oder auch für Bilder draußen?

Das gilt für beides.

Aber dann würden ja all die engagierten Leute, die auf einer Demo Schilder tragen, auf dem das durchgestrichen ist, was sie nicht wollen, sich und anderen einen Bärendienst erweisen!

Mélodie nickte. Vom energetischen Standpunkt ist dazu zu sagen, dass auch ein durchgestrichenes Zeichen nicht allein vom Wach-Bewusstsein, sondern genauso vom Unterbewusstsein registriert wird. Das Durchstreichen, also die Verneinung, nützt in diesem Fall tatsächlich gerade dem, was man gar nicht stärken will. Denn den Zeichen, die man eigentlich n i c h t haben will, wird damit ja erneut Aufmerksamkeit gegeben – nämlich unsere kostbare Lebenskraft in Form von Aufmerksamkeits-Energie. Oder wenn du rufst: bloß nicht „XYZ"! – dann rufst du genau dieses „XYZ", was immer es auch sei, praktisch auf dich herab. Aber mach bitte all den engagierten Leuten, zum Beispiel denen auf Friedens-Demonstrationen, jetzt bloß keinen Vorwurf! Es wäre einfach unfair. Bisher war dieses kostbare Wissen ja nicht gerade Teil unserer Schulbildung.

Aber das ist wichtig! Warum wird solches Wissen nicht gelehrt? Wurde nicht laut verkündet, zur Globalisierung gehöre auch der Zugang zu wahnsinnigviel Informationen?

Jetzt höre ich aber richtig Wut bei dir heraus, sagte Mélodie.

Phil schnaubte nur als Antwort.

So unangenehme Empfindungen wie Wut kann ich übrigens schön wie- der auflösen. Allein schon das Zentrieren wäre dafür eine gute Hilfe.

Wär nicht schlecht, das mit dem Wut-Auflösen, knurrte Phil und begann sich ohne Weiteres zu zentrieren. Sein Wohl-Gefühl kehrte überraschend schnell zurück. Er lächelte schon wieder.

Mélodie war sichtlich erfreut über Phils konstruktives Verhalten. Prima! Ich kenne noch effektivere Methoden, unschöne Gefühle in Nullkommanix aufzulösen, berichtete sie, die kann ich dir dann auch beibringen, wenn du willst. Und um auf deine Frage von vorhin zurückzukommen: um Flagge zu zeigen und damit demokratisch seine Meinung zu äußern könnte man auf einer Demonstration zum Beispiel Symbole von Unabhängigkeit und Friedfertigkeit mitführen.

Vielleicht einfach Transparente mit dem Porträt von Mahatma Gandhi. Oder Martin Luther King!

Gute Idee. Um Freiheit und Demokratie zu stärken, unterstützt man einfach die lichte Seite. Aber das geht nicht mit Wut im Bauch! Gut wäre es auch, ganz neue Symbole zu kreieren, die unsere Meinung *konstruktiv* ausdrücken, anstatt den Anti-Demokraten durch die Energie unserer Aufmerksamkeit immer neue Nahrung zu geben. So werden das Positive und das wohlwollend Neutrale gestärkt, das Negative ignoriert.

Also nicht gegen etwas Druck machen, was nur Gegendruck erzeugen würde, sondern seine Energie gleich in etwas Aufbauendes investieren … das macht Sinn … und umsetzbar ist das auch, freute sich Phil. Sein Optimismus war wieder da.

Manche Leute sagen sogar, wer in seinem Leben irgendetwas nicht haben will, solle möglichst vermeiden, daran zu denken. Weil man sich ja sonst wieder *energie-reiche, also inhalts-volle plastische Gedanken-Bilder* davon macht. Eine alte buddhistische Lehre rät gar, wenn dir etwas nicht gefällt, den Gedanken daran komplett fallen zu lassen! Und eine neuere Lehre besagt, dass wir heutzutage, in dieser besonderen Zeit, die Ursachen nicht mal mehr bis ins Kleinste ergründen müssen, um das aufzulösen, was uns nicht gefällt. Es hat sich schon so viel zum Besseren verändert! Wir leben in einer fantastischen Zeit mit außergewöhnlichen Möglichkeiten.

Meinst du wirklich?

Ja, ganz bestimmt! Schon meine Zentriertheit, die mich direkt mit meiner eigenen starken Mitte verbindet, macht die Bahn frei zu solchen Möglichkeiten, erklärte sie. Damit geht es mir trotz eventuell unschöner äußerer Umstände gleich besser und auf jeden Fall besser als ohne, weil es ja schnell mein ureigenes Wohl-Gefühl hervorlockt. Das wirkt überdies wie ein energetischer Schutzpanzer.

Phil ließ diese Informationen auf sich wirken. Dann fragte er: Und wie funktioniert das Zentrieren jetzt genau mit deinem Satz: „Ich bin noch n i c h t konzentriert?"

Sich selbst von einer Sekunde zur anderen zu befehlen: „Ich bin konzentriert", ist anfangs möglicherweise nicht so leicht umzusetzen, erklärte Mélodie vergnügt. Es kann ja für dich eine Kehrtwende von 180 Grad bedeuten! Aber um die Kurve zu kriegen, fährt man tunlichst langsamer, stimmt's? Den Satz, dass du bereits konzentriert b i s t , kannst du später gern verwenden. „Ich bin noch n i c h t konzentriert" ist jedoch nicht bloß ein netter Kunstgriff. Es ist ein Zwischenschritt. Wenn du diesen Satz zum Konzentrieren benutzt, erkennst du damit im Wesentlichen die Wahrheit an, dass du momentan noch nicht *voll* konzentriert bist. Gleichzeitig baust du aber schon das starke Gedanken- Bild von Konzentration auf, mit der zielstrebigen Absicht auf baldige *volle* Konzentration. So kannst du dich mit der Zeit immer besser konzentrieren und das Wohl-Gefühl hält immer länger an. Irgendwann ist es dann für dich keine Halb-Wahrheit mehr, sondern die ganze Wahrheit. Das ist wichtig vor allem für Menschen, die besonders feinfühlig sind. Sie werden HSP genannt, also hoch-sensible Personen. Eine amerikanische Psychotherapeutin namens Elaine Aron hat vor Jahren das Phänomen der HSP bekannt gemacht. Sie plaudert dabei aus dem Nähkästchen, weil sie nämlich selbst zum „Klub" gehört[2]. Der umfasst etwa 15 bis 20% der Welt-Bevölkerung. Ihr Einfluss wächst in allen Gesellschaftsschichten, in sämtlichen Kulturen. Solche zart besaiteten Persönlichkeiten spüren genau, dass auch eine Halb-Wahrheit ein Stück Un-Wahrheit ist und daher für unser Innen-Leben Stress bedeutet. Den wollen sie klugerweise abstellen, sie wollen nicht ständig mit Halb- Wahrheiten leben. Sie wollen die ganze Wahrheit: die stressfreie, entspannte Klarheit des Geistes.

Leuchtet ein.

Vermutlich akzeptieren viele Hochsensible aber auch eine Halb-Wahrheit eine Weile, so als Übergangs-Lösung, denn sie sind oft sehr tolerante Leute. Zumal gerade für Hochsensible das Zentriertsein besonders wichtig ist. Je besser ich geerdet, also in meiner Mitte verankert bin, desto besser funktioniert meine Intuition. Die Holländerin Susan Marletta-Hart hat über diese Tatsache in ihrem Buch[3] geschrieben; ein sehr gutes und empfehlenswertes Buch über Hochsensibilität. Und wenn es sowohl für die Hochsensiblen, als auch für die Normalsensiblen keine Halb-Wahrheit mehr ist, zentriert zu sein, sondern die *volle* Wahrheit geworden ist, stellt man sich irgendwann ganz von selbst um auf „Ich bin konzentriert." Mit der Zeit geht dir ja der Gedanke buchstäblich in „Fleisch und Blut" über: so formt das Geistige das Körperlich-Materielle.

Moment mal! Phil schüttelte vehement den Kopf. Wieso das Geistige? Die Naturwissenschaft sagt doch, dass die Gene alles bestimmen! Darwins Evolutionstheorie hat sich selbst bestätigt! Sie hat ihren eigenen wissenschaftlichen „Kampf ums Dasein" gegen andere Theorien gewonnen!

Und dein eigener Kampf-Geist regt sich gleich mit, gell? Im Thema Darwinismus ist meiner Ansicht nach nicht wirklich Raum gegeben für friedliche Lösungen.

Phil schaute sie verblüfft an. Hm, ja, tatsächlich ... so könnte man es auch sehen ...

Einige Wissenschaftler sind inzwischen sogar der Meinung, es gäbe gar keinen echten Beweis für Darwins Theorie. Sie meinen, sie sei stets nur eine bloße Annahme gewesen. Nie wirklich „wissenschaftlich bewiesen". Phil holte tief Luft für eine lautstarke Erwiderung, aber dann sah er Mélodies verschmitztes Lächeln. Nach kurzem Konzentrieren kam sein Wohl-Gefühl wieder zum Vorschein und er war gleich wieder wesentlich gelassener.

Merkst du es, sagte Mélodie fröhlich, mit dem Zentrieren kannst du auch bei „Aufregern" gelassen bleiben. Oder rasch wieder klar werden. Dann kannst du dir in Ruhe beide Seiten anhören. Ich finde das nur fair. Und unerlässlich für die Wahrheitsfindung, oder? Mit solchen Frieden stiftenden Methoden wird sich unsere Gesellschaft jetzt ebenfalls immer mehr anfreunden. Es gibt sehr gute Methoden, eine eindrucksvolle ist auch die von Pierre Pradervand, einem Schweizer[4]. Er lebt nahe Genf, der internationalen „Stadt des Friedens". Pradervand arbeitet seit vielen Jahren in den Bereichen Persönlichkeitsentwicklung und soziale Kompetenz. Er lehrt, alles und jeden zu segnen. Bei jeder Gelegenheit. Einfach so. Und es funktioniert. Seine Ergebnisse sind erstaunlich.

Alles einfach segnen? fragte Phil verblüfft.

Ja, das geht. Hätte früher keiner geglaubt, aber wir leben in einer Zeit des Umbruchs, da geschieht naturgemäß ein Paradigmenwechsel. Neues erscheint und einfach alles kommt auf den Prüfstand. Auch die bisherigen Lehrinhalte sind keineswegs in Stein gemeißelt, alles kommt in Fluss. Auf zu neuen Ufern! Besonders in der Schulwissenschaft. Dabei ist es ganz natürlich, dass dieser Wechsel nicht überall mit stoischer Ruhe geschieht. Man sollte gerechterweise stets bedenken, dass Wissenschaftler auch nur Menschen sind. Was sie mal studiert haben, ist nicht nur ein Stück geistige Heimat für sie geworden, sondern hat ihnen bisher nicht selten einen Platz auf der Sonnenseite unserer Gesellschaft gesichert. Und nicht nur ihr Broterwerb – ihr öffentliches Ansehen hängt ja auch daran! Versetz dich mal in ihre Lage! Wir sollten so fair sein und berücksichtigen, dass die heute etablierten Wissenschaftler alle mal Studenten waren, die meist ohne zu hinterfragen alles brav geschluckt haben, was man ihnen eingetrichtert hat. Haben sie nicht fast alle im Hörsaal gesessen im guten Glauben, die dort gebotene Lehre sei der Weisheit letzter Schluss?

Ich jedenfalls.

Dann hast du es vermutlich selbst miterlebt, wie später im Beruf viele Kollegen wie ein kleines Rädchen automatisch eingepasst und einfach hineingeklemmt werden in den alltäglichen Wirtschafts- oder Wissenschaftsbetrieb – zack, und drin sind sie. Dann spezialisieren sie sich gezwungenermaßen so sehr, dass sie selbst auf direkt angrenzenden Fachgebieten schon wieder als Laien gelten.

Phil seufzte. Wem sagst du das ...

Das gutgläubig übernommene Wissen hat so manchem Akademiker einfach Scheuklappen aufgesetzt. Damit verliert er allerdings leicht den Überblick. Er sieht den Wald vor lauter Bäumen nicht mehr. Auf unsere liebevolle Weise erkennt man die Zusammenhänge. Anhand derer lassen sich wiederum jene Erklärungen finden, auf die die Wissenschaftler mit Scheuklappen gar nicht kommen könnten. Eben jene übergeordneten Zusammenhänge zu finden und dann zu erkennen, wird den Schulwissenschaftlern nicht gerade leicht gemacht. Manche laufen ihr Leben lang im wissenschaftlichen Labyrinth herum und müssen sich mit dieser eingeschränkten Sicht offiziell zufriedengeben. Wie die armen Maulesel, die einen Mühlstein ziehen und bis zum Umfallen im Kreis laufen müssen, ohne die Chance, je wirklich zu verstehen, wo sie eigentlich sind…

Phil sah erschrocken zu Boden. Er sagte nichts.

Ja, sagte sie, es liegt eine große Tragik in dieser Situation, denn diese Wissenschaftler geben ihre ureigene Lebens-Energie, praktisch ihr ganzes Leben, an dieses System ab! Es stellt sie in Dienst, aber echte individuelle Höherentwicklung wird nicht gefördert. Anstatt dessen wird viel Energie abgezogen, um das System zu erhalten. Schau mal genauer hin: was vielen von ihnen in Wirklichkeit bleibt, ist ein Leben auf Sparflamme. Das *ekstatische Feuer des Geistes* kann ein jeder nämlich nur durch seine Mitte finden, in seiner eigenen Kraft. Dadurch könnte es für iele, viele Menschen geradezu Sternstunden der Genialität geben! Was übrigens Darwin betrifft: er schrieb in einem inzwischen veröffentlichten Brief, sein größter Fehler sei es gewesen, dass er dem *Ein-Fluss* der jeweiligen Umgebung, also was wir lernen und was wir glauben, nicht genügend Beachtung geschenkt habe.

Phil atmete hörbar ein. Das höre ich jetzt zum ersten Mal!

Wundert mich nicht, ich habe von Darwins historischem Rückzieher auch erst aus einem Buch[5] über die Intelligenz unserer Körperzellen erfahren. Der amerikanische Pathologe Bruce Lipton berichtet darin, zwanzig Jahre lang habe er den „genetischen Determinismus" – dieses zentrale Dogma der alten Biologie – seinen Studenten eingetrichtert. Doch dann hat er ein für ihn ganz neues Verständnis des Lebendigen entwickelt. Jetzt gehört er zu den

Vordenkern, die den Einfluss der Umgebung, des *geistigen Umfeldes* auf die Materie, immer stärker selbst wahrnehmen und deshalb ernst nehmen. Dieses energetische *Um-Feld* besteht naturgemäß auch aus den Menschen dort – und die *machen sich ihre Gedanken!*

Phil strich sich nachdenklich über das Kinn. Erstaunlich ... da fällt mir ein, auch Friedrich von Schiller, der Darwin ein Menschenleben voranging, war der Ansicht, unser Körper würde geformt durch unseren Geist ... wie dem auch sei, eben habe ich wieder gemerkt, wie gut mir das Konzentriertseintut. Damitkommeich sagenhaft fix wieder runter von meiner Palme. Übrigens: dieses „Zentriertsein", das dem „Kon-Zentriertsein" zugrunde liegt, was ist das eigentlich?

Kannst du doch selber erkunden! Finde einfach selbst heraus, was *hinter* dem Begriff „Zentriertsein" steckt und was sein *Inhalt* ist!

Wie? Jetzt?

Hier undjetzt.

Da bin ich aber neugierig! Phil sah ganz gespannt aus. Was muss ich dafür tun?

Zuerst einmal wieder dich gut konzentrieren. Wenn du nämlich so gespannt und neugierig bist wie jetzt im Moment, bist du in keiner guten Ausgangshaltung für gute Ergebnisse.

Aha! Schnurstracks konzentrierte Phil sich auf das *Gefühl*, wie er gerade auf der hölzernen Parkbank saß. Nach einer kleinen Weile kehrte das gewisse Lächeln auf sein Gesicht zurück, und nicht etwa ein aufgesetztes Lächeln, ein *echtes*, versteht sich. Dass es *echt von Herzen* kam, wurde ihm plötzlich klar, als er den feinen Energiestrom über die Brust hinauf bis über die Wangen aufsteigen fühlte. Dieser sanfte Strom *energetisierte* auf seinem Weg nach oben auch Phils Wangenmuskulatur und zog ihm ganz zart spürbar die Mundwinkel hoch.

Mélodie nahm diese winzige Veränderung bei ihm wahr. Wie schön er wieder lächeln kann, dachte sie liebevoll.

Welche *Kraft* diese Zentrierungs-Gedanken doch haben! erklärte Phil ehrlich begeistert. Er mochte dieses leise strömende Wohl-Gefühl. Es breitete sich wohltuend in seinem Körper aus. Im Gleichklang mit dem

Lächeln stand auch seine Stimmung: bald fühlte er sich gelassen, heiter und aufgeschlossen. Er spürte, dies war wirklich eine hervorragende Basis für neue Entdeckungen. Er hörte Mélodie sagen: „Zentriertheit" ist ein *Begriff*, ein *Wort*, aber ein Wort ist ja nicht nur ein Haufen Buchstaben-Salat... und lachte schallend los. Natürlich guckten gleich wieder alle Leute, die gerade an ihrer Parkbank vorüberkamen.

Warum lachst du? fragte Mélodie erstaunt.

Der „Haufen Buchstaben" hat mich an etwas herrlich Spaßiges erinnert, gluckste Phil. Du kennst nicht zufällig „Calvin und Hobbes"?

Du meinst diesen altklugen Frechdachs nebst seinem Plüsch-Tiger? fragte sie grienend zurück. Der seinem Papa vor der Wahl des „Vati-Amts" die Ergebnisse seiner Umfrage unter den Sechsjährigen im Haushalt unter die Nase reibt?

Genau! prustete Phil.

Und ob ich die kenne! Die gehören zu meinen Lieblings-Comics!

Dann kennst du vielleicht diese herrliche Szene, in der Calvin – haha –

Fräulein Wurmholz zu erklären versucht, dass bei dem Buch, das er als

Hausaufgabe lesen sollte – hmmpf – wegen schlechter Fixierung alle Buchstaben von den Seiten gerutscht sind! Hahaha! Und als ein Haufen Blödsinn zu Boden gefallen sind – har-har-har ...!

Mélodie hatte den weltberühmten Bilderstreifen[6] auch gleich wieder vor Augen, und Phils Gelächter war einfach ansteckend. Siehst du, gnickerte sie, und wenn du gerade n i c h t so einen wirren Haufen heruntergefallener Buchstaben zu beklagen hast, dann hast du es nicht mit Un-Sinn zu tun, sondern mit sinn-vollen Wörtern. So ein Wort hat *Sinn*, denn es *steht* ja eine *Idee dahinter*! Sprache und Schrift bestehen im Grunde auch aus winzigen Bilder-Zeichen. Kann man heute noch beim Chinesischen so schön erkennen. Diese Zeichen stehen in Verbindung mit *Gedanken-* und

Gefühls-Energien. Hinter einem sinn-vollen Wort, also einem Wort voll von Sinn, steht demnach eine Idee, eine geistige *Wirk*-lichkeit, eine *energetische Aus-Strahlung!* Genau das ist das *Wesen*-tliche dieses Wortes: buchstäblich sein *Wesen*. Physikalisch gesehen ist auch dies

Photonen- Energie. Licht-volle Gedanken-Energie, nur beinahe unsichtbar und so zart und fein, dass man sie deshalb fein-stoff-lich nennt. Gleichwohl nimmt sie enormen *Ein-Fluss* und hat eine *kraft*-volle *spezifischeWirkung.*

Wie bei den durch menschliche Gedanken gesteuerten Geräten ...

Genau. Wir sagen statt „Wort" ja auch *„Aus-Druck",* was direkt darauf hinweist, dass damit buchstäblich eine Energie mit Druck von hinten nach vorn beziehungsweise von innen nach außen gebracht wird und demnach aus-ge-*drückt,* aus-ge-*sendet,* aus-ge-*strahlt.* Diese kraft-volle Energie macht wortwörtlich *Ein-Druck* auf ihr Um-Feld und hat somit *Ein- Fluss* darauf. Just diese *leuchtende Aus-Drucks-Energie* und *Aus-Sage-Kraft* eines Wortes, seine *Eigen-Art* und sein *Wesen,* das viele sensible Menschen schon lange *sehen* und *spüren* konnten – das ist die *Kraft* und *geistige Macht* hinter den Lauten und Buchstaben, die durch das *sinn-voll* zusammengefügte Wort einen ent-*sprechenden Namen* erhalten hat. Nicht umsonst stammt unser Ausdruck „Wort" von „sagen", was wiederum
„zeigen" bedeutet und – *„sehen* lassen"! Das leuchtende Wesen hinter einem Wort – man kann es tatsächlich *sehen!*

Das *leuchtende Wesen* hinter einem Wort ...! Phil ließ diesen Satz langsam auf der Zunge zergehen. Dann ist ein Wort der Code für eine ganz bestimmte *Licht-Energie-Ausstrahlung!* Eine Art Zugang!

Ja, und diese Energie kannst du *sehen* lernen. Dann hast du im wahrsten Sinne des Wortes *Durch-Blick.* Ein Wort ist wie eine Art Telefonnummer in Leuchtschrift. Mit dieser Ruf-Nummer kannst du das ent-*sprechende* Wesen buchstäblich an-*rufen.* Und nicht nur das! Ein Wort kann dir obendrein, ähnlich wie eine Zahlenkombination, einen Tresor voller geistiger Schätze aufschließen. Die darin an-*Wesen*-de *geistige Energie* sendet ihre *leuchtenden Schwingungen* auch in dem vom Menschen sichtbaren Licht-Bereich aus und ist unter anderem *sichtbar* als *Bilder-Welt.* Ähnlich wie ein feines Gemälde.

Phil überlegte. Ich habe kürzlich etwas gehört über „Laut-*Malerei".* Kennst du das?

Mélodie nickte. Wenn ein Wort entstanden ist auf der Basis eines *äußeren Geräusches*, dann sagen die Sprachforscher, es habe eine „Schall-Wurzel". Beispielsweise das Wort „klatschen".

Prompt stieg eine Erinnerung hoch in Phil: als kleiner Junge lief er mit seinen Eltern bei schönstem Sommerwetter fröhlich auf einen Strand zu, über der Schulter die große Badetasche seiner Mutter und daran ... Er lachte fröhlich auf. Du kennst doch bestimmt auch diese Dinger ... diese Badesandalen. Inzwischen haben sie den trendigen Namen „Flip-Flops"!

Mélodie malte es ein heiteres Lächeln ins Gesicht, als sie an die berühmten quietschbunten Schlappen dachte. Inzwischen sind die sogar gesellschaftsfähig, griente sie. Mann beziehungsweise Frau trägt sie jetzt nicht mehr bloß am Strand!

Phil nickte lachend. Sogar im Büro habe ich sie schon herum flippen hören! Flipflopflip ... sofort hatten beide wieder dieses charakteristische Lauf-Geräusch im Ohr ...

Bei denjenigen Worten, die keine Schallwurzel haben – und das sind ja die meisten – ist das hervorgehobene Charakteristikum die dahinter liegende *energetische Bilder*-Welt. Aus dieser sind sie offenbar ge-*Bild*-et worden. Tatsache ist: so ein Gedanken-Wesen kann ich nicht nur *sehen*, sondern auch *fühlen*, ähnlich wie ich die Energie eines Sonnenstrahls nicht nur sehen, sondern ebenso seine Wärme fühlen kann. Und so, wie ich Wärme außen auf meiner Haut fühlen kann, ist sie auch in meinem eigenen Wesen spürbar. Zum Beispiel als Herzens-Güte: dann wird mir warm ums Herz! Alles Wesen-tliche ist auch innerlich erfahr-bar. Diese Eigenschaft ist wiederum selbst etwas ganz Wesen-tliches, denn aus dieser inneren Erfahrung sind meiner Ansicht nach Worte und Sprachen erst entstanden. Und wir gehen hier den Weg zurück, um über ein Wort zu dem verborgenen *Wesens-Bild* dahinter zu gelangen und so dessen Geheimnis lüften zu können. Mit einem Zugangs-Code, wie du ja eben schon erkannt hast. Dieser buchstabenmäßige Begriff ist der *Vermittler* des Wesens, im Grunde ist es eine Art „Sesam- öffne-dich!" für dieses Wesen.

Und mit etwas Übung ist es möglich, solch ein Wort-*Wesen* – die Wort-*Essenz*, also die *Aus-Strahlung* eines Begriffes – bewusst wahrzunehmen und ohne jegliche Apparatur gezielt zu spüren und zu sehen. Nehmen wir zum

Beispiel Liebe. Und auch, wenn mancher das nicht glaubt – „Liebe" ist nicht nur ein Wort, sondern eine exquisite Energie-Qualität.

Unmerklich zuckte Phil zusammen. In seinen Gedanken hallte eine Tonsequenz herauf wie ein sehnsuchtsvoller Ruf: ein Lied seiner Lieblings-Rockgruppe BAP kam ihm in den Sinn. Es drückte ein tiefes Sehnen aus, eine Sinnsuche, und wirkte auf ihn gleichzeitig so tröstlich in seiner warmherzigen Kölner Mundart. Es handelte davon, dass man Liebe spüren muss ... aber wie? kam Phil ein fast verzweifelter Gedanke

... und plötzlich wusste er es ... Ja! Mit Mélodies Methoden konnte er doch das Geheimnis ergründen, wie sich Liebe, das Wesen der Liebe, anfühlt und wie es aussieht! Und wo und wann? – Überall und wann immer er wollte! Ein enormes Glücksgefühl breitete sich aus in ihm ...

Hatte Mélodie seine innere Regung bemerkt? Das konnte er nicht erkennen, sie saß gelassen neben ihm auf der Bank und sprach ruhig weiter: außer unseren äußeren fünf Sinnen Sehen, Hören, Fühlen, Schmecken und Riechen besitzen wir ja unsere *inneren* Sinne. Durch sie haben Menschen schon immer die Fertigkeit gehabt, die feinstofflichen Hintergrund-Energien aller möglichen Dinge erkennen zu können. Auch das Wesens-Bild eines Wortes, die gedankliche Ausstrahlung.

Glücklich strahlte Phil sie an.

Du hast dieses angeborene Talent vielleicht noch nicht willentlich eingesetzt. Aber ist es dir nicht auch schon passiert, dass du plötzlich scheinbar ohne Grund, ganz unwillkürlich, irgendwo hingeschaut hast – bloß um jemanden zu entdecken, der gerade d i c h beobachtet?

Klar! erinnerte sich Phil, was ist da passiert?

Die Quantenphysik sagt, unser Körper strahlt elektromagnetische Schwingungen aus, die von anderen Menschen bewusst oder unbewusst wahrgenommen werden können. Für mich ist klar, der Beobachter hat dich durch den Vorgang des Beobachtens mit seiner konzentrierten Ausstrahlungsenergie *berührt*. Ein uraltes Naturgesetz beschreibt dies so:

Energie folgt der Aufmerksamkeit

Der Beobachter sandte dir also Energie in Form von Schwingungs-Frequenzen. Und ganz ohne wissenschaftliche oder nicht- wissenschaftliche Erklärungen hast du diese Hintergrund-Energie sehr wohl bemerkt. Trotz aller äußeren Ablenkungen! Du hast den *Energie- Aus-Druck* des anderen Menschen als einen *Ein-Druck* bei dir selbst gespürt!

Ja – und was bedeutet das?

Das ist großartig! Dadurch wärst du im Ernstfall rechtzeitig vor einer möglichen Gefahr gewarnt gewesen! Natürlich kann der Beobachter ebenso gut ein Freund sein, der gerade liebevoll seine Aufmerksamkeit auf dich richtet, dann spürst du es vielleicht sogar noch stärker. Das Gespür dafür ist dieseangeborene Fähigkeit. Siehatden Status außerordentlicher Exzellenz.

Plötzlich stand Phil eine Situation vor Augen, damals in der Firma: Mélodie schaute einmal just zu ihm herüber, als er sie gerade beobachtet hatte. Dann hatte sie seine Blicke vielleicht auf ihrer Haut spüren können?! Oh Mann, dann funktioniert das wirklich nicht nur bei Gefahr, sondern auch bei … er spann den glitzernden Faden nicht weiter, wollte hier und jetzt noch nicht tiefer eingehen auf diesen aufwühlenden Gedanken. Trotz seiner langsam sich wieder erwärmenden Gefühle war er noch nicht so weit, über diese Geschichte in der Eiszeit ihrer Bekanntschaft zu reden. So erklärte er nur: Dieses Anstarren kenne ich tatsächlich. Von beiden Seiten. Aktiv und passiv. Aber warum soll das exzellentsein?

Unter anderem, weil ein solches Erkennen und Erspüren von *Photonen-Energie*, der *feinstofflichen Hintergrund-Energie* jeglicher Art, dir dein Leben retten kann! Es ist ein Erbe der Natur in jedem Menschen. Es gibt einen Bericht[7] über einen Mann, der eben diese Fähigkeiten, die Hintergrund-Energien wahrnehmen zu können, in der Wildnis nutzt. So etwas gehört zu jedem brauchbaren Überlebens-Training.

Was du da sagst, erinnert mich an einen Bericht über den großen Tsu- nami vor Jahren in Südasien, erzählte Phil nachdenklich. Hunderttausenden Menschenhatdas Nichtvorhandensein eines technischen Frühwarnsystems im Indischen Ozean damals bekanntlich das Leben gekostet. Sie wurden von der Flutwelle überrascht. Nur nicht auf den Andamanen-Inseln. Die „Gesellschaft für bedrohte Völker" erklärt dies damit, dass die dortigen Ureinwohner, die weitab von unserer Zivilisation noch nach ihren alten Überlieferungen leben, die herannahende Welle früh genug erkannt hätten. Nicht nur daran, dass sich eine Weile vorher das Meer vom Strand zurückzog und die Tiere plötzlich ins Hinterland und auf Anhöhen flüchteten. Vermutlich auch durch das Wahrnehmen von Infra-Schall, der Erdbeben begleitet und seinerseits durch seine extremen Bass-Schwingungen Angst auslösend wirkt und damit vor Gefahren warnt. Die Menschen dort waren sensibel genug, die hinter diesen Anzeichen stehende Gefahr zu spüren und klug genug, konsequent nach ihrem Gespür zu handeln. Die indischen Behörden sind inzwischen ebenfalls klug genug, dieses altüberlieferte Wissen nun zu sammeln und zu dokumentieren. Damit es wieder verbreitet wird und – neben einem mittlerweile installierten technischen System – als natürliches Frühwarnsystem von möglichst vielen Menschen direkt genutzt werden kann.

Ja, es enthüllt uns kostbares Wissen, wenn die *Bedeutung von Zeichen* verstanden wird. Solche äußeren Zeichen der Natur genauso wie innere Zeichen. Fähigkeiten dieser Art als uraltes Erbe der Menschheit sind aber nicht nur in der Wildnis äußerst nützlich. Im „Großstadt-Dschungel" sind sie genauso überlebenswichtig, ob hier in Hannover oder sonst wo auf der Welt. Überall gibt es Zeichen, die klugerweise Beachtung finden sollten. Öffne Dir das Tor zur Welt! Dann bekommst Du Klarsicht und hast Durchblick.

Interessiert mich brennend, dieser Durchblick!

Mélodie nickte lachend. Du kannst dein diesbezügliches Talent nutzen, wann und wo immer du willst! Wir haben ja vorhin schon damit angefangen, bevor du deinen Lachanfall bekommen hast. Das mit Calvin und den Buchstaben ist ja auch zu köstlich, sagte Phil begeistert grinsend. Und wie war das jetzt noch gleich mit dem Talent nutzen?

Du könntest als erstes beispielsweise das Geheimnis lüften, welchen *Inhalt,* welche *Eigenschaften* – also welches *innere Wesens-Bild* – jene *Kraft* hat, zu dem der Begriff „Zentriertheit" gehört. Das war ja vorhin deine Frage. Also welche *Beschaffenheit* diese spezielle Hintergrund-*Energie* hat. Dein Unterbewusst- sein als Schaltstelle deiner archaischen Wahrnehmungs-Fähigkeiten antwortet dir darauf. Und zwar in seiner eigenen Sprache. Es erklärt dir diese Energien *symbolisch*, zeigt dir vielleicht Bilder vor deinem geistigen Auge, die verbunden sein können mit innerem Hören, Riechen und sogar Schmecken. Und mit dem *Fühlen*, der *Berührung*.

Phil erdete und konzentrierte sich wieder und fühlte sich so gut dabei, dass er jetzt auf der Stelle sogar hätte ergründen können, warum „Liebe" nicht nur ein Wort ist. Mélodie war nun auf seine vorige Frage nach der „Zentriertheit" eingestiegen, auch gut. Dann würde er anhand des Wortes „Zentriertheit" gleich also wie durch eine offene Tür in dessen geistiges *Wesen* hineingehen … Er lächelte in seinem Konzentriertsein.

Schön! Mélodie war sichtlich erfreut. Dieses Lächeln, das eben bei dir von selbst entsteht, ist immer ein Anhaltspunkt für dich, dass du bereits gut konzentriert bist.

Strahlend blickten Phil und Mélodie einander in die Augen … Mittlerweile spazierten, joggten, radelten immer mehr Leute an diesem Vor- mittag durch den Stadtwald, nicht wenige prächtig gelaunt wegen des herrlich warmen Frühlingswetters. Wenn sie an der Parkbank dort an der großen Wegkreuzung zwischen dem Eilenriedestadion und dem Hannoverschen Hockeyklub vorbeikamen, schauten manche neugierig auf das hübsche Paar. Mélodie ließ sich davon nicht aus der Ruhe bringen. Phil auch nicht mehr. Dass unser Lächeln hier ein besonderes, ein inneres Lächeln ist, hast du ja offensichtlich längst bemerkt, sagte sie. Und mit der geistigen Haltung, die natürlicherweise damit einhergeht, bist du für sämtliche Arbeiten und Unternehmungen gut vorbereitet und darfst ruhig gute Ergebnisse erwarten. Aus deiner geistigen Mitte, in die du dich durch deine Konzentration begeben hast, entspringen nämlich keineswegs ödes Mittel-Maß und langweilige Durchschnittlichkeit! So etwas lässt man nur uneingeweihte Gemüter glauben. Konzentriert arbeitest du nämlich entspannt und zielgerichtet. Dadurch entstehen regelmäßig *überdurchschnittliche Leistungen*. Ohne Übertreibung darf ich sogar sagen, es entwickeln sich damit Genialität und echte Brillanz.

Apropos *Brillanz*, nahm Phil das Wort auf, ich glaube, ich bekomme schon eine Antwort auf meine Frage nach der Beschaffenheit des *Wesens des Zentriertseins*. Kann das sein? Und das funkelt nur so!

Ich bin ganz Ohr!

Ehe Mélodie es ihm vorschlagen konnte, schloss Phil bereits instinktiv die Augen, um seine inneren Informationen noch besser wahrnehmen zu können.

Das *Wesens-Bild*, begann er, das gerade vor meinem inneren Auge schwebt, zeigt eine rosa-goldene Kugel, die in der Mitte eines senkrecht stehenden Stabes schwebt. Der Stab hat Regenbogen-Farben, beginnt unten mit Rot und endet oben mit Violett. Die Kugel verströmt goldene Energie in Form einer schimmernden Gloriole. Sie verteilt die Kräfte und stabilisiert das Gebilde. Erinnert mich an den Begriff „Glanz und Gloria", sagte Phil lächelnd. Sieht richtig gutaus!

Mélodie war begeistert. Bemerkst du irgendwo etwas Negatives darin? Nicht, dass ich wüsste, antwortete Phil nach einer Weile. Ich glaube, das Wesen der „Zentriertheit" hat nichts Negatives an sich.

Merkst du es – in diesem konzentrativen Zustand weißt du oft *ganz von selbst*, was die Farben, Formen und Empfindungen für dich bedeuten! Dieses Talent hast du von Natur aus, so wie ein Vogel weiß, wie er zum Fliegen seine Flügel ausbreiten muss. Allerdings ist es nicht von einem Tag auf den anderen bereits voll ausgebildet. Übung macht den Meister; eine Schwalbe lernt ihre spektakulären Flug-Künste ja auch nicht alle am ersten Tag. Die Symbolik der inneren Bilder kann übrigens unterschiedlich sein bei verschiedenen Menschen. Am besten wird sie individuell erarbeitet. Das machst du, indem du in dich hineinfragst: Was bedeutet dieses Symbol? Oder jene Farbe? Bist du dabei geerdet und konzentriert, bekommst du intuitiv die richtige Antwort von der kompetenten Auskunftsstelle in dir selbst.

Im Grunde ist das genau das, was ich gerade gemacht habe, oder? Das ging jedenfalls wie von selbst! Er freute sich sichtlich und machte es sich bequemer auf ihrer Parkbank.

Und wenn du jetzt so tust, als könntest du dieses Energie-Gebilde vor deinem inneren Auge wie mit geistigen Händen anfassen, wie würde sich das anfühlen? Möchtest du das mal ausprobieren?

Und ob er wollte! Phil war voll konzentriert. Wie er es genoss, mit Mélodie hier im Sonnenschein auf der Parkbank zu sitzen, mit ihr zu plaudern und dabei so herrliche neue Dinge für sich zu entdecken! Das Energie-Gebilde der Zentriertheit fühlt sich weich und zart an, berichtete er nun. Es ist sehr wohltuend und strömt einen Schwall von Lebendigkeit aus, leuchtend wie Sonnenstrahlen. Gleichzeitig ist es enorm kraftvoll und aufbauend. Vor allem fühlt es sich sanft und durch und durch friedlich an.

Wie kommst du darauf, dass außer dem Empfinden von Wärme und Weichheit auch noch Gefühle da sind, die du beispielsweise „friedlich" nennst?

Hm. Ich bekomme vom Wesen der Zentriertheit einfach diesen *Ein-Druck*! Ich kann dessen *Ausstrahlung* – ähnlich wie bei dem Energie-Ball vorhin – praktisch wie einen *vor* mich hin*gestellten* Gegenstand mit Händen *greifen*. Damit *er-fasse ich ihn geistig*. Ich *fahre* mit meinen geistigen Händen daran entlang ... So ... Phil machte mit geschlossenen Augen sanfte Greif- und Tast-Bewegungen mit den Händen, es sah aus, als streichele er etwas in der Luft. Durch diesen geistigen Kontakt kann ich die Ausstrahlung empfinden und ihre Qualität erspüren, zum Beispiel Friedlichkeit. Das spüre ich durch die Hände auch in meinem Herzen ... aha! Da ist ja die Verbindung zu dem speziellen Lächeln, das mit dem Konzentriertsein einhergeht! Dieses Lächeln kommt von Herzen, berichtete Phil mit eben diesem Lächeln auf den Lippen. Und noch etwas ist mir aufgefallen: das Wesen der Zentriertheit verströmt Warmherzigkeit! Mélodie klatschte vor Freude in die Hände.

Damit hast du etwas sehr Wichtiges gefunden! Etwas kann mit noch so viel gleißender Helligkeit und Schönheit daher kommen – achte immer auch auf seine Temperatur! *Warm-Herz*-igkeit ist ein gutes Zeichen. Interessant ist, dass die Temperatur aber in Richtung Kühle geht, je höher entwickelt das Wesen ist, in das du dich gerade hinein fühlst. Wobei die Betonung auf *Kühle* liegt, n i c h t Kälte! Ganz wichtig!!! Die ganz hohe Schwingung der *göttlichen Liebe* beispielsweise fühlt sich kühl an, sie ist wohltemperiert, weder heiß noch kalt. Frostige Temperaturen und Grabeskälte hingegen sind k e i n gutes Zeichen, in diesem Fall hättest du es n i c h t zu tun mit neutral- kühler göttlicher Liebe oder Herzens-Wärme, sondern mit herz-loser Wesens-Kälte**.** Denn mag etwas auch hell sein: es ist niemals *echte* Brillanz, wenn die Schwingung der Liebe fehlt. Dann würdest du Eises-Kälte spüren, sonst Wärme bis Kühle.

So, daran scheiden sich die Geister!

Das ist meines Wissens ein gutes Unterscheidungs-Merkmal. Du kannst auf diese Weise stets erkennen, welcher Geist *wahrhaft brillant* ist. An-Hand dieser speziellen Unterscheidungs-Fähigkeit kannst du dann entscheiden, auf welche Wesen du dich nach dieser Erst-Information vielleicht noch weiter ein-lassen willst. Das liegt in deiner alleinigen Verantwortung, buchstäblich in deiner Hand. Es ist also unabdingbar, dass du bei deinem ersten lockeren Kontakt mit einem Wesen bewusst darauf achtest, ob Liebe, also Warm-Herz-igkeit bis kühl neutrales Wohlwollen vor-Hand-en ist. Künstlich vortäuschen kann man sie nämlich nicht! Ist sie da, kannst du sie auch erkennen.

Mit diesem Kriterium hast du – nebenbei gesagt – buchstäblich ein *echt brillantes* Argument gefunden, das dir bei allen Entscheidungen hervorragende Dienste leistet. Das Stammwort von „Argument" heißt ja „bewei- sen", und „Argument" selbst bedeutet: „etwas, das der Er-*hell*-ung und Ver-an-*schau*-lichung dient".

Dann ist strahlende Warmherzigkeit oder sogar neutral-kühle Liebe in einem Wesen ein echt brillantes Argument, was ich bei Bedarf buchstäblich „an der Hand" habe! freute sich Phil.

Es ist übrigens nicht nur sinn-voll, sondern auch freundlich, wenn ich nach meinem Besuch diesem *wesen*-tlichen „Argument" in Gedanken „Dankeschön" für seine Informationen sage. Anschließend fühle ich wieder meine Fußsohlen oder den Stuhl, auf dem ich sitze, und strecke mich ein wenig, damit ich wieder in meinem körperlichen Hier und Jetzt bin. Zum Schluss löse ich mich von dem Wesen, indem ich innerlich meinem Unterbewusstsein klar auftrage: „Ich bin jetzt wieder energetischgetrenntvondiesem Wesen!"

Warum denn so ein Umstand?

Weil du damit die persönliche Entscheidung darüber behältst, wann du womit und mit wem in deinem Leben direkt verbunden sein willst. Du hast stets die freie Wahl!

Das gefällt mir immer besser! lachte Phil. Geht das übrigens immer so schnell, dass ein Wesens-Bild vor dem inneren Auge erscheint?

Das ist bei jedem Menschen anders. Diese Technik ist einfach und man kann sie schnell erlernen. Bei dir ging es sehr, sehr schnell. Es kann außerdem eine kleine Weile dauern, bis du die Antwort klar wahrnehmen kannst. Bei manchen dauert es länger, bis sie etwas wahrnehmen, und das ist völlig in Ordnung, jeder lernt dies in seiner ganz eigenen Zeit. Alles Übungssache! Wäre das Bild nicht gleich erschienen, hättest du dir in Gedanken einzelne Fragen stellen können, um so das Ergebnis rascher zu bekommen: Strahlt dieses Wesen Warm-Herz-igkeit oder wohlwollend neutrale Kühle aus? Und wenn du diese spüren kannst, hättest du weiter fragen können: Welche Form würde ich beim Wesen der Zentriertheit erkennen, wenn ich es sehen könnte? Wie dunkel oder hell würde ich die Farbe der Zentriertheit erkennen? Welche Struktur könnte ich bei der Zentriertheit erspüren? Übrigens: du hast echt schnell be-*griff*-en, worum es hier geht und wie es geht! Einen *Ein-Druck* davon, wie etwas bei einer Hintergrund-Energie *wirk*-lich beschaffen ist, welche tatsächliche *Wirk*-ung sie auf mich hat, erhalte ich durch be-*sinn*-liche An-*schau*-ung und *fühlendes*, be-*griff*-liches *Denken* – und genau das geschieht während einer *Essenz-Erfahrung,* genau so, wie du es jetzt gerade erlebt hast. Jede Essenz-Erfahrung ist eine Wesens-Berührung. Mélodie vertraute ihm an, zu welcher Erkenntnis sie bisher gekommen war: Der *Vorgang des* Be-*Greifen*-s – also die *geistige Hand-habung* und Er-*Fahr*-ung eines beliebigen Themas – findet offenbar statt, indem ich an einem geistig *vor-gestellten Gegen-stand*, den ich mir *besonnen* an-*schaue*, wie mit imaginären Händen entlang-*fahre*. So kann ich buchstäblich aus erster *Hand* er-*fahren*, wie die *Wirk*-lichkeit ist.

Ja, es ist tatsächlich so, als ob ich geistige Hände ausstrecke und auf diese Weise Informationen buchstäblich aufnehme! Es ist eine geistige Berührung ... Im Grunde genommen ist das alles ganz einfach – es liegt ja klar auf der Hand!

Mélodie nickte erfreut. Den vorgestellten Gegenstand taste ich tatsächlich vor-Sicht-ig ab. So kann ich etwas er-*fassen* und er-*fühle* ebenso dessen einzelne innere *Qualitäten*, die ich mit meinen *inneren Sinnen erkenne*. Für diese Art *Mentalität* gibt es mehrere Synonyme: „*mit-fühl*-endes, *passion*-iertes, *sens*-itives *Denken*", und an-*schau*-liches, be-*schau*- liches, *in-tuitives* Denken. „*In-tuition*" heißt ja wörtlich An-schau-ung".

Dann habe ich eben intuitives Denken angewandt?

Noch viel besser – du hast eine Denkart angewandt, bei der du deinen *inneren Tast-Sinn* und *inneren Seh-Sinn* bereits gemeinsam eingesetzt hast: *Fühlen und Schauen* sind dabei eine Synthese eingegangen. Die übrigen inneren Sinne sind ebenfalls beteiligt bei dieser Denkweise, doch ersten beiden werden von den meisten Menschen vorwiegend verwendet. Sie sind uns daher am vertrautesten und auch am besten trainiert. Daher ist es von Vorteil, mit diesen beiden zu beginnen, dieses Tandem zieht die anderen Sinne mit. Fühlen und Schauen sind hierbei zu einem Erkenntnis-Vorgang miteinander verschmolzen. Die geistige Haltung, die ich damit einnehme, wird als
„sensitiv" und gleichzeitig „intuitiv" bezeichnet. Mélodie malte mit der Spitze ihres Schuhs erneut ein Bild auf den Parkweg, diesmal ein Dreieck. Schau mal, hier ist SENSITIV, das daneben INTUITIV. Vereinigt ergibt sich daraus eine höhere Qualität: das SENTUITIVE Denken:

SENTUITIV
XX
X   X
SENS – ITIV & IN – TUITIV

Und wenn du dir das Ganze jetzt nicht mehr flach auf dem Boden liegend vorstellst, sondern dreidimensional ...

Hey, dann wird's ja eine Pyramide!

Ja, genau! Dann entsteht über das zweidimensionale, flache Bild hinaus eine Bild-Gestalt mit Tiefe: eine energetische Skulptur.

Das integrierte Schauen und Erfühlen verstehe ich ja. Aber was hast du da eben erzählt von „Mitfühlen"?Was soll ich bei dieser Sache mit Mitleid? Wie passt denn das hinein?

Gar nicht! Eines ist mir inzwischen klar geworden: „Mit-*Leid*" ist eine völlig andere Geistes-Haltung als unser „Mit-*Gefühl*". „Mit-*fühlen*" heißt, mit der konzentrativen Kraft des Optimalen etwas durch sein Ein-*fühl*-ungs-Vermögen *wahr*-zu-nehmen – und selbst dabei *neutral* zu bleiben. „Mit-leiden" bedeutet dagegen, dass man in der Energie-Qualität „Leid", die man irgendwo erfühlt hat, haften geblieben ist. Man ist buchstäblich be-fangen, hängt an dieser einen Seite fest und ist somit nicht mehr *neutral.*

Phils Gesicht zeigte deutlich seine Überraschung. Mir war gar kein Unterschied bewusst! gab er ehrlich zu.

Es ist von Vorteil, darüber Bescheid zu wissen, weil es für unser daraus folgendes Handeln weitreichende Konsequenzen hat. Denn wer mit-*leidet*, hat seine neutrale, gelassene Beobachter-Position längst verlassen. Aber nur in dieser Position bin ich ja belastbar und kann von dort aus souverän agieren, statt nur kopflos zu re-agieren! Nur von dort aus kann ich mit *kühlem* Kopf, *Klar*-Sicht und *Über-Blick* zum Beispiel not- wend-ige Hilfsmaßnahmen für andere und mich selbst organisieren. Ich muss ja, um helfen zu können, einen „*klaren* Kopf" bewahren. Ein Freund von mir, der als Notarzt fährt, sagte mal, weinen würde er dann zu Hause.

Phil presste die Lippen zusammen.

Gerade auch dann hilft die Kraft namens „Mit-Gefühl", sie hat eine aufhellende, ermutigende geistige Qualität. Die geistige Haltung des „Mit-Leids" hingegen ist voll düsterem Leid, man steckt dabei praktisch mit den Leidenden im „Jammer-Tal" fest. Man würde sich buchstäblich in Mit-Lei-den-schaft ziehen lassen, machte sich deren Leid zu eigen und wäre damit sogar mit dem Leben der anderen verstrickt.

Wie, verstrickt?

Beim Mit-Leid kann es passieren, dass man sich von der Leid-Energie eines anderen ein Stück auf das eigene Energie-Feld aufhalst. Dadurch entsteht eine ungute energetische Verbindung, eine Verstrickung. Und als wär das nicht schon genug, wird dem anderen dadurch kein bisschen Leid abgenommen! Geteiltes Leid kann nur dann halbes Leid werden, wenn man k e i n Mit-Leid dabei zulässt, sondern statt dessen konzentriertes Mit-*Gefühl* in sich erzeugt.

Meine Güte, das muss man ja erstmal wissen!

Ja, nickte Mélodie. Mir ist das früher mit meiner Schwester manchmal passiert. Wenn wir telefonierten und sie mir beispielsweise erzählte, sie habe gerade Halsschmerzen, hatte ich die ein paar Stunden später auch. Bis ich herausfand, was da eigentlich ablief, hat es ganz schön gedauert. Das geht etlichen sensiblen Leuten so. Heute passiert mir das nicht mehr.

Weil du dich zentrierst.

Unter anderem, ja. Und bereits etablierte Verstrickungen kann ich auch wieder lösen.

Zeigst du mir das auch?

Natürlich! Gern! Es ist sehr effektiv und wohltuend. Gott sei Dank wissen die meisten Leute wenigstens schon, dass man auch in den Gefühlen seiner eigenen Sorgen stecken bleiben kann: im „Selbst-Mit-Leid". Die verschiedenen Formen von „Leid" – auch die so oft beschworene „Leid-enschaft" – können einem also selbst und anderen in irgendeiner Weise wehtun. Manchmal entwickelt man dadurch auch noch ein „Helfer-Syndrom". Mit-Leid ist k e i n positiver geistiger Zustand. Es ist weder für einen Hilfsbedürftigen noch für die Effektivität des Helfers optimal. Auch Anne Sullivan, die Lehrerin von Helen Keller[8], war übrigens der Meinung, mit jemandem Mitleid zu haben sei schlicht verschwendete Energie.

Helen Keller …? Ah, du meinst das kleine taubblinde Mädchen und seine Lehrerin … ich habe mal einen Film über deren Leben gesehen, eine bewegende Geschichte.

Oh ja … durch Anne Sullivans Engagement konnte Helen Keller, die ja als taubblinder und stummer Mensch hilflos gefangen war in der Dunkelheit ihrer Sinne, ihre Umwelt überhaupt erst be-greifen lernen, im wahrsten Sinne des Wortes. Erinnerst du dich an die berühmte Filmszene mit den beiden an der Wasserpumpe? Als Helen plötzlich der Geistesblitz durchzuckte, dass die Empfindung von Anne Sullivans Finger-Alphabet in ihrer Hand ein Wort darstellte: die Bedeutung eines bestimmten Be-griff-es in der Außenwelt, in diesem Fall von „Wasser", das sie gerade in ihrer anderen Hand spürte.
Bei der Erinnerung daran nickte Phil mit leuchtenden Augen.
Das war ein erleuchteter Moment! In dem lernte Helen das Be-Greifen, die Er- Kenntnis eines sinn-vollen Zusammenhangs. Sie machte die grandiose Entdeckung der Sinn-haftigkeit des Lebens um sie her! Eines der Bücher über Helen Keller und Anne Sullivan, das ich gelesen habe, heißt so treffend:
„Öffne mir das Tor zur Welt!" Und genau so ist es. Was Helen damals entdeckte, war ihr Tor zur geistigen Freiheit! Solch eine Tor-Erfahrung die Öffnung in ein größeres Sein, habe ich selbst auch erlebt… es war der Moment, in dem ich die Wirkung der Essenz-Erfahrung entdeckte: als ich das leuchtende Wesen hinter einem Wort, dessen Essenz, durch mein Sehen mit dem Herzen und dem liebevollen Fühlen mit meinen geistigen Händen – genauso wie du es vorhin getan hast – be-greifen konnte. Und somit die Funktionsweise dieses Wesens verstehen lernte! Seine ureigene Bedeutung, seine Bestimmung! Seinen tiefen Sinn in dieser Welt! Helen Keller machte diese Erfahrung auf der physischen Ebene, ich machte sie auf der spirituellen. Es war eine Sternstunde meines Lebens! Vorher war ich, wie so viele Menschen es bisher gewesen sind, für das Wesen-tliche ja ebenfalls sinngemäß wie taub und blind – auf der spirituellen Ebene! Ähnlich wie Helen Keller auf der körperlichen Ebene blind und taub war. Helen und ich konnten uns aus der Sinn-losigkeit und Dunkelheit des Nicht-Begreifens befreien wie

aus einem Kerker, denn wir haben einen Schlüssel dazu entdeckt, jeder auf seine Weise, jeder auf einer anderen Ebene. Meinen Schlüssel gebe ich mit Freuden an dich weiter ... hier ist er! sagte Mélodie mit strahlendem Gesicht. Also los! Befreie dich! Komm raus aus deinem Kerker zu mir an die Sonne und die frische Luft! Phil und Mélodie lachten laut auf vor Freude und er zog sie in seine Arme ... Es ist pures Glücklichsein, einen geliebten Menschen so nahe zu spüren ... und die beiden genossen es aus tiefster Seele...

Als sie ihr Gespräch um das Thema Mit-Leid und Mit-Gefühl etwas später wieder aufnahmen, sagte Phil:. Unter diesen Gesichtspunkten kann ich den Unterschied jetzt durchaus verstehen.

Ja, und arbeitest du im Optimum – also mit dem neutralen, klaren „Mit-Gefühl" – werden selbst Extreme wie zum Beispiel Kalt-herz-igkeit einerseits und hitzige Gefühlsaufwallungen andererseits wohltuend in dir ausgeglichen. Beim mit-*fühlenden*, dreidimensionalen Denken, das sich in alle Richtungen behutsam vor-*tastet*, befinde ich mich selbst in der goldenen Mitte. Ich erkenne ein leid-volles Gefühl sofort, bleibe aber nicht dort und leide auch nicht passiv mit. Es gibt in diesem Moment ja sehr viel wichtigere Dinge zu tun: nämlich zu helfen! Ich komme also wieder zurück zu meiner geistigen Mitte, fühle wohlwollend neutral, kann gelassen bleiben und daher das Wesen- tliche er-fassen. So bleibe ich klar, weiß, was in dieser Situation die angemessene Hilfe ist und kann effektiv handeln. „Mit- Gefühl" strahlt eine für jedes Wesen aufbauende und erhebende Energie aus. Von diesem optimalen *Stand-Punkt* aus sehe ich hilfreiche *Per-spekt-iven* in der jeweiligen Situation, ich habe rundherum buchstäblich beste *Aus-Sicht- en*. Ich nenne das: *Um-Sicht* haben. Und *Durch-Blick* und *Klar-Sicht* gehören mit dazu.

Solchen Durch-Blick hatte ich bisher nicht.

Noch mehr warmes Gefühl für Phil wallte in Mélodie auf. Überrascht über seine Offenheit, rechnete sie es ihm hoch an, dass er sich jetzt nicht hinter Macho-Gehabe versteckte wie: „Hab ich eh längst gewusst". Sie fragte ihn: Wie wäre es für dich, wenn eine Energie wie zum Beispiel das Wesen des Zentriertseins öfter an-Wesen-d wäre in deinem Leben und darin Wirk-ung zeigen würde?

Das würde mir sehr gefallen!

Dann brauchst du dich nur öfter zukonzentrieren. Genauso, wie du eben gesehen und vor allem gefühlt hast, ist die kontinuierliche *Wirk*-ung ihrer Energie auf dich, die Aus-*wirkung* ihrer *Ausstrahlung*. Und nicht nur auf dich, sondern auch auf andere, denn auch diese Energie *strahlt* ja aus dir *heraus*, wenn du sie ver-*inner*-licht hast. Deine gesamte Umgebung wird davon be-ein-flusst. Im Falle dieser Energie ist der *Ein-Fluss* warmherzig, stabilisierend und erhebend. Durch dein „lächelndes Kon- zentriert-Sein" hast du die Kraft, große konzentrische Schwingungs-Kreise zu erzeugen, in deren Bereich du eine bewusst schauende, fühlende, erkennende Wahrnehmung hast. Mir ist klar geworden: das gehört zum Vorgang der „Bewusstseins-*Erweiterung*". Dabei nehme ich um mich herum mehr und mehr Dinge bewusst wahr. So bringe ich durch die *Klar*-heit meines Denkens in immer weitere Bereiche meines Lebens *Transparenz*. Dadurch bekomme ich im wahrsten Sinne des Wortes freien Durch-*Blick* durch das Tor, das ich nun öffnen darf, wenn ich die jeweilige Erlaubnis dafür bekomme, und Zu-*Gang* zu dem, was h i n t e r beziehungsweise i n en Dingen *wirkt*. Das sind die berühmten im Hintergrund wirkenden Kräfte, die Quanten-Energien – eben das *Wesen*-tliche. Dabei fungiert mein Unterbewusstsein mit seinen inneren Sinnen – beispielsweise dem Sehen vor meinem geistigen Auge oder dem Er-fassen von Gefühls-Qualitäten – als Ver-*Mitt*-ler und Übersetzer zwischen mir und der *Ausstrahlung,* die da *wirkt*. Und weil jeder Mensch einzigartig ist und demnach über individuell ausgeprägte innere Sinne verfügt, können verschiedene Leute, auch wenn sie alle bestens konzentriert sind, durchaus zum selben Thema scheinbar völlig unterschiedliche Bilder und Symbole bekommen. Oder Klang-Farben. Oder einfach ein klares Wissen.

Phil lehnte sich auf der Parkbank zurück und dachte nach. Dann fragte er: Wie kann das sein?

Zum Beispiel die Kraft namens Liebe hat viele charakteristische Zeichen und verschiedene A-spekte: Mutter-Liebe, sexuelle Liebe, die Liebe zur Natur und zur Kunst und manches mehr. Und eines haben diese alle gemeinsam: sie strömen niemals Seelen-Kälte aus, sondern immer angenehm kühl-neutrales Wohlwollen bis Herzens-Wärme. Zusammen zeigen die wahrgenommenen Energien ein harmonisches Gesamt-Bild.

Also wie ein Mosaik ...

Ja, genau. Vor etlichen Jahren besuchte ich mal einen Kurs bei einer Professorin für Anthropologie, Felicitas Goodman. Sie war schon damals hoch betagt und gab immer noch unermüdlich ihr kostbares Wissen über die indianische Kultur weiter. Mehr als 30 Teilnehmer waren wir, Alt und Jung, und uns alle verzauberte sie durch ihr liebevolles Wesen und ihre Weisheit. Das war ein unvergessliches Seminar! Sie war wie eine liebe Großmutter zu uns. Sie hatte nicht nötig, eine Show zu machen, wie ich es von einigen anderen Seminarleitern kannte – sie lebte ihr Wissen einfach vor. Ich sehe sie noch, wie sie mit dem glimmenden Salbeikraut zur Reinigung der Atmosphäre durch den Saal geht, erzählte Mélodie lächelnd, und wir alle den herben Duft zu uns herüber fächeln ... Mélodie atmete tief ein, als würde sie den Geruch wieder wahrnehmen. Nach jeder einzelnen geistigen Übung bekamen wir Gelegenheit, zu berichten, was wir währenddessen erlebt hatten. Und das war total unterschiedlich! Das menschliche Erleben ist ja sehr verschieden: manche sehen besonders gut, manche hören etwas ganz genau, manche bekommen als Erstes ein klares Gefühl für bestimmte Dinge, manche Menschen wissen einfach plötzlich Bescheid. All das ist gut und richtig, aber auch das muss man ja erstmal wissen. Damals in diesem Seminar wussten viele von uns das noch nicht, und deshalb waren etliche sich nicht sicher und befürchteten, sie hätten sich bloß selber etwas ausgedacht. Aber am Ende des Seminars erkannten wir staunend, dass all die Erfahrungen nahtlos zusammenpassten. Die meisten von uns hatten zudem anfangs nur einen kleinen Teil des großen Ganzen wahrnehmen können. Vielleicht nur einen einzigen A-spekt, aber immerhin! Das war für mich ein ganz starkes, prägendes Erlebnis. Seitdem weiß ich, dass es verschiedene, völlig gleich qualifizierte Wege gibt, eine Wahrheit zu erkennen. Außerdem motiviert mich dieses Seminar bis heute, gewissenhaft *alle Seiten* einer Sache zu untersuchen: um die *ganze* Wahrheit erkennen zu können.

Phil erinnerte sich: von Mélodies Seminaren hatte er schon in der Firma gehört. Die Abteilungsleiterin hatte damals überall erzählt, Mélodie würde nicht nur ungewöhnliche Studienreisen unternehmen und einen

Haufen komischer Bücher lesen, sondern ihre Zeit auch mit sonderbaren Lehrgängen verplempern. Zum Beispiel mit Wochenendkursen über „Innere Werte" – aber wer brauchte denn „Achtsamkeit" und so ein Zeug? All das war Mélodies direkten Vorgesetzten und Kollegen offenbar zu viel des Guten gewesen. Phil indes hatte schon damals erkannt, dass Mélodie sich offen- sichtlich für geistige Aktivitäten, Erziehung und Bildung interessierte. Er konnte es sich auch erklären, warum Mélodies Kollegen sie derart miß- trauisch beäugt hatten: sie hatte ein sehr zurückgezogenes Leben geführt. Es war ihm selbst aufgefallen, dass sie auf Betriebsfesten und Privatfeten so gut wie nie anzutreffen war. Ihre Chefin hatte ihm einmal erzählt, dass Mélodie sich sogar von harmlosen Disco-Besuchen fernhielt, wo sie selbst gern auftauchte, mit ihrer ganzen übrigen Truppe im Schlepptau. Was Phil nicht wusste, war, dass Mélodie das „saturday night fever" sehr wohl einige Male ausprobiert hatte, sie wollte ja auch gern dazu gehören. Aber die ganze Nacht in so einer „tollen" Atmosphäre abtanzen und am nächsten Tag außer heiser auch sonst noch ziemlich energielos zu sein war nicht nach Mélodies Geschmack. Nach „feiern, bis der Arzt kommt" stand ihr nicht der Sinn. Denn feinsinnig, wie sie war, hatte sie bemerkt, dass bei „Party-Alarm" oft tatsächlich alarmierende geistige Energien auftraten. Sie war also aus eigener Erfahrung und Überzeugung keine Szene-Gängerin. Es war ihr durchaus klar, dass sie sich mit dieser Haltung noch weiter isolierte. Aber vorihreminneren Augewarenschon

genug unschöne Dinge in dieser Szene ans Licht gekommen, und so vermisste sie laute Disco und wilde Partys kein bisschen. Ihre Umgebung verstand ihre vorsichtigen Andeutungen darüber überhaupt nicht. Ebensowieetwaihre Lieblingsmusik, keltisch-irische Harfenmusik und hawaiianische Klänge, waren ihre übrigen Interessen und ihre persönliche Meinung bei ihren Kollegen „mega out". Sie wollten von Mélodie buchstäblich nichts wissen. Phil hatte damals von Mélodie selbst nie ein Wort darüber gehört, weder über ihre belastende Arbeitssituation noch über ihre Freizeitgestaltung. Deshalb war er hoch erfreut, als sie ihm nun so vertrauensvoll Einblick in ihre Privatsphäre gab und von dem Seminar mit Felicitas Goodman berichtet hatte.

Wenn sich nicht nur verschiedene Aspekte, sondern auch mehrere Interessierte zusammenfinden, so wie damals auf diesem Seminar, überlegte Phil gut gelaunt, hat jeder bestimmt noch mehr Spaß an dieser Sache. Dabei kommt sicher viel Neues für die Einzelnen heraus.

Und auf diese Weise kommen wir in Fühlung mit dem Herz aller Dinge, fügte Mélodie leise hinzu, und wer das tut, läuft seinem Glück nicht mehr hinterher, sondern es kommt von selbst und nimmt ihn in die Arme.

Ja, so ein Schmarrn ... hör bloß auf mit solchen Phrasen! schoss Phils wohlbekannter Macho-Anteil urplötzlich einen seiner gedanklichen Giftpfeile ab. U*n*-ver-*mitt*-elt schlug Phils Stimmung um. Dieser bloße Gedanke schaffte es, seine friedliche und freundliche Haltung ins Wanken zu bringen. Aber Mélodies vermeintliche Gefühlsduselei, auf die er zielte, war gar nicht vorhanden ... der Schuss ging ins Leere. Denn Phil erkannte zu seinem Erstaunen in Mélodies klaren Augen etwas völlig anderes, als sein Macho-Zug zu sehen glaubte: da war keine überspannte, realitätsferne Rührseligkeit, die sofort aufs Korn genommen werden musste – da glühte ein Licht aus der Tiefe ihrer Seele herauf. Etwas Herzerwärmendes und Strahlendes ließ für einige Momente seine Präsenz durchscheinen. Blitzartig bekam er eine Ahnung, was es war: Mélodies tiefe innere Ge-*wiss*-heit, ein *inneres Wissen,* getragen von Herzlichkeit und Friedfertigkeit. Oberflächlich betrachtet und unkonzentriert hätte dies jetzt einen intellektuellen Proteststurm sondergleichen in Phil ausgelöst. Schon deswegen, weil der kalte Intellekt einfach nicht in der Lage ist, die *Wirk*-lichkeit *gänzlich* zu erkennen. Doch die konzentrierte Stärke des inneren *Gesammelt*-seins verlieh Phil einige Momente später Kraft und Klarheit. Ihm wurde *klar*, dass er es hier mit Fakten zu tun hatte, die ihn zum Ur-Grund seiner gesamten Existenz führten. Und war er nicht immer, ohne es wirklich zu verstehen, auf der Suche nach diesen Wurzeln gewesen, die ihm echte innere Stärke geben konnten? Hatte er sich nicht eben dies seit Ewigkeiten herbeigewünscht? Jetzt war er tatsächlich genau dort, wohin er sich immer gesehnt hatte: bei den Kraft spendenden Wurzeln seines Lebens. Gleichzeitig war dies jener geheimnisvolle Ort, wo seine großartigen Lebensträume und

Herzenswünsche vergraben lagen – erstarrt in dem seelischen Eis in ihm. Nun fühlte er seine geistigen Finger zart am Puls seines Daseins liegen. Sein Herz begann, kraftvoller und leichter zu schlagen, wie von einer schweren Sorge befreit. Unwillkürlich tat Phil einen tiefen Atemzug. Die bleierne Schwere zäher Verstockungen und eisiger Verkrustungen vieler Jahre begann, sich behutsam abzulösen. Phil spürte immer stärker seine Lebens-Kraft in sich fließen – seine eigene Essenz. Und da regten sich auch die verblassten Traum-Gestalten seiner erhabenen Lebens-Ziele. Phil gewahrte es voll tiefer Ergriffenheit; es war ein inniger, großartiger Moment. Das Herz ging ihm auf, wie beim Anblick eines grandiosen Sonnenaufgangs. Er fühlte sich so aufgewühlt, als vibrierten wahre Posaunen-Klänge durch ihn hindurch: Von einem Schwall wärmender Energie aus dem Inneren durchflutet, bekamen seine großen Träume mit einem Mal die Kraft, das Eis um sie herum zu sprengen:

In taufrischen Farben erblühend, entstiegen sie neu belebt ihren Gräbern. Wir leben! *Sieh* doch! *Spür* doch! Wir *leben*! jubilierten sie und entfalteten majestätisch ihre *glänzenden* Schwingen … Wie prachtvolle Schmetterlinge, ihrer alten Raupenhülle entledigt, *leuchteten* seine erhabenen Gedanken in allen Farben des Regenbogens, und ihre herrliche *Präsenz* schmückte endlich wieder Phils geistige Landschaft. Vor vielen Jahren hatte er – zu Tode betrübt – sie als gerade aufkeimende Ideen wieder tief in sich selbst vergraben. Nachdem alle Welt ihm eingeredet hatte, solche *hohen Ideale* könnten ohnehin niemals Früchte tragen, und außerdem würde er nicht eine müde Mark damit verdienen. Doch nun waren sie zu seiner Freude energievoller, lebendiger und farbenfroher als jemals zuvor, seine großen Lebens-Träume: der Traum vom GLÜCK! … von ERFÜLLUNG! … von BRÜDERLICHKEIT! …
von GERECHTIGKEIT! … von FREIHEIT! … von LIEBE! Das wie ein Regenbogen strahlende Netzwerk dieser erhabenen Gedanken-Energien verband Phil nun auf der Mental-Ebene Kraft spendend mit allen Menschen, die je das *Licht* dieser Ideen tapfer gehütet hatten. Ebenso mit all denen, die diese Ideale auch heute noch im Herzen bewahren. Jenen, die die epochalen Visionen der Menschheit trotz aller scheinbaren Resignation um sie herum treu und standhaft in ihrem Leben ver-wirk- lichen – mithilfe der warm strahlenden Kraft einer großartigen Gedanken- Welt:

I have a dream!

Und während Phil auf diese Weise zu sich *selbst* und seiner ureigenen *Macht* zurückgekehrt war, seinem zutiefst *menschlichen Wesen* – der *Kraft seiner Human*-ität – begann eine weitere wunder-volle Idee in seinem Geist sachte Form anzunehmen: was bedeutet denn all das jetzt für mich, dachte er, wenn es eine realistische Tatsache ist, durch das Be-*Greifen* des *Wesen*-tlichen im Leben sein *Glück* finden zu können! Falls das eben keine schmalzige Sentimentalität war, sondern der zartfühlende Versuch eines sensiblen Menschen, eine tiefe Erfahrung mit ihm zu teilen? Dann allerdings, dachte er, habe ich jetzt einen gangbaren Weg zur Erfüllung meiner Visionen gefunden, und einen offensichtlich intelligentendazu. Meine großen Träumekönnentatsächlich Wirk-lichkeit werden!!! In Phil strahlte ein grandioses Glücks-Gefühl herauf … Die Auferstehung seiner hehren Ideen betraf auch etwas, das ihm bisher nie richtig klar gewesen war, dessen Gefühlsregungen er aber damals mit zu den anderen in das eisige Verlies der verworfenen Träume verbannt hatte: sein Traum von der Großen Liebe. Und mit einem Schlag öffnete dieser scheinbar so filigrane Gedanke mit seiner unbändigen Innovations-Kraft neue Horizonte in Phils geistiger Landschaft. Das kleine Wörtchen „Zuver-*Sicht*" gesellte sich mit seiner gedanklichen *Strahl-Kraft* wie *vonselbst* dazu, um von nun an sein optimistisches *Wesen* als Silberstreif am neu erschaffenen Horizont über Phils geistigen Ebenen *leuchten* zu lassen. Auch aus den Tiefen seiner Seele tauchte plötzlich *Licht* auf, dieses Licht, das *lebendige Wärme* mit sich bringt und selbst das Eis aus den Urzeiten eines Menschen-*Wesens* schmelzen lässt wie einen Gletscher in der Frühlingssonne. In Phil war durch diese innere Neuorientierung eine freudige Aufbruchsstimmung initiiert worden. Wie ein Pionier auf seinem Wagen fühlte er sich, die Zügel seines Zweier- Gespanns fest im Griff. Er war auf dem archaischen Weg des Helden, der die großen Geheimnisse in seiner Welt lüftete, auf der Straße des Abenteuers in noch unerforschte Gebiete seines Lebens … hin zur Erfüllung seiner Träume. Plötzlich kam ihm die gedankliche Vorstellung großer Schmetterlinge in den Sinn, wie funkelnde Edelsteine so schön, die mit hauchfeinem Flügelschlag seinen Kopf umschwebten und sich sogar auf ihm zur Mitreise niederließen. Dieser Einfall belustigte ihn. Mit all diesem *konzentrierten Licht* um ihn herum erkannte er nun klar das Signal seiner Seele zum geistigen Aufbruch.

Hätte ich das nur ein paar Donnerstage früher gewusst, sagte er lächelnd nun, nach einigen Momenten Stille, zu Mélodie.

Fröhlich erwidertesie: Vielleichthättestdueinpaar Donnerstage früher aber noch gar nichts damit anfangen können!

Wieso denn das?

Weil dir vielleicht noch andere wichtige Erfahrungen auf deinem Lebens-Weg dazu gefehlt haben! Geh getrost davon aus, dass alles jetzt gerade zum richtigen Zeitpunkt kommt. Und wahrscheinlich wirst du es nicht mehr missen wollen, dieses geerdete, zentrierte, wohlige Lebensgefühl aus der *Mitte*! Ich nenne meinen „*Goldenen Lebensweg*", fügte sie lachend hinzu und schaute auf ihre Armbanduhr. So, ich will dann mal los. Ich hab eine Verabredung und will vorher noch zum Wochenmarkt auf dem Moltkeplatz, da gibt es Samstag vormittags frischen Demeter- Ziegenkäse! Sie stand auf und legte Buch und Strickjacke in den Fahrrad- Korb.

Du willst schon los? wiederholte Phil, etwas irritiert über Mélodies unerwarteten Aufbruch.

Sie ließ sich von Phil nur so lange aufhalten, als sie brauchten, um ihre Telefonnummern zu tauschen, dann schwang sie sich auf ihr Rad. Vorhin war sie über die Brücke aus Kleefeld gekommen, nun radelte sie in Richtung des Stadtteils List, zum Frühstück mit einer Freundin. Gelenkig trat sie in die Pedale und winkte nach ein paar Metern noch mal. Ihre kupferbraune Haarmähne wehte zur Seite und gab den Blick auf einen großen Fotodruck auf dem Rücken ihrer Bluse frei. Phil wollte zuerst seinen Augen nicht trauen und blinzelte angestrengt, aber dieses Motiv war unverkennbar: zwei Wellen, eine große und eine kleine, begegnen sich im Ozean, und die eine fragt die andere, ob sie sich nicht kennen würden? … Das Buch[9], aus dem diese entzückende Aquarell- Zeichnung stammte, die seine Seele tiefer berührte, als er momentan zugegeben hätte, kannte Phil in- und auswendig. In seinem Bücherschrank stand ein Exemplar, er liebte es und es war schon lange eines seiner Favoriten. Eine beeindruckende Bild-

Sequenz über Mélodies Thema „Zufriedenheit" war auch darin ... So ein Zufall! murmelte er. Verwundert lächelnd schüttelte er den Kopf, dann wandte auch er sich zum Gehen. Daheim angekommen, wollten, noch bevor er unter der heißen Dusche stand, seine üblichen düsteren *Gedanken-Gänge* und *Gefühls-Muster,* unterstützt durch die gewohnte Umgebung, wieder die Herrschaftübernehmen – ein netter Versuch ...

Denn ein beachtlicher Teil des erfolgsträchtigen Erlebens von eben blieb von nun an bei ihm, als Basis einer neuen Lebensqualität. Und das Wohl-Gefühl von vorhin – mal probieren! Er erdete und zentrierte sich und sofort war es wieder da! Mit einem hochzufriedenen Lächeln beschloss er, sie gleich morgen wegen eines Treffens anzurufen. Er wollte Erfahrungen über Erfahrungen sammeln! Sich so liebevoll von allem selbst ein Bild machen! Innerlich jubelte er, denn er hatte ja nun ebenfalls diese Tor-Erfahrung erlebt! Nicht so dramatisch wie es anscheinend damals bei Helen an der Wasserpumpe gewesen war; bei ihm war es ein eher leises Türöffnen gewesen, ähnlich wie bei Mélodie.

Gleichwohl war es auch für ihn etwas Welt Bewegendes, sein persönliches Tor zur Freiheit zu finden. Es war, als hätte sich eine neue Dimension für ihn aufgetan. Das war etwas Uner-hör-tes – nie zuvor hatte er davon gehört, geschweige denn es sehen können ... und nun hatte er sich eine vordem für ihn unsichtbare Welt mit Mélodies Schlüssel einfach so erschlossen! Es war wie ein Wunder ... Diesen Gedanken fand er einfach göttlich, und im Laufe des Tages ging er mit einem Herzen voller Liebe bereits auf weitere geistige Entdeckungsreisen. Irgendwann wurde ihm klar bewusst: heute hatte auch er eine Sternstunde erlebt! Das erfüllte ihn mit Staunen, und mit großer Dankbarkeit dem Leben gegenüber, das ihm ein solches Geschenk gemacht hatte ... Vor dem Schlafengehen übte er sich noch einmal in Mélodies Methode der Konzentration. Das Wohl-Gefühl kam, und er schlief viel schneller ein als sonst. Überhaupt schlief Phil in dieser Nacht so tief und gut wie schon lange nicht mehr.

An einem der nächsten Abende kam Phil erschöpft heim von einem langen Arbeitstag. Wieder mal war es dermaßen hektisch gewesen, dass er ein, zwei Mal nur kurz gedacht hatte ans Konzentrieren. Dann aber hatte er sich sofort wieder von allem Möglichen ablenken lassen. Ausgebrannt ließ er sich nun auf sein Sofa fallen. Sein Rücken quälte ihn wieder, Schultern und Nacken waren verspannt. Der Gedanke an das Konzentriertsein tauchte auf, und nun lenkte ihn gerade nichts ab. Nach wenigen Sekunden musste er tief Atem holen, seine Lungen füllten sich wohltuend mit einem größeren Luft- volumen als vorher. „Ich bin nicht zentriert ..." sagte er immer wieder in Gedanken. Ganz von selbst begann er, tief in seinen Bauch hinein zu atmen, der sich nun ebenso wie seine Brust rhythmisch hob und senkte. Mit dem guten Gefühl wich auch die enorme Spannung aus seinen Schultern, sie sanken entspannt nach hinten und unten. Seine verkrampften Kiefer lösten sich – offenbar hatte er vorher ständig die Zähne aufeinandergebissen! Herrschaftszeiten! Er strich mit der Hand über seine harten Wangen. Aber jetzt lockerten sich seine Gesichtsmuskeln und das kleine, so bedeutsame Lächeln erschien wie von Zauberhand gemalt. Unwillkürlich holte Phil wieder tief Luft und ließ sich einfach nach hinten aufs Sofa sinken, streckte sich ein wenig aus und legte erleichtert die Füße hoch. Nach ein paar Minuten war er innerlich schon etwas aufnahmefähiger. Er spürte den immer angenehmer werdenden Empfindungen in sich selbst nach. Wieder stieg eine schmelzende, kräftigende Energie-Woge in ihm auf, vom Bauch zur Brust und höher. Das kannte er ja nun mittlerweile. Aber mitten darin schien ihm, als würde sein Herz schier überquellen und sich sanft weiten. Er lag entspannt auf dem Sofa, die Augen geschlossen, und ließ, ganz gegen seine sonstige Gewohnheit, einfach alles geschehen. In seinem Geist formte sich die Frage: Was ist d a s jetzt für ein Gefühl? Wieder wollte sein Unterbewusstsein damit beginnen, ihm aus der weisen Quelle in ihm selbst die Antwort zu ver-*mitte*-ln. Doch plötzlich meldete sich ungestüm und rück-sicht-slos seine Un-Geduld, seine Neu-*Gier* wuchs gewaltig. Nun war er nicht mehr *ent*-spannt, sondern *ge*-spannt, und das war nicht optimal. Jetzt gleich sollte ihm *ein-fallen*, was für ein besonderes Gefühl er eben erlebt hatte! Zack! Sofort! Doch die übergroße Kraft seiner Neu- Gier, die unangemessen viel Raum beanspruchte, lenkte ihn ab von seiner Konzentration. Unerbittlich zog sie ihn aus dem Wohl-Gefühl und seiner optimalen *geistigen Mittel*-Position, aus dem wohligen inneren *Gleich-Gewicht* heraus. So versperrte Phil sich selbst den leichten Zu- Gang und problemlosen Zu-Griff auf die richtige In-Form-ation. Nach einer Weile bemerkte er seine zunehmende Spannung. Ihm wurde bewusst, dass er auf diese Weise nicht herankam an die erhoffte Antwort. So tat er das Allerbeste, was er tun konnte: er konzentrierte sich wieder…

  Damit lockte er aus sich selbst erneut die wohltuende Energie hervor, die augenblicklich begann, alle Verkrampfungen, auch jene auf der mentalen und der emotionalen Ebene, zärtlich fortzuwaschen. Überraschend schnell füllte sich nun sein ganzer Körper mit dieser erfrischenden *Lebens-Energie* wie mit lebendigen kleinen *Licht*- Pünktchen. Die nervliche Anspannung war schon dabei, sich aufzulösen. Sein Körperwurde elastischer; erstaunt nahm Phil den Unterschied wahr zu der kräftezehrenden, harten vorherigen Ver-*krampf*-ung seiner Muskeln. Ein weiterer Gedankengang blitzte auf in seinem wieder konzentrierten Geist: liebe Güte, was halte ich hier denn eigentlich so *krampf-haft* fest

…? In seiner momentan aufgeschlossenen, gelassenen Haltung *fiel* ihm die richtige Information *ein* wie von selbst: Du suchst nach einer Stütze für dich! Das braucht ja jeder Mensch. Findest du sie aber nicht in dir selbst, versuchst du dich irgendwo auf einer äußeren Ebene festzuhalten. Eine der verschiedenen Möglichkeiten dort sind die Muskeln auf der Körper-Ebene. Das ist momentan dein Ersatz. Aber eine *Lösung* ist das nicht! Du ver-krampfst dich dabei nur im Auswegslosen … Mein ganzes bisheriges Leben war doch ein richtiger *Krampf*, dachte Phil. Blockierte Muskeln, blockiertes Leben. Aha! Ich habe mir also selbst Steine in den Weg gelegt! Okay, sagte Phil gut gelaunt nach einer kleinen Weile laut zu sich selbst, okay, ich habe mich selbst blockiert ... logischerweise kann ich mich von selbst gemachten Blockaden auch selbst wieder befreien! Im Moment war allerdings von Blockaden wenig zu merken, es zeichneten sich im Gegenteil schon die ersten *Lösungen* ab. Es machte ihm Spaß, sich weiter zu konzentrieren, und er hatte das wohlige Empfinden, als kämen seine *Lebens-Geister* rasch wieder in seinen ausgelaugten Körper zurück. Dankbar registrierte er das Prickeln und die Wärme, die ihn nun immer mehr durchflossen. Er blinzelte ein wenig mit halbgeschlossenen Augenlidern, streckte und rekelte sich auf seinem Sofa lässig-elegant wie ein großer Kater. Er konnte direkt *fühlen*, wie er immer mehr Kraft tankte und seine Vitalität zurückkehrte. So war der Tag für ihn noch nicht zu Ende – der Abend fing jetzt erst fröhlich an, und das wesen-tlich entspannter als vorher.

Die nächste Reaktion auf sein Konzentriertsein in seinen „äußeren" Lebens- Um-Ständen, wie Mélodie es später nennen würde, schien banal, war jedoch äußerst praktisch. Phil entdeckte sie, als er zur Haupt-Einkaufszeit im Supermarkt genervt in einer der endlosen Schlangen vor den Kassen stand. Die *Ausstrahlung* der anderen Kunden um ihn herum konnte mit viel Wohlwollen als ungeduldige Gereiztheit bezeichnet werden, denn weil am Personal gespart worden war, ging es nur im Schneckentempo weiter. Es dauerte nicht lang und die *Atmosphäre* schwappte auch auf ihn über. Seine *Stimmung* näherte sich bereits gefährlich dem Siedepunkt, als er sich erinnerte: konzentrieren! Zuerst versuchte er es kurz mit dem Gedanken „Ich bin noch nicht zentriert". Doch er hatte mehr Lust, sich über die Gefühls-Ebene zu zentrieren: da er in der Schlange stand, fühlte er praktischerweise seine Fußsohlen … Alles andere ging dann wie *von selbst*. Bald tat Phil erleichtert einen tiefen Atemzug, sein Körper entspannte sich. Er spürte die sanft emporströmende Energie, die rasch das Wohlgefühl mit sich brachte. Ungeduld und Genervtheit wichen Ruhe und innerer Festigkeit, und mit einem Mal stand er gelassen zwischen all den verärgerten Leuten. Von denen hatte niemand auch nur das Geringste von seiner Aktion bemerkt. Wie denn auch – Phil hatte sich Schritt für Schritt in seiner Reihe vorwärts bewegt wie alle anderen Kunden auch. Nichts an seinem Verhalten verriet, was in ihm vorging. Der erfrischende Energie-Strom, der seinen Körper und seinen Geist nun sanft von innen her stärkte, aktivierte auch wieder jene kleinen Gesichtsmuskeln, die dafür zuständig sind, die Mundwinkel anzuheben. Sie zauberten nun ein charmantes Lächeln auf sein Gesicht, ebenfalls ganz von selbst. Phils Energien *wirkten* wie Sonnenstrahlen, die plötzlich durch die Wolken brechen. Und dann änderte sich die gesamte *Atmosphäre* im Raum von Minute zu Minute. Der seiner kraftvollen Konzentration entspringende wohltuende energetische Ein-Fluss brachte

Schwung in die festgefahrene Situation, gleich zwei Kassen wurden zusätzlich geöffnet. Die steinernen Mienen der Menschen um ihn her wurden weicher. Ohne Hast, ohne zu drängeln oder bedrängt zu werden, gelangte Phil mit seinem Einkaufswagen nach vorn und kam fast sofort an die Reihe. Nun hatte er sie schon wieder erlebt, die Veränderung der „Außen-Welt" durch sein Konzentriert-Sein im Inneren! Seine Gedanken kreisten voller Wohlwollen um das Ereignis.

Das ist doch nichts weiter als eine Bewältigungs-Strategie für die Tücken des Alltags – passend höchstens für kleine Hausfrauen! Meldete sich herablassend mit einem Mal sein innerer Macho. Phil stutzte, schaltete aber auf stur und konnte so sein Konzentriertsein erneut entfalten. Es ist eben, wie es ist! kam ihm der dazugehörige Gedanke, der die Frostigkeit jenes anderen Teils seiner selbst mit strahlender Wärme ausglich. Phil lächelte wieder. Ja, kam ihm in den Sinn, mein Leben bestand doch häufig genug bloß aus einer langen Reihe grauer Alltage. Selbst das Aufregendste wird mit der Zeit zur Routine, na gut. Aber den Alltag mehr oder weniger nur bewältigen zu können oder aber ihn *konzentriert mit allen Sinnen* zu er-*leben* und voller Lebensfreude *auszu-kosten* – das sind ja zwei verschiedene Dinge! Auf der Fahrt nach Hause konnte Phil sich viel besser als sonst auf den Verkehr konzentrieren. Das Resultat: er entspannte sich fühlbar, ließ offensichtlich gestresste Autofahrer mit einem freundlichen Kopfnicken in die Lücke vor ihm. Leichtsinnig sich vorbeischlängelnde Rad- und Mofafahrer, rücksichtslos drängelnde Hintermänner, ein scheinbar grundlos bremsender Vordermann, blindlings die Fahrbahn überquerende Fußgänger – Phil agierte besonnen und blieb ruhig. Sein innerer Macho diesmal ebenfalls. Und mit einem Mal löste sich der Stau auf. Ein LKW, der die Kreuzung blockiert hatte, bog endlich ab, Phil schwamm sogar eine Weile auf der „grünen Welle". Mitten in der Großstadt, zur Hauptverkehrszeit. Das kante er schon fast nicht mehr. Er schüttelte lächelnd den Kopf. Nicht zu glauben, wie viel Kräfte so ein bisschen Zentriertsein in Fluss bringt ... All das und noch viel mehr wollte er mit Mélodie besprechen. Spontan rief er sie an. Sie war eben auf dem Sprung zu ihrem Harfen-Unterricht. Aber nächste Woche wollte sie sich gern wieder mit ihm treffen. Auf „ihrer" Parkbank.

Phil war schon vor Mélodie in der Nähe des Eilenriede-Stadions. Die neugierigen Blicke der Vorübergehenden ignorierend, ging er ein wenig nervös neben der Bank auf und ab. Mélodie schenkte ihm bei ihrer Ankunft schon von Weitem ein warmherziges Lächeln. Glücklich sieht sie aus! stellte Philerfreutfest.

Moin! begrüßte sie ihn auf Plattdeutsch. Wie ist es dir ergangen mit deinem Konzentriertsein?

Phil setzte an zu einer Antwort, da änderte sich Mélodies Gesichtsaus- druck, so als ob sie sich mitten im Gespräch nach innen wandte. Sie schaute zur Seite den Weg hoch – und von dort kam in vollem Galopp ein Hund mit wehendem weißbraunen Fell auf sie zu. Vor Freude sprang er fast in Mélodies ausgebreitete Arme.

Delphi!!! Delphi!!! rief sie lachend und streichelte das schöne Tier.

Phil entging nicht, wie begeistert Mélodie war über diesen überraschenden Besuch. Sie sprach liebevoll zu dem Hund wie zu einem Menschen, und es hörte sich beinahe so an, als unterhielten sie sich, über eine Amsel. Als sie sich lachend auf die Parkbank setzte, wollte ihr vierbeiniger Freund partout mit hinauf. Phil setzte sich ebenfalls, noch etwas ratlos, wie er mit der Situation umgehen sollte, aber Delphi nahm ihm die Entscheidung ab, indem sie sich einfach quer über alle Beine legte und ihn treuherzig ansah mit blanken braunen Augen. Unwiderstehlich! Phil schmolz dahin und begann lächelnd, der Hündin den Kopf zu kraulen.

Wo kommt der denn her? Ist das etwa deiner?

Schön wär's ja! Sie gehört zu meiner Freundin Fabiola, die wohnt hier um die Ecke. Ich habe das Gefühl, sie wird auch gleich hier sein. Delphi kennt mich gut, ich hatte sie mal eine Weile in Pflege. Das war ein Spaß, nicht wahr, mein Mädchen? Als Antwort klopfte Delphi fröhlich mit der Rute auf die Bank.

So ein prachtvolles Haar! Phil strich zu Delphis sichtlichem Behagen behutsam durch ihr weißes Haarkleid. Nur am Kopf zeigte das Fell eine satte mahagonibraune Farbe. Welche Rasse ist das eigentlich? Ich würde denken, ein Collie, aber die sind doch braun!?

Richtig gedacht, das ist ein Collie. Aber nicht der britische Typ, sondern ein Amerikanischer Collie[10], und der wird auch in der wunderschönen Farbe Weiß gezüchtet. Allerdings nicht komplett weiß. Verantwortungsvolle Züchter kennen sich ja in Genetik gut aus, wie man es in speziellen Züchter-Seminaren lernen kann. Solche Leute sorgen vor allemdafür, dassdie Elterntiere und derenNachwuchs, auch genetisch stets gute Gesundheitswerte haben.

Amerikanische Collies … von denen habe ich überhaupt noch nichts gehört!

Die gibt es auf dem europäischen Kontinent auch nicht so häufig. Sie sind robust und intelligent und haben typischerweise ein sehr ausgeglichenes, freundliches und friedliches *Wesen*. Sie lassen sich eben nicht so schnell aus der *Ruhe*, aus ihrer *Mitte* bringen. Sie sind *wesens*- fest und sind daher nicht nur als Hütehunde einsetzbar: im Hundesport, als Familienhund, als Behinderten- und Servicehunde, als Besuchshunde in Kindergärten, Schulen und Altenheimen, als Spür- und Rettungshunde – die können alles. Mélodie beugte sich wieder zu Delphi. Aber du brauchst gar kein supertoll ausgebildeter Rettungshund zu sein, das weißt du ja. Ich hab dich lieb so, wie du bist, sagte Mélodie strahlend zu ihrer vierbeinigen Freundin. Die lag halb auf Mélodies und halb auf Phils Schoß und genoss das Streicheln sichtlich.

Wenn sie eine Katze wäre, würde sie jetzt bestimmt schnurren!

Und wir beide würden mit schnurren! sagte Mélodie lächelnd. Merkst du, wie ruhig und konzentriert wir gerade sind? Das ist unter anderem eine Reaktion darauf, dass wir Delphi streicheln. Du hast vielleicht auch schon Berichte gelesen darüber, alten oder kranken Menschen ein Haustier als Begleiter zu geben? Hund, Katze, Meerschweinchen …

Hmm … ja, wo du es jetzt sagst!

Was wurde in diesen Studien nicht alles herausgefunden: die Leute wurden gesünder, ausgeglichener, waren offener und fröhlicher. Ein Teil dieser Effekte beruht darauf, dass ganz natürlich Konzentration erzeugt wird, wenn jemand ein Tier liebevoll pflegt oder es einfach nur streichelt. Durch den *Haut-Kontakt konzentrierst* du dich mehr auf deine *Empfindungen.* Etwas Ähnliches hast du ja getan, als wir bei unserem Wiedersehen das Konzentriertsein erforscht haben. Dabei hast du mehrere Punkte auf der Oberfläche deines Körpers bewusst *gefühlt.* Und ssssit! befandest du dich in deiner *Mitte,* denn vom extremen Außen geht es wie ein Pendel naturgemäß zurück zum Zentrum. Etwas Ähnliches geschieht, wenn du ein Tier streichelst. Dabei empfängst du die Empfindungen ja ebenfalls außen auf deiner Haut. Und geerdet wirst du obendrein.

Also, auch, wenn ich jetzt genau weiß, wie das funktioniert – das tut der Annehmlichkeit keinen Abbruch. Jetzt macht es sogar noch mehr Spaß!

Und die gute Wirkung gibt es gleich im Doppelpack. Nicht nur du bekommst sie zu spüren, sondern natürlich auch derjenige, der gestreichelt wird. Er konzentriert sich dadurch auch
unwillkürlich und wird ruhiger, sanfter und zugänglicher. Die „Naturvölker" oder auch „Primitiven", wie man sie gern genannt hat, wissen das seit Urzeiten. Indianer haben so ihre Pferde gezähmt. So konnte sich Vertrauen zwischen Pferd und Reiter überhaupt erst aufbauen. Manche Indianer sollen bei schlechtem Wetter ihre Ponys mit ins Tipi hereingenommen und ihre zweibeinigen Familienmitglieder solange woanders einquartiert haben.

Ihre Ponys waren ja eine Art Lebensversicherung für die ganze Familie, überlegte Phil. Und ein Mensch, der sich so für sein Tier engagiert, wird es kaum je bewusst überfordern oder gar quälen, sondern wird es wirklich wertschätzen und gut versorgen. Vielleicht nehmen sich die Menschen in Zukunft ja wieder mehr Zeit für ihre Tiere. Es gibt doch inzwischen „Hunde-, Katzen- und Pferdeflüsterer".

Mélodie lächelte. Kennst du Linda Tellington-Jones? Bisher noch nicht. Du, mein Hund? fragte Phil heiter zu Delphi gewandt. Also wir beide haben noch nichts von ihr gehört! Phil blickte Mélodie mit unschuldigem Lächeln an, während er Delphi liebevoll zwischen den Ohren kraulte.

Mélodie berichtete lachend: Linda hat ein geniales System[11] entwickelt, mit dem sich Pferde gewaltfrei und sanft – ohne sie zu ängstigen oder gar ihren Willen zu brechen – ausbilden lassen. Ihre Methoden erleichtern den Kontakt und die Kommunikation mit Tieren aller Art. Und immer spielt das Berühren dabei eine besondere Rolle. Wichtig ist das vor allem für kranke oder verstörte Tiere. Linda arbeitet auch mit Raubtieren, an die man sich sonst nur mit großer Vorsicht heranwagen kann. Zum Beispiel mit Schlangen und Raubkatzen. Sie bekommt zu allen Tieren Zugang durch die speziellen Kreise, die sie ihnen auf die Haut streichelt. Solche hier …

Phil beugte sich näher zu Mélodie, als er sah, wie sie mit den Fingern zarte Kringel auf Delphis Fell malte und die Haut dabei sanft bewegte. Die Hündin mochte es sichtlich und entspannte sich noch mehr.

Zeig mal! sagte Phil. Das sind diese Kreise?

Ja, ein Vollkreis plus ein Viertelkreis. Es gibt auch noch andere, mit unterschiedlichen Druckstärken, und sie haben alle sehr schöne Namen, zum Beispiel „Wolken-Leopard". Habe ich in einem Seminar mit Linda gelernt. Das war ein Hauptspaß! Da trafen sich eine Menge pferdenärrischer Leute auf einem Araber-Gestüt, hier ganz in der Nähe von Hannover. Einige durften ihr „Problempferd" mitbringen. Linda zeigte uns, wie man diesen Tieren helfen kann. Total eindrucksvoll, wie liebevoll und kompetent diese kleine zarte Frau mit ihnen umging. Ihre Erfolge bei den Tieren auf diesem kurzen Wochenendseminar waren verblüffend, nicht nur für Laien wie mich. Wir waren alle begeistert. Linda hat ein phänomenales *Ein-fühlungs-Vermögen* für Tiere. Für Menschen funktioniert ihre Methode natürlich auch, und ich habe sie schon viele Male mit viel Freude erfolgreich angewandt. Übrigens vermute ich, dass Linda hochsensibel ist, und ich schätze, viele der ihr anvertrauten Tiere wahrscheinlich ebenso. Diese 20% Hochsensiblen in der Bevölkerung gibt es ja in Tierpopulationen genauso.

Ein Bekannter erzähltemir mal, sein Hund würdesosensibel reagieren. Er hat übrigens einen Collie.

Collies sind wirklich wundervoll sensible Wesen. Daher sind sie ja auch so gut geeignet als Service-Hunde für behinderte Menschen und als Schulbesuchshunde und Ähnliches.

Und sie müssen auch enormen Mut haben. Im Krieg wurden sie als Meldehunde eingesetzt. Mancher Veteran mag noch heute dankbar an den Hund denken, der ihm als Verwundeten das Leben gerettet hat ...

Mélodie nickte und sandte stumme Gedanken der Liebe an die unzähligen Tier-Wesen, die so sehr litten, wenn menschlicher Irrsinn mal wieder einen Krieg angezettelt hatte. Sensible Pferde kennt man auch, sagte sie dann leise. Es gab mal ein ganz berühmtes, die Stute „Halla".

Ja – ich erinnere mich! Olympiasieg, obwohl der Reiter sich kaum noch im Sattel halten konnte! Aber wie kommst du darauf, dass Halla sensibel war?

Weil Hans Günter Winkler nach seinem Ritt berichtet hat, er habe Halla auf Grund seiner Verletzung nur noch ganz leichte Hilfen für die Sprünge geben können. Aber auch auf diese zarten Hinweise hat Halla sofort richtig reagiert, und so etwas kann nur jemand, der sensibel ist. Hast du ein eigenes Pferd?

Mélodie lächelte. Ich kann noch nicht mal reiten! Das will ich erst noch lernen. Allerdings nur auf eine gewaltfreie und sanfte Weise. Es soll ja Leute geben, die behandeln ihr Pferd wie ein vierbeiniges Sportgerät mit Hafermotor. Nach Gebrauch stellen sie es in die Box wie einen Rasenmäher und denken nicht mehr viel daran bis zum nächsten Mal.

Und du willst das alles ganz anders machen, nicht wahr? fragte Phil milde.

Ja sicher! Solche Menschen sind oft noch geprägt von einem mechanistischen, unbe-seel-ten Welt-Bild, aus dem wir alle jetzt aber immer mehr herauswachsen. Ich möchte meine Zeit und mein Dasein lieber partnerschaftlich mit anderen Lebe-*Wesen* verbringen. Sie haben uns viel zu sagen. Ich möchte auch mit Tieren durch Respekt und Freundschaft verbunden sein! fügte Mélodie hinzu. Das Konzentriertsein und unser sentuitives Denken leisten dabei hervorragende Dienste. Und wenn ich zusätzlich berücksichtige, dass sich meine innere Haltung immer auf beide Seiten aus- wirkt – auf die anderen genauso wie auf mich selbst – habe ich eine große Chance, erfüllende Beziehungen in meinem Leben aufzubauen.

Zu Tieren und Menschen gleichermaßen.

Delphi hatte bisher ruhig gelegen, aber jetzt hob sie plötzlich den Kopf und versuchte ungestüm, sich auf die Beine zu stellen. Behutsam hielt Mélodie sie am Halsband fest, aber der Hund winselte und schaute in eine bestimmte Richtung. Dein Frauchen kommt, nicht wahr? lachte Mélodie. Da sah sie auch schon von Weitem auf dem Weg ihre Freundin nach dem Ausreißer suchen und hörte sie pfeifen. Mélodie rief und winkte, worauf Fabiola herüber gelaufen kam.

Delphis Wiedersehensfreude war unbeschreiblich, sie gebärdete sich, als hätte sie Fabiola ein Jahr lang nicht gesehen.

Wir spazieren so gemütlich vor uns hin, da fliegt plötzlich eine Amsel über den Weg. Delphi rast natürlich hinterher! berichtete Fabiola. Dankeschön, dass ihr sie abgefangen habt! Liebevoll legte sie einen Arm um ihren Hund und nahm ihn vorsichtshalber wieder an die Leine. Komm, bei Fuß, du Racker!

Eigentlich hat dein kleiner Wildfang eher uns abgefangen, erzählte Mélodie wahrheitsgetreu und deutete kichernd auf Phil und sich selbst.

Und wie nett er zu euch war ... braver Hund! Tja, ein wirklich *wesens- starkes* Exemplar! Jetzt müssen wir aber nach Hause, nicht wahr, Delphi? Lassen wir unsere beiden Hübschen endlich wieder alleine! Wir sehen uns! sagte sie mit einem Augenzwinkern zu Mélodie und zog lässig winkend davon. Der Collie hüpfte neben ihr her und spielte übermütig Fang-die-Leine, sein wuscheliges weißes Fell leuchtete in der Sonne.

Da haben wir aber Glück gehabt, dass wir einem derart *wesens-* festen Prachtexemplar von Hund begegnet sind, sagte Mélodie schmunzelnd.

Wesens-fest bedeutet also, dass er einen nicht sofort auffrisst, sondern sich das für später aufhebt?

Mélodie strahlte über das ganze Gesicht. Dieser hervorragende Hund hat eben ein *ausgeglichenes Wesen* und ist nicht so schnell aus der *Ruhe* zu bringen. Übrigens: ist dir klar, dass mit einer Essenz-Erfahrung zum Beispiel auch das *Wesen eines Hundes* erfahren werden kann, ähnlich wie das *Wesen der Zentriertheit*?

Kann man das denn miteinander vergleichen?

Aber ja! Hinter beidem steht doch eine *geistige Energie-Form,* das ist der kleinste gemeinsame Nenner. Lichtquanten sind und bleiben Lichtquanten, mögen deren äußere materielle Formen dabei noch so verschieden sein. Auf dieser Ebene kann man in *Wirk*-lichkeit sehr wohl „Äpfel mit Birnen vergleichen". Und auf diese *energetische* Weise kann man das *Wesen der Dinge* erforschen.

Das Wesen der Dinge! wiederholte Phil verblüfft. Davon habe ich als Student mal gelesen, bei Gottfried Wilhelm Leibniz. Der war der Meinung, mittels „Begriffslogik" sei das Wesen der Dinge zu erfassen!

Mélodies Augen strahlten. Nicht umsonst wird der werte Herr Leibniz noch heute als Universalgelehrter angesehen. Er lebte in einer Zeit, als alle Welt Isaac Newton zujubelte. Leibniz' Werk gelangte kaum an die Öffentlichkeit, so konnte man die wissenschaftlichen Ansätze von ihm und von Newton nicht wirklich nebeneinanderstellen, um beide verstehen lernen zu können. Bis jetzt.

40 Jahre lang hat er hier in Hannover gelebt. Kennst du seinen Wahlspruch?

Einheit in der Vielfalt

Das passt dazu, was du eben erzählt hast: dass sich Äpfel mit Birnen doch vergleichen lassen.

Mélodie dachte einen Moment nach. Stimmt. Das lässt sich anwenden auf den gemeinsamen Nenner der energetischen Ebene, die Lichtquanten. Sie bilden ja die einheitliche Basis all der unzähligen Dinge des Lebens. Die alles verbindende Energie-Einheit, die der materiellen Formen-Vielfalt zugrunde liegt.

Leibniz wusste vor 300 Jahren aber noch nichts von Lichtquanten.

Wer weiß? Mir fallen da die Aborigines ein. Seit Tausenden von Jahren malen sie ihre „Pünktchen-Bilder", und die haben mich sofort an Energie-Punkte erinnert, Photonen. Die sind ja heute wie damals Teil des Wesens der Dinge! Und von unserem Stand-Punkt der Hintergrund-Energie aus gibt es unendlich viele Wesen, die mit Licht und Liebe bedacht und wohlwollend neutral betrachtet werden können. Über einen „*Be-Griff*" als Zugangs-Code kann ich tatsächlich die Energie eines jeden Wesens *be-greifen* lernen.

Und wie geht das jetzt mit dem Lebe-Wesen „Hund"?

Ganz einfach. Dabei könntest du dich beispielsweise an das *Wesen* eines einzelnen Hundes wenden. Durch den Be-*griff* „Hund" hindurch könntest du aber auch das *prinzip*-ielle *Wesen* aller Hunde insgesamt be- *greifen*. Deshalb musst du vorher immer exakt definieren, ob du gerade das Wesen einer bestimmten Hunde-Rasse meinst oder eine Untergruppe davon oder auch was auch immer. Außerdem sieht das *generelle Wesen* – also wie es sich insgesamt bis jetzt entwickelt hat – logischerweise anders aus und fühlt sich anders an als ein *aktuell* ausgeprägtes *Wesen*. Alles befindet sich ja in steter Entwicklung, darüber sollten wir uns *klar* sein. Manche *Wesens-Züge* können sich sehr schnell ändern, einige bleiben ein Leben lang und über viele Generationen hinweg. Daher spielt der Zeit- Faktor eine Rolle bei Hintergrund-Energien. Eine *aktuelle Energie-Situation* der Tiere muss nicht zwingend das *generelle, dauerhafte Wesen* repräsentieren, sondern kann durchaus bloß eine vorübergehende, vielleicht sogar einmalige Situation widerspiegeln. Allerdings findet sich diese spezielle Energie auch immer im generellen Wesen wieder, wenn vielleicht auch nur als winziger Teil, der leicht zu übersehen ist. Wenn ich alle Geschöpfe mit dem Sinn für das *Wesen*-tliche anschaue – also *mit dem Herzen sehe* – lerne ich sie erst *wirk*-lich ver*stehen*, im wahrsten Sinn des Wortes. Denn ich *stelle* mich dabei ja auf den *Stand-Ort* ihrer geistigen Ausstrahlung ein, sehe mich dort liebevoll um und fühle mich sanft dort hinein. Und damit übe ich eine christliche Tugend, denn

Das Be-greifen und Ver-stehen eines Wesens ist praktizierte mit-fühlende Nächsten-Liebe

Ah! Mit-*Gefühl* ist ja Nächsten-Liebe und bedeutet gleichzeitig intensives Be-*Greifen* und Ver-*Stehen*! Phil lachte fröhlich. Dieses Denken hat wahrhaftig Hand und Fuß, stimmt's?

Mit dieser hand-und fuß-erprobten Denk-Art könnten Interessierte demnach auch eine Antwort auf die Frage finden, welche Unterschiede im Wesen der vielen Hunderassen bestehen im Vergleich zum Stammvater Wolf.
Dann müsste es doch genauso möglich sein, das Wesen der Wölfe zu erkunden!
Mélodie sah ihn an und musste schmunzeln. Du machst so den Eindruck, dass du das mit den Wölfen gleich jetzt und hier ausprobieren möchtest!
Phil bejahte mit seinem charmanten Lächeln.
Gut. Derweil beschütze ich dich tapfer vor unangemeldeten Besuchen von Hunden, Katzen und sonstigen Neugierigen.
Ich verlass mich voll auf dich! lachte Phil. Ihr liebevolles Lächeln begleitete ihn, als er sich auf den geistigen Weg machte zum generellen Wesen des Wolfes. Es dauerte nicht lang und Phil öffnete wieder die Augen. So eingehend betrachtet ist doch manches anders, als gemeinhin angenommen wird, sagte er dann. Nachdenklich fuhr er sich mit der Hand durchs Haar.
Mélodie streckte in Erwartung eines interessanten Berichtes bequem die Beine aus.
So wie ich es eben erfahren habe, macht die *Eigenschaft* des aggressiven Jagens nur einen kleinen Teil des *Wesens* der Wölfe aus. Das Suchen, Jagen und Erlegen ihrer Beute macht ihnen Freude. Doch für mich hat sich das angefühlt wie *natürliche Freude*, es steckt keinerlei Grausamkeit dahinter, erklärte Phil mit Bestimmtheit. Wir Menschen haben das offenbar bloß angenommen und einfach in ihr Verhalten hineininterpretiert. Wölfe fressen andere Tiere, um sich selbst und damit ihre Art erhalten zu können. So ist es in der Natur für sie vorgesehen. Aber das *Wesen*-tliche an ihnen ist: sie haben eine gutmütige, soziale Art und *strahlen* etwas Warmes, Liebevolles aus. Bestien sind sie ganz und gar nicht!

Mélodie blickte ihn strahlend an. Deine weise Erkenntnis ist sicher nicht nur für Tierschützer und die Jägerschaft von Interesse. Allein in unserem Bundesland gibt es inzwischen mehr als ein Dutzend amtliche „Wolfsberater". Im Müdener Wildpark hat man einen Wolfs-Informationspfad angelegt. Immer mehr Menschen bei uns interessieren sich für das Leben der Wölfe.

Da kommt es ja wie gerufen, dass kluge Leute sich jetzt selbst sachkundig machen können, sagte Phil lächelnd. Ich habe eben auch noch eine besondere *Kraft* im Wesen des Wolfes entdeckt. Ich habe das Gefühl, dort ist eine Energie enthalten, die direkt *aufbauend* ist! Sie wirkt ganz stark *zusammenfügend*! Phil fügte seine Hände zusammen, wie zu einer Schale oder einem Kelch. Ich meine, diese Kraft ist genau das Gegenteil von dem blutrünstigen Charakterzug, der dem Wolf immer nachgesagt wurde! Weißt du, wie sich das anfühlt? Als sei dies eine Energie, die mithilft, alles wieder *in Ordnung* zu bringen! Und noch etwas wurde mir bewusst gemacht: Wölfe nehmen viele Informationen auf verschiedenen Ebenen wahr. Sie filtern sie aber anders als wir Menschen das tun und strahlen vorwiegend Hilfreiches aus. Sie liefern Informationen und man kann von ihnen segensreiche Dinge lernen! Auch wir Menschen!

Mélodie war sehr angetan von dieser Entdeckung. Inder Mythologieder nordamerikanischen Indianer, die ja auch auf solchen Wesens-Kontakten beruht, berichtete sie nachdenklich, ist der Wolf ein heiliges Totem-Tier. So wie dort der Bär die Kraft des Heilens innehat, wird der Wolf verehrt als großer Lehrer der tiefen Weisheit aus dem Wissen um die *Ganz*-heit. Auch etliche der heutigen Indianer wissen wohl nach wie vor, dass ganzheitliches Bewusstsein wieder *heil und ganz* macht. Dass es etwas Stück für Stück durch die Kraft der Synthese zum ganzen Muster *zusammenfügt* und alles wieder *in Ordnung* bringt. Wahrscheinlich ist das genau die Energie, die du gespürt und gesehen hast. Die *Kraft der Ganzheitlichkeit* also! Macht Sinn für mich. Diese *zusammenfügende* Kraft macht einen *mütterlichen* Eindruck, sie besitzt einen *behütenden Charakter*. Ich weiß nicht, warum, aber das zu erkennen ist für mich jetzt sehr bewegend.

Mich erinnert das an die Kraft der weisen Frauen! sagte Mélodie mit warmer Stimme. Sie dienen Mutter Erde und sind seit Menschengedenken hier, um mit der Weisheit der Ganz-heitlichkeit allen zu helfen, die Kräfte des Lebens verstehen zu lernen und im Gleichgewicht zu halten, bei den Indianern und vielen anderen Kulturen. Mélodie lächelte Phil zärtlich an.. Dieser liebevolle Kontakt, das zartfühlende Hineinversetzen in andere Wesen ist eine praktische und heilbringende Angelegenheit im täglichen Leben. Um bisher Fremdes von Grund auf verstehen zu lernen und ein tiefes Verständnis zu entwickeln für ein friedvolles neues Miteinander. Was meinst du?

Phil nickte. Eine ausnehmend gute Laune, warm wie die Frühlingssonne, die gerade seine Haut wärmte, ließ seine Augen strahlen. Solche tiefen Erfahrungen werfen ja völlig neue Perspektiven auf! rief er aufgeregt und sichtlich erfreut.

Im wahrsten Sinne des Wortes! lachte Mélodie. Denn du nimmst ja das Befinden und die Perspektive eines anderen wahr, indem du dich – schnell wie der Wind – direkt in die Lage dieses anderen Wesens *hinein versetzt.* Und was geschieht dabei? Das Hinein-Versetzen in ein anderes Wesen ist nichts Geringeres als edles Mit-Gefühl! Das liebevolle Schauen
– unser „Sehen mit dem Herzen" – auf die Lebens-Lage eines anderen ist im wahrsten Sinne des Wortes Rück-Sicht! So wird der „Adel des Geistes" entwickelt! Mitgefühl und Rücksichtnahme sind die Grundpfeiler jeglicher Kultur, denn so werden alle Trennungen überwunden und ein wohliges Wir-Gefühl wird erzeugt: unser Gemein-Sinn, der das, was wir alle gemeinsam haben, als unsere innere Wahrheit erkennen kann. Dieses Hineinversetzen in ein anderes Lebe- Wesen – aber auch in geistige Dinge wie etwa Ehrlichkeit als ein gesellschaftliches Leitbild – ist letztlich für das Erblühen einer jeden Gemeinschaft wesen-tlich. Daher bezeichnet man die Erkenntnisse daraus seit alters her als die „Goldene Regel". Mit ihr kann ich erkennen, wie es einem Mit-Geschöpf wirk-lich ergeht, zum Beispiel bei meinem sonstigen Verhalten ihm gegenüber. Aus dieser Klarsicht heraus entstand die berühmte Schlussfolgerung:

*Was du nicht willst, das man dir
tu das füg auch keinem andern zu*

Ein anderer weiser Spruch drückt es positiv aus:

*Willst du glücklich sein
im Leben trage bei zu
anderer Glück
denn das Gute, das wir
geben, kehrt ins eigene
Herz zurück*

Diesen zweiten Vers hat mir mal eine Klassenkameradin ins Poesiealbum geschrieben, als wir noch Kinder waren ... jaaah, das kennst du anscheinend auch noch von den Mädels damals! kicherte sie, als sie Phil schmunzeln sah. Um die Bedeutung solch großer Weisheit selbst zu erkennen und sie dann freiwillig umsetzen zu können, braucht der Mensch diesen klassischen „Perspektiven-Wechsel" unbedingt. Als Mental- Technik wird die Essenz-Erfahrung seit zigtausend Jahren angewendet und gelehrt. Übrigens: ist dir klar, dass du vorhin mit deiner Erfahrung vom Wesen der Wölfe gleichzeitig eine wasch echte *wissenschaftliche* Arbeit abgeliefert hast, *sachlich* und *objektiv*? Noch dazu in einem *wirk*-lich *wesen*-tlichen Bereich des Lebens?

Wissenschaftlich? Phil runzelte die Stirn. Was soll jetzt daran wissenschaftlich sein?

Das könntest du doch schon selbst überprüfen, erklärte Mélodie mit einem aufmunternden Lächeln. Wenn du Lust dazu hast, könntest du das Geheimnis des „Wesens der ursprünglichen Wissenschaft" lüften, soweit wir es als Menschen schon verstehen können. Du könntest dich liebevoll dort hineinversetzen und dir alles anschauen, wenn es dir erlaubt wird. Dadurch könntest du Klar-Sicht bekommen und ein Gefühl dafür, wie „Ursprüngliche Wissenschaft" funktioniert.

Das „Wesen der ursprünglichen Wissenschaft"! Du kommst ja auf *Ideen* ... Wieder wartete Mélodie geduldig und zentriert. Nach wenigen Minuten war Phil von seiner Bewusstseins-Reise zurück, öffnete die Augen und trennte sich dankbar von dem *„Wesen der ursprünglichen Wissenschaft"*. Für mich sieht es aus wie eine vibrierende Kugel! berichtete er. Sie besteht innen aus gleißendem Licht und hat eine zarte, empfindsame Außenhaut, die vondiesem Lichtdurchleuchtet wird. Oh, das ist so unendlich schön! Diese glitzernde Kugel sah ich symbolisch mitten im Weltall schweben. Mit ihrem Licht ist sie in der Lage, wie mit Scheinwerfern den gesamten Kosmos auszu*leuchten*. Mittenindiese Kugel *hineinversetzt*, bekommeichein *Gefühl* über die *Natur* ihres Lichts. Es ist das warme, helle Licht der bewussten Erkenntnis, das alle Einzelheiten bis ins Kleinste erkennen lässt. Aber es ist überhaupt nicht nötig, dafür etwas zu zerschneiden! Gleichwohl geschieht hierbei eine Art *Analyse*, nämlich eine sanfte geistige. Gleichzeitig ist es aber auch eine *Synthese*, denn um diese geistige Analyse durchführen zu können, *vereine* ich mich ja mit dem Wesen, das ich erfahren möchte. Mit diesem Licht der Erkenntnis brauche ich andere Lebens-Formen nicht zu verletzen und auseinanderzunehmen – und weiß trotzdem genau, was mit ihnen los ist. Ich meine, was *wirk*-lich mit ihnen los ist. Aber das Schönste kommt noch! sagte Phil, während die Freude über seine Entdeckungen sein Gesicht leuchten ließ und auch anhand seiner beredten Gestik unverkennbar war. Im Geiste der ursprünglichen Wissenschaft *sehe* ich nicht nur mithilfe dieses Lichtes, sondern ich kann damit gleichzeitig *riechen, schmecken, hören* und *fühlen*! Die *ganze, umfassende Qualität* entfaltet sich vor meinen inneren Sinnen. Als hätte ich Antennen, eine Art *Licht-Fühler*, die ich beliebig ausstrecken kann.

Sie sind *gebündeltes Licht*! Ein Bewusstseins-Laser-Strahl! Aber der ist nicht etwa gefährlich und zerschneidend: das ist ein sanfter Bio-Laserstrahl. Das Endstück dieses Fühlers läuft in viele kleine leuchtende Energie-Fontänen aus, die in allen Farben schimmern. Sehr ästhetisch! Wenn ich so arbeite, strahlt Freude aus mir heraus für alle Erkenntnisse, die ich machen darf, und *Liebe* für alles, was ich *berühren* darf. Und *Dankbarkeit*: für die Informationen, die man mir *mit-ge-teilt* hat und die ich freundschaftlich er-*fahren* durfte.

Mélodie hörte ganz aufmerksam zu und nickte glücklich. Leuchtende Sonnenstrahl-Tupfen spielten auf ihrem mahagonifarbenem Haar und verliehen ihm den Glanz von sattem Rotgold. Mit dieser sanften und liebevollen Einstellung stehen mir alle Türen weit offen, berichtete Phil weiter. Und warum? Weil ein Wesen sich von dieser friedlichen Kraft der Liebe nur zu gern beleuchten und berühren lässt, denn das ist völlig ungefährlich. Im Gegenteil: ein Wesen fühlt sich dadurch ge-*achtet* und ge-*würdigt*. Ist ja auch die Wahrheit! Daher ist es ganz natürlich, dass es seine charakteristischen Eigenheiten entgegenkommend und großzügig mitteilt. Verstehst du – liebevolles *Mit-Gefühl* ist grundsätzlich das Wichtigste bei wissenschaftlicher Arbeit! Das Suchen mit dem herz-*erwärmenden* Licht der Liebe ist ein prinzipiell „freundliches *Er-Suchen*"!

Unser Wort „*suchen*" hat übrigens die Grundbedeutung „*witternd nachspüren*", meinte Mélodie lächelnd. So wie ein Jagdhund es tut. Und es gibt noch eine tiefere Bedeutungs-Ebene: *suchen* heißt auch direkt *spüren*. Jemanden um etwas zu er-*suchen* bedeutet, ihn um etwas *freundlich zu bitten* – und darin steckt inhaltlich deine Erfahrung einer *zarten, ja zärtlichen geistigen Berührung* voller *Hoch-Achtung*. Mélodie lehnte sich hinüber zu Phil, stupste ihn sanft an der Schulter an und sagte: So, als würde dich jemand liebevoll anstupsen und fragen: „Darf ich dich kennenlernen?"

Freudig überrascht über Mélodies zarte Annäherung legte er ebenso sanft seinen Arm um sie und sagte: So nehme ich ein Wesen *wohlwollend* neutral, also *liebevoll*, an.

Diese Energie der wohlwollenden Neutralität nennt man auch "Göttliche Liebe". Es ist die stärkste Kraft, die es im Universum gibt! Mit deren Hilfe hast du nun das Erfolgsgeheimnis des *„Geistes der ursprünglichen Wissenschaft"* gelüftet. Überdies die beste Möglichkeit, die ich kenne, *echt* *brillante* Argumente zu jedem beliebigen Thema zu entdecken! Gratuliere!

Phil dankte Mélodie mit einem zärtlichen Kuss, den er auf ihr Haar drückte. Es berührte ihn tief, dass sie sich so sehr mit ihm freute. Und noch viel mehr berührte es ihn, dass sie offenbar Vertrauen zu ihm fasste … endlich … Eine Weile saßen die beiden in liebevoller Umarmung auf „ihrer" Parkbank und genossen ihr gemeinsames Glück…

Irgendwann wanderten ihre Gedanken zu ihrer Unterhaltung zurück, und Phil sagte: Durch eine *echte Freundschaft* zu dem Forschungs-Objekt, durch mein warm-herz-iges *Mit-Gefühl* und meine *Liebe* zu ihm, bekomme ich die schönsten und tiefsten Erkenntnisse offen- sicht-lich ganz freiwillig vor die Tür meiner Sinne geliefert. Sie brauchen keineswegs gewaltsam entrissen zu werden! Dieser *ursprüngliche Wissenschafts-Geist,* der mir eben gezeigt wurde, ist eine durch und durch sanfte Macht. Dadurch ist mir eben bewusst geworden, was andererseits das ist, was wir so stolz eine „Er-*rungen*-schaft" nennen: es ist irgendwem, der sich dagegen kaum wehren konnte, mit mehr oder weniger Gewalt abge-*rungen* worden! Das bedeutet aber, dass – im Gegensatz zu den sanften Erkenntnissen der ursprünglichen Wissenschafts-Methode – viele Ergebnisse solcher „Er-rungen-schaften" prinzipiell nicht so hoch-*Wert*-ig sein können! Denn wenn jemandem praktisch unter der Folter eine Art „Geständnis" abgequält wird und Geheimnisse brutal entrissen werden, wie sinngemäß bei vielen Tierversuchen, k a n n eigentlich nur etwas qualvoll Verzerrtes dabei herauskommen. So ein Ergebnis k a n n nicht dieselbe hohe Qualität haben wie bei einer freiwilligen Kooperation, das ist doch logisch.

Ja, auch innerhalb der Schulwissenschaft ist man zu der Erkenntnis gelangt, dass die Art und Weise eines jeden Erkenntnis- Prozesses stets in das Ergebnis mit hineinfließt und somit dessen Gesamt- *Qualität* entscheidend be-*Einfluss*-t.

Und noch etwas habe ich gerade gelernt: wir Menschen haben stets die Möglichkeit, beide Wege zu beschreiten. Es ist unsere Wahl, welchen Weg wir im Leben gehen wollen. Sogar wenn wir nicht den Weg mit der hohen Energie der Liebe wählen – man verurteilt uns deswegen nicht.

Ja, so habe ich das auch verstanden: wir haben die freie Wahl! Daher ist es auch unsere eigene Verantwortung, was aus unserem Leben wird. Denn die übergeordneten Gesetze des Universums wirken ja immer. Zum Beispiel das Gesetz der Resonanz. Was meinst du jetzt mit Resonanz?

Wie du in den Wald hineinrufst, so schallt es heraus! Das universelle Resonanz-Gesetz wird bei jedem Einzelnen von uns angewendet. Unbestechlich, klar, gerecht. Da gibt es keinen Promi-Bonus, dieses Gesetz kann niemand zu seinem Vorteil umgestalten. Es hat keine Hintertürchen und es geht auch kein Weg daran vorbei. Denn es ist ein Fundament unseres Lebens, ein Urgestein. Verlass dich drauf – wenn du „Liebe" in den Wald hineinrufst, kommt irgendwann auch wieder „Liebe" heraus.

Das heißt also, die Wesen, die ich auf so liebevolle Art erfahren und verstehen lernen möchte, geben mir auf meine Bitte hin gern und völlig freiwillig ihre klaren Informationen. Und zwar im *fairen Austausch* für meine *liebevolle geistige Berührung*. Für die Energie der Liebe, die sie von mir bekommen.

Ja! Mélodie war sehr angetan von Phils tiefer Erkenntnis und lächelte dankbar, dass er sie mit ihr teilte. Solche Energie-Arbeit in ihrer liebevollen und liebenswerten Art mag ein Grund dafür sein, sagte sie, dass sich derart viele Menschen überhaupt so stark hingezogen fühlen zu diesem *Ideal von Forschung und Wissenschaft* ... apropos: das Wort „forschen" geht auf eine Sprachwurzel zurück, die witzigerweise „herumwühlen" heißt – und gleichzeitig „fragen" und „bitten". Interessant?! Auch anhand unserer Sprache zeigt sich also deut-lich, das die für einen guten Erfolg entscheidenden Wesens-Eigenschaften wahrer Forschung die freundschaftliche Bitte und das liebevolle Fragen sind.

Damit hätte ein Wissenschaftler, der zu seinen Forschungs-„Objekten" nicht freundlich ist, den Namen „Forscher" ja eigentlich nicht verdient. Seine Studien wären gar keine „Forschungs-Arbeit", genau genommen.

Stimmt, solche Energien passen ja auch nicht zu der *Wesens- Struktur der ursprünglichen Wissenschaft* mit ihrem wunderschönen *warmen Leuchten*. Von diesem Leuchten wird übrigens jeder Mensch unbewusst angezogen. Ähnlich, wie viele Menschen fast magnetisch vom *Licht* einer Kerzenflamme angezogen werden, mit Wonne ins knisternde Kamin-*Feuer* schauen und nicht nur im Urlaub die *Sonne* suchen. *Wärme* und *Feuer* in angemessener Form bedeuten ja *Leben* für uns, unddas *Feuer* des Geistes ist die *In-spir-ation*. Alle Lebe-Wesen finden daher auch unbewusst *strahlende, herzerwärmende und liebevolle* Eigenschaften äußerst anziehend und streben ihnen unwillkürlich entgegen. Ganz freiwillig. Bewusstseins-Erweiterung – und somit das *Mit- Fühlen* und *Hinein-Leben* in andere Lebens-Sphären – ist als Essenz- Erfahrung für jeden Menschen eine *wesen*-tliche Angelegenheit im täglichen Leben, nicht bloß im Rahmen hochoffizieller wissenschaftlicher Forschung. Es ist für uns Menschen wahrhaftig das Beste, wenn wir die Geheimnisse in unserer Welt auf diese liebevolle Weise buchstäblich in Erfahrung bringen. Warum? Weil wir uns damit die Welt um uns her – und sogar uns selbst – transparent machen und Durch-Blick bekommen können. Dann erst haben wir wirk-lich die *freie* Wahl und können für uns und die Lieben, die uns anvertraut sind, die allerbesten Entscheidungen treffen. So finden wir besser unseren Seelenweg und können ihm leichter folgen. Und du, lieber Freund, hast dich ja auch längst auf diesen Weg ins Glück gemacht! Mélodie schenkte ihm ein glückliches Lächeln, das Phil ebenso glückstrahlend erwiderte. Mit Anleitung von oben konntest du eben *echtes Wissen schaffen*, und das auf ganz natürliche und sanfte Weise, nämlich mit buchstäblicher *Wert-Schätzung* eines anderen Wesens! Du hast gerade selbst *echte Forschungs*-Arbeit geleistet – im *leuchtenden Geist der ursprünglichen Wissenschaft!* Denn der – als *Ideal-Bild der Wissenschaft* – ist beileibe nicht nur zum An-Himmel-n da! Ein Ideal existiert ja deshalb als *plastisches energetisches Vor-Bild*, damit wir diese Art Energie in unser Leben integrieren können, wenn wir das möchten. Ein *Leucht-Feuer* ist das, ein Wegweiser! Es zeigt uns einen guten Weg und öffnet uns neue Horizonte. Was du hier gerade getan hast, ist nichts Geringeres als die *praktische Umsetzung eines Ideals* im alltäglichen Leben!

Ja, tatsächlich! Phil freute sich sehr. Er streckte sich behaglich und lächelte einem Spaziergänger zu, der just an ihrer Parkbank vorbei schlenderte. Eigentlich ist das alles ganz einfach, oder? fragte Mélodie. Viele Menschen glaubten bisher, wenn es überhaupt so etwas wie Ideale gäbe, dann seien das völlig wirk-lichkeits-fremde Bilder. Viel zu hoch und viel zu weit entfernt, um alltagstauglich zu sein. Sie nahmen an, Ideale seien bloß abgehobenes philosophisches Gefasel, un-real-istische Theorie; die „Real-ität", die „Wirklichkeit", sähe ganz anders aus, nämlich knallhart und eiskalt. In unserer Gesellschaft glaubt man ja, alles sei relativ. Diese völlige Verkennung des Idealen ist eine Folge des wenig sens- iblen Denkens, das wir alle nur zu gut kennen, sagte Mélodie. Mit der Erkenntnis eines Ideal-Bildes, also der göttlichen Perspektive, habe ich jedoch den besten Referenz-Wert, den es gibt. Tief-greifende Erkenntnisse der sachlichen Inhalte gelingen, wenn ich das mit- fühlende Denken einsetze. Fehlt dies, kann jemand stets nur vom äußeren An-Schein der Dinge berichten. Und die Ergebnisse von solch ober-fläch-lichem Denken – sind die nicht in Wirklichkeit bloße „Spek- ulation"?

Phil blickte Mélodie durchdringend an. Menschenskind, jetzt geht mir ein *Licht* auf, welche Sicht-Weise tatsächlich *wirklich*-keits-fremd ist und welche *real*-itäts-nah!

Exakt diese *Ein-Sicht* bekomme ich durch unsere *plastische* Denk-Art und die Essenz-Erfahrung. Ich *spüre* dann plötzlich, dass ich *kon-kret* in *Kon-takt* kommen kann mit allem, sogar mit *Idealen*, so wie du es vorhin getan hast. Und nicht nur das: ich komme ja wahrhaft in Liebe und Frieden und bekomme so von den verschiedensten Wesen die Erlaubnis, mich voll in sie *hinein-zuver-setzen*. Ich darf sie bewusst er-*fassen*, von *Grund* auf ver-*stehen* lernen und mich in sie *hinein-leben* – und kann, wenn ich das möchte, wiederum ihrer *speziellen Schwingung* erlauben, sich in *meinem* Leben zu integrieren und durch meine *Ausstrahlung* zu *real*-isieren.

Ich kann also Ideale echt *leben*! Und ich tue es sogar gerade! Phil strahlte.

Ja, ich bin damit auf einer *Erlebens*-Ebene, die *wirk*-sam, also *wirk*-lich ist und somit eine Realität darstellt: sie *ist Wirk*-lichkeit! Es ist im Wesentlichen demnach meine friedvolle Ein-*fühl*-samkeit, die mich in direkten Kontakt bringt mit der *Realität* – man kann sogar sagen, dann erst *lebe* ich in der Realität! *Mit-Gefühl* ist für jeden Menschen eine *reelle* Möglichkeit, die Realität auf beiden Seiten der Materie, der grob-stofflichen und der fein-stofflichen, klar wahrzunehmen und sein Leben *optimal* zu *hand*-haben.

Damit habe ich mein Leben dann buchstäblich im *Griff* …

Ja, sagte Mélodie, ein Mensch mit *Ein-Fühlungs*-Vermögen kann nicht nur Ideale, sondern ganze Ideologien ihrem *Wesen, ihren Grund-Werten* nach, besser beurteilen. Gefeiert wurden bisher meist die Idole. Sensible Menschen aber, so wie du und ich zum Beispiel, können sich von der *wirksamen Ausstrahlung guter* Ideale bewusst in-*spir*-ieren und *prägen* lassen. So kommen sie in deinem täglichen Leben zum Aus-Druck, du hast ihre *Wirk*-ungen demnach von der fein-stofflichen auf die grob-stoffliche materielle Lebens-Ebene gebracht. Diese einfache Methode kannst du bei allen *Vor-Bildern* anwenden. Denk doch nur an deine Träume! Hast du nicht *Ideale*, die du gerne in deinem Leben *verwirklichen* möchtest?

Na logo! rief Phil, ich habe jetzt auch wieder das Ideal der Brüderlichkeit in Betracht gezogen! Warme Freude wallte in ihm hoch, es ging ihm schier das Herz auf. Vor seinem geistigen Auge stand wieder das Bild der Schmetterlinge mit den wie Diamantschmuck funkelnden Flügeln. Ein warmes, schmelzendes Gefühl erfüllte ihn. FREIHEIT! … LIEBE! … GLÜCK! … und nun auch wieder BRÜDERLICHKEIT! Solch hohe Ideale – und endlich zum *Greifen* nah – zum *Be-greifen*! Sie sind da, damit wir sie in Er-*fahrung* bringen können! Sie sind da, damit wir von ihnen *erfüllt* werden! erkannte er, damit wir *Erfüllung* finden … Und wo genau, fragte er sich plötzlich, hörten dann eigentlich diese Ideal-Energien auf und fingen seine „persönlichen" Energien an?

Wenn ich mich von diesen idealen Energien *prägen* und *be-ein-fluss- en* lasse, *verbinden* sie sich mit derselben *Qualität,* die bereits in meiner persönlichen *Ausstrahlung* vorhanden ist, sagte Mélodie, als hätte sie seine Gedanken gehört. Auf diese Weise verstärke ich sie immer mehr in mir. Wie jeder Mensch auf Erden trage ich diese adäquaten Ideal-Kräfte schon längst als Keim in mir – sie waren nur mehr oder weniger vergraben.

Phil schloss entzückt die Augen. Genau wie es bei mir war! dachte er und sagte laut: jemand, der eine Menge *guter Ideale* aussendet, müsste doch eine geradezu *charismatische Ausstrahlung* mit unzähligen *Biophotonen* haben!

Und ob. Jemand, der zum Beispiel mit dem sanften und friedvollen Ideal der ursprünglichen Wissenschaft arbeitet, ist schon auf der Erfolgsspur! Und das gilt für jeden, nicht nur für berufsmäßige Wissenschaftler. Und noch etwas: mit deiner Erforschung dieses Geistes eben hast du uns außer- dem nicht nur ein Ideal vorgelebt, sondern ein waschechtes *sachliches* und *rationales* Forschungs-Ergebnis abgeliefert.

Wieso das?

„Rational" bedeutet ja: „aus Ein-*Sicht* und Ver-*Stand* abgeleitet". Während deiner Essenz-Erfahrung vorhin hast du dich mit der geistigen Kraft deines Ver-*Stand*-es buchstäblich auf den leuchtenden *Stand*-Punkt des Geistes der natürlichen Wissenschaftge-*stellt,* nichtwahr?

Ja. Er nickte. Eineplastische, anschauliche Denkweise, bei der ich neue *Ein-Blicke* gewonnen habe.

Du hast demnach deinem Forschungs-Objekt, dem ursprünglichen Wesen der Wissenschaft, durch ein-fühl-same **Konzentration** die angemessene *Acht*-ung geschenkt und es voll tiefer Ein-Sicht-en in seinem natürlichen Zu-*Stand* beob-*acht*-et. Wenn ich mein Bewusstsein aus-*sende* und somit erweitere, ist das nichts anderes als eine geistige *Reise*! Die ursprüngliche Bedeutung des Wortes *„senden"* ist ja tatsächlich *„reisen machen"*, auf dieReise schicken.

Stimmt, habe ich eben selbst erlebt als Beobachter. Phil überlegte einen Moment. Meine persönlichen Gefühle und Ansichten waren bei diesem rationalen Versuch tatsächlich außen vor, bis auf das neutrale Wohl-Gefühl, da ich durch mein Konzentriertsein ja diese neutrale Einstellung bekomme. So weit so gut. Aber ich habe mich doch mit den *Gefühlen* meines Versuchs-Objektes be-fasst! Solche geistigen Reisen sind bewusstseinserweiternd und geben mir Ein-Sicht, gewiss – aber ich weiß nicht, ob sie auch *sachlich* genannt werden dürfen. Denn wo, bitte, bleibt da die *Objektivität?*

Das war jetzt die Frage des Tages! lachte Mélodie. Machen wir uns doch *sach*-kundig: welche *Bedeutung* hat *„objektiv sein"* im *wahrsten Sinne des Wortes*? Um dies zu erfahren, muss ich vorurteilsfrei und wohlwollend neutral ein- gestellt sein. Als unabdingbare Voraussetzung für nüchterne Forschung. Richtig?

Richtig!

Das Forschungs-Objekt – das *Wesen* eines Tieres, der *Geist* der Wissenschaft oder irgendein anderer Be-Griff – wird mir vor meine inneren Sinne, zum Beispiel mein geistiges Auge, gestellt. Unser Wort „*Ob-jekt*" hat eine aufschlussreiche Bedeutung: es heißt „das *Entgegen-Geworfene*, das *Vor-Gestellte*"! Dieses Wort beschreibt korrekt, dass das *plastische Energie-Feld dieses Wesens* buchstäblich geistig „*vor meine Sinne gestellt*" wird.

Also wie ein dreidimensionaler Gegen-stand.

Genau. Ich kann dazu auch sagen: ich ver-*gegen-ständ*-liche mir das *Wesen*, also die *Ausstrahlung,* die *Essenz,* dieses *Aus-Drucks*, damit ich diesen Gegen-stand anschließend be-*greifen* kann. Das ist es, was wir bisher geübt haben. Aus dem Bewusstsein heraus, auf diese Weise sinn-lich in *Energie-Felder hineinwechseln und sie imwahrsten Sinne des Wortes be-greifen* zu können, ist unser Wort „*Be-Griff*" meiner Meinung nach geschaffen worden. Wenn es heißt, ein Be-griff oder die Um-Schreibung eines Be-griffs sei „*figür*-lich" gemeint, denken die meisten ja an eine „Meta-pher", die Rede-Figur der bild-lichen Bedeutungs-*Übertragung* von einer Ebene auf eine andere. In diesem Fall hier meine ich jedoch n i c h t die Sprach-Figur der Metapher, sondern eine *ursprünglichere, direkte Form*: die Energie, die darunterliegt und noch *näher* an der Bedeutung dran ist. Denn wie ich immer wieder *sehen* kann, ist oft genug ein Be-Griff wortwörtlich nichts anderes als die simple, *klare Beschreibung* der *geistigen Formen* des betreffenden *energetischen Hinter-Grundes*, der mithilfe unseres Ein-Fühlungs- und Wahr-Nehmungs- Vermögens *real* dahinter ent-deckt werden kann. Und das alles ist nicht etwa Ein-Bildung, sondern *Wirk*-lichkeit: es ist eine gedanklich *greif*-bare *plastische Energie-Landschaft* vor-Hand-en, eine *ursprüngliche fein-stoffliche Gelände- Formation,* die uns buchstäblich *vor Augen geführt* wird.

Ich glaube, auf diesem Gelände werden wir eine Menge Geheimnisse er-gründ-en können und viel Spaß dabei haben, grinste Phil.

Ja, wir können uns wirklich freuen! Auf jeden Tag voller neuer Forschungs-Wunder!

Genauso machen es doch die Kinder! Meine jedenfalls.

Kinder können es ja kaum abwarten, am nächsten Tag wieder spielen zu dürfen. Solche Verhaltensweisen sollten wir Erwachsenen keineswegs als „kindisch" abqualifizieren, wenn wir schlau sind. Dazu gehört auch die unbefangene und damit vorurteilsfreie – also neutrale
– kindliche Sichtweise. Kinder sind auf einer gewissen Ebene ja noch so wunderbar unver-*Bild*-et und aufgeschlossen für Neues. Nicht selten nehmen sie *wörtlich*, was man ihnen sagt. Das führt bei uns Erwachsenen so manches Mal zu Heiterkeitsausbrüchen.

Das kenne ich nur zu gut ... Phil grinste schelmisch. Übrigens: was ist deiner Meinung nach der Unterschied zwischen Einbildung und Vorstellungskraft?

Hm ... „Ein-Bild-ung" wäre es meiner An-Sicht nach dann, wenn du selbst subjektive geistige Bilder erzeugst. Wenn du dir etwas „aus- denkst". Meinetwegen einen karierten Elefanten, also ein *realitäts*-fernes Bild „Marke Eigenbau". Oder „Halluzination": manche Sprachwissenschaftler sind der Meinung, dieser Ausdruck hinge zusammen mit einem griechischen Wort, welches „planlos umherirren" und „außer sich sein" bedeutet. Das deckt sich mit der Beschreibung der Energie-Situation eines Menschen, der n i c h t kon-*zentriert* ist: wer nicht in seiner *Mitte* ruht, *wirkt* schnell fahr-ig. Mit „außer sich sein" und
„Halluzination" steht übrigens auch unser Wort „Allüren" in Verbindung.

Oha, lächelte Phil, das lässt ja tief blicken.

Unser gesundes *Vor-Stellungs-Vermögen* hingegen wenden wir an, um uns bestimmte Gegebenheiten durch unsere inneren Sinne erfahrbar und somit be-greif-bar zu machen. Wir nutzen unsere Vorstellungs-Kraft hierbei allerdings nicht aktiv, sondern sie wird eingesetzt von jener Ebene, die uns diese Erfahrungen sendet. Diese Ebene arbeitet mit der Kraft der göttlichen Liebe. Ein anderes Wort dafür ist, wie du ja weißt, wohlwollende *Neutralität*. Die ist mit *Objekt-ivität* also untrennbar verbunden. Klare Objektivität wiederum mit unserem *Mit-Gefühl*, durch dessen Anwendung wir beim Hineinwechseln überhaupt erst das *Wesen*- tliche eines Objektes er-fassen können.

Wirk-lich objekt-iv zu sein bedeutet, für kurze Zeit selbst mit- fühlend jenes Objekt zu sein

Phil nickte nachdenklich. Indem wir das Objekt – was immer für ein Wesen es sein mag – plastisch buchstäblich be-*greifen* und er-*fahren;* uns an seinen geistigen Stand-Ort k u r z hinein-versetzen, um so mit-fühlend zu ver-stehen, welche *Qualitäten* es in seinem Inneren birgt. Natürlich nur dann, wenn es die Energie der Liebe von uns annehmen möchte und uns seine Informationen freiwillig präsentiert.

Ja, exakt. Ich nenne diesen Perspektiven-Wechsel auch einfach: *Sehen mit den Augen des Herzens.* Und diesen objektiven *Herz-Blick* mit all dem Licht und der göttlichen Liebe schickst du mitten in das geistige *Terrain.*

Geistiges Terrain! Ein energetisches Reich! sagte Phil, entzückt über diese an-*schau*-liche *Vor-Stellung*. Richtige *Denk-Landschaften* sind das! Und bei unseren Gedanken-*Gängen* darin stellen wir uns auf andere *Stand- Punkte* und erkunden, wie es dort wirk-lich ist. Wir machen uns ein eigenes Bild!

Ja, durch so eine Bewusstseins-*Reise* machen wir unsere ganz eigenen Er-*fahr*-ungen, wortwörtlich. Mit solchen Gedanken-Gängen erkennen und durch- schauen wir auch jedes *Image*, beispielsweise ein Feind-*Bild.* Damit sind wir dann auch nicht mehr von der Meinungs-Mache anderer Leute ab-häng-ig. Mit Hilfe unserer Tief-gründ-igkeit stellen wir uns nach und nach autark auf den Boden der Tatsachen – und können so eine Welt des Friedens aufbauen.

Hört sich trotz aller energetischen Transparenz echt boden-ständig an! Kein Wunder! Ich *schaue* mir ja einen abgegrenzten Bezirk, ein bestimmtes *A-real* einer *geistigen Landschaft* an, nicht wahr? Den geistigen Boden: den *Grund.* An-Hand dieses tief-*gründ*-igen *gegenständ-* lichen Denkens nehme ich die *Beschaffenheit* dieses *Energie-Ortes* wahr, er- *Ört*-ere einen Be-*Griff*, ein *geistiges Objekt.* Damit bin ich im tiefsten Sinne *objekt*-iv und dabei, eine *Situation wirk*-lich zu *real*-isieren. Denn das bestimmte, *definierte Grund-Stück* zeigt mir, was dort „*Sache*" ist und wie diese funktioniert, also was *Real*-ität ist. Ein Wort zu „definieren" heißt wörtlich „Grenzen abstecken" – auf dem Boden der vor-Hand-enen energetischen Tatsachen.

Du zeigst mir ein Land, das ich nie sah, obwohl es schon immer zum Greifen nah vor mir lag, sagte Phil mit Wärme. Und unsere Bewusstseins-Reisen, bei denen wir mit anderen Augen sehen – also mit den Augen des Herzens im sanften Licht der Erkenntnis – sind dann so eine Art „sanfter Tourismus" in dieser Energie-Landschaft!

Ja, und was kann ich auf meinen umweltschonenden Bewusstseins-*Reisen* dort er-*fahren*? In welchem *Zu-Stand* ein geistiges *Energie-Feld* ist, was dort im *Wesen*-tlichen *los* ist, wie dort die *Dinge liegen,* wie die genaue *Sach-Stands-Lage* ist. Nehmen wir zum Beispiel das Wort

„*Zuneigung*". Auf dem *energetischen Sektor sehe* ich, dieser Aus-Druck gehört zu einer *Energie-Form*, welche die Eigenschaft hat, anderen Energien auf bestimmte Art und Weise *zuzustreben.* Sie zeigt *Affinität* und *neigt* sich ihnen buchstäblich *zu* wie jemand, der einem anderen Menschen *freundlich* und *sanft* be-*geg*-net, berichtete Mélodie und lächelte Phil liebevoll an. Und noch etwas erkenne ich: bei „Zu-Neigung" wird immer auch die Qualität des *neutralen Wohlwollens ausgestrahlt*, die man nicht nur sehen, sondern auch *fühlen* kann. Also eine Bewegung hinein in dessen Sphäre, um unser feines Mit-Gefühl entstehen lassen zu können, das benötigt wird, um ein anderes Wesen überhaupt erst verstehen zu können. Wenn ein *Energie-Feld* auf diese Weise mit einem anderen interagiert, ist dies ein energiereiches *Miteinander,* es *fördert* Ver-*Bindung* und Ver-*Ständ*-igung von einem Ort zum anderen. Die Folge ist ein fließender energetischer Austausch, ein In-Form-ations-*Fluss* ...

Das klingt ja wie *Kommunikation*!

Und wie! Mélodie nickte.

So sehen die berühmten „zwischen-menschlichen Beziehungen" also auf der energetischen Ebene aus, wenn alles *gut läuft* ...! lachte Phil. Das ist schon bemerkenswert: vor ein paar Wochen wusste ich nicht mal, dass es

Energie-Landschaften gibt – heute spaziere ich voller Liebe darin umher. Echt gut.

Auf dieser Ebene *erkenne* ich auch, dass *gute* Gedanken tatsächlich *leuchten*. Und erst *brillante* Ideen! Die *echt* brillanten, meine ich. Das ist ganz wichtig, denke bitte immer daran: hoch-*karät*-ige Denk-Konzepte sind nur wirk-lich *gut,* wenn sie *Herzens-Wärme* ausstrahlen bis hin zur *neutral- kühlen göttliche Liebe*. Die ist buchstäblich das höchste der Gefühle. Achte bitte genau auf dieses Charakteristikum! Es ist entscheidend. Denn es existieren in diesem Universum auch Denk- Konzepte, die alles andere als „*gut*" sind. Solche Gedanken entlarven sich stets durch ihre Frostigkeit bis Eiseskälte, herz-los kalkuliert von Lebe- Wesen, die zwar auch hell strahlen können, sich aber durch ihre Seelen- Kälte sofort verraten. Diese alte Weisheit wird übrigens auch im Märchen von der Schneekönigin überliefert. Solches Wissen ist Gold wert! Es kann dein Leben retten und das deiner Lieben! Mir hat es schon mehr als einmal geholfen, berichtete Mélodie.

Und das alles erreiche ich also mit dem *erspürenden Licht der Erkenntnis*, das zum Wesen der ursprünglichen Wissenschaft gehört!

Genauso wie du es selbst vorhin so schön erkannt hast, ergänzte Mélodie fröhlich. Ich kann ja damit in der weitläufigen *geistigen Landschaft* in aller *Ruhe* ein definiertes *energetisches Feld* be-ob-*achten* und seine *energetische Gelände-Form*-ation, die *in-nere Form* – also dessen „*In-Form*-ation" – er-*fassen*. Das *Licht* der Erkenntnis arbeitet dabei als Träger-*Welle*. Ähnlich wie in einer modernen Glasfaser- Telefon*verbindung,* die mit *Laser-Licht* funk-tioniert, kann auch dieses Licht Informationen und Daten speichern und nach beiden Seiten hin über- *Mitte*-ln. Nur um Klassen besser. Und Geräte brauchst Du auch nicht dazu. Ja, das Licht der Erkenntnis ist Sender und Empfänger zugleich! Das habe ich vorhin beim Ursprünglichen Wissenschafts-Wesen erkannt ... aber ... Moment mal ... dann müsste zum Beispiel der Bär im Zoo, dessen *Wesen* ich vielleicht gerade aufmerksam erkunden darf, ja auch Informationen von m i r bekommen! Auf jeden Fall ja meine Energie der liebevollen Zuneigung, mit der ich ihn betrachte ... Phil wurde mehr und mehr die

enorme Tragweite ihrer Überlegungen bewusst. Was ist mit einer Amöbe? Merkt die auch was? Könnte die ein Bewusstsein haben? Und ... hee! ... als wir Delphi getroffen haben, hast du doch irgendwas von einer Amsel gesagt ... aber deine Freundin hat erst später davon berichtet! Willst du mir jetzt erzählen, du hättest
dich mit dem Hund tatsächlich ... äähh ... unterhalten?

Ja! Es gibt sehr gute Tier-Kommunikatorinnen, die dich das lehren können, zum Beispiel Penelope Smith oder Catherin Seib.

Phil holte unwillkürlich tief Luft. Das musste er erstmal verdauen. Er war wie elektrisiert vor purer Entdeckerfreude ... wunderbare Möglichkeiten taten sich nun vor ihm auf wie eine Tür in eine goldene Zukunft: er sah eine neue verständnisvolle und friedliche Qualität des Miteinanders von Tier und Mensch ... Und was ist mit Wesen, die wir gar nicht als lebendig in unserem Sinne ansehen? fragte er beinahe atemlos. Zum Beispiel dem Wesen einer chemischen Verbindung, meinetwegen einer Aminosäure in unserer DNS? Gibt's da auch etwas wie Kommunikation?

Kommunikation im Universum ist möglich bei allem, was kommunizieren möchte! Auch mit solch kleinen Freunden kannst du dich liebevoll austauschen! Du hast ganz Recht, eine Verbindung zu einem anderen Wesen ist niemals eine Einbahnstraße. Diese Art der Erkenntnis, nämlich mit den Augen des Herzens zu sehen, funktioniert immer auf Gegenseitigkeit. Der von dir „angerufene" Kommunikations-Partner wird bemerken, wenn erangerufen wird, auch wenn er anfangsnur ein dumpfes Gefühl hat oder eine vage Ahnung. Selbst wenn er das nicht sofort genau einordnen kann: irgendwann klingelt es bei ihm laut und deutlich und er versteht die Bedeutung. Er wird immer Informationen von deinemWesenauffangen.

Dascha 'n Ding!

Mélodie strahlte, als sie Phil wieder einmal Plattdeutsch sprechen hörte. Fakt ist in jedem Fall: *Ausstrahlung* strahlt überall hin aus, wie *Photonen* das eben so tun, und ihre energetischen In-Formationen findest du an den überraschendsten *Orten* wieder! Das alles war bis jetzt für viele von uns gedankliches Neu-*Land*. Das kannten wir so noch nicht: unser Ver- *Stand*

– der übrigens auch als „Ein-*Fühlung*s-Vermögen" bezeichnet wird
– hatte sich auf diesen *Stand*-Punkt noch nicht ge*stellt.* Da ist ein Perspektiven-Wechsel überfällig! grinste Phil.

Allerdings, denn solche Gedanken-Konzepte waren in unserer westli- chen Kultur für etliche von uns bisher nicht akzeptabel. Und nicht allein der Lehr-Körper unserer werten Schulwissenschaft war früher diesen Gedanken nicht *zu-geneigt* und wünschte über solche Themen keine auf-*klär*-ende *Kommunikation.* Auch manch angesehene Literaturkritiker billigten in der Folge eine Zeit lang keinerlei Formulierungen mehr, in welchen nicht-menschliche Phänomene *eigene Gefühle* und *Bewusstsein besitzen* oder gar eine *Seele.* Die fatale Konsequenz aber war: wenn nicht-menschlichen „Phänomenen" generell k e i n e Gefühle zugebilligt werden, merken wir ebenso generell nicht mehr, wenn „Etwas" zum Himmel schreit. Und das könnten beispielsweise die stummen Schreie gepeinigter Tiere sein …

Himmel, Recht du hast … wirk-lich eine tiefgründige Sache, das mit dem Essenz erkennenden Perspektiven-Wechsel, sagte Phil. Darüber kann man ja tagelang weiter reflektieren …
Gedanken-Re-flexion … dazu sagen wir ja auch „Be-*trachtung"* und „Er-*wäg*-ung", nicht wahr! erklärte Mélodie be-Geist-ert. Das erklärt bereits die gedanklichen Vor-*Gänge*, das geistige Be-*Streben* des inneren *Sehens* und *Fühlens.* Dabei empfange ich auf meiner Seite als *wohlwollendneutraler Sens-*or, ichbinalso *sens*-ibel für die ankommenden *Ein-Drücke* des Objektes. Ebenso für die *ausstrahlenden* Energie-Ströme seiner E-*motion*-en. Die *bewegen* sich, wie ihr Name schon sagt, und daher auch in gewisser Weise mich, den Beobachter. Doch mit der Kraft der göttlichen Liebe bleibe ich in meiner ruhigen Mittel-Position. Ich lasse mich nur soweit von E-motionen bewegen, dass ich sie erkennen und klassifizieren kann, o h n e von ihnen geistig vereinnahmt und mitgerissen zu werden. Das ist wichtig und wesen- tlich! So bleibe ich auf meiner hilfreichen, unvoreingenommenen Beobachter- Position.

Ich stehe in dieser Position also genau in der *Mitte.*

Ja. Und nur w e i l ich selbst neutral in der Mitte bin, kann ich die vorhandenen Gefühle des zu erforschenden *Objektes* registrieren und wahrheitsgemäß in die Gesamt-Dokumentation mit einbringen. Ich kann dabei gleichzeitig verhindern, dass subjektive, persönliche Gefühle und bei mir bereits bestehende An-Sicht-en und Motive mit hineinfließen, welche das Ergebnisja keineswegs *klarer* machen würden.

Genau das ist es doch! Mit dem Einbringen von persönlichen Gefühlen wärst du ja auch nicht *objektiv*!

Stimmt. Andererseits bin ich gänzlich o h n e Fühlen ebenso wenig *objekt*-iv, nicht wahr?

Hm ...

Optimal ist demnach nur unsere dritte Wahr-nehmungs-Möglichkeit: der Perspektiven-Wechsel, der über die beiden anderen hinausgeht. Wenn ich so fest verankert aus meiner wohlwollend neutralen Mitte heraus beob-achten kann und darüber hinaus kurz *in* das *Objekt hinein- wechseln*, mich dort *ein-fühlen* und dessen *Energien* und *Qualitäten* wahrnehmen kann, nur dann bin ich wahr-haft im Zustand der *Objekt-* ivität. Dann bin ich – bis auf die kleine Brücke meiner Mitte, die mich stützt und meine *neutrale Haltung* garantiert – für kurze Zeit *im Wesen- tlichen selbst* das Objekt, o h n e jedoch meine eigene Identität zu verlieren. Ich verschmelze eine kurze Zeit mit meinem Forschungs- Objekt und gebe ihm gern die Licht-Energie meiner Liebe und Freundschaft. Anschließend nehme ich mit Freude und Dank die mir angebotenen und nun selbst er-fahren-en Objekt-Informationen zu mir herüber in meine eigene Lebens-*Sphäre*.

Mir wird gerade klar, dass sich die *Mitte* hierbei nicht nur auf den *Ort,* sondern offenbar auch auf die *Zeit* bezieht! sagte Phil. Um ein Gegenüber objekt-iv er-fassen zu können, muss ich ja *geistes-gegenwärt*-ig sein, *prä- sent*. Die *Gegenwart* liegt exakt in der *Mitte* zwischen Vergangenheit und Zukunft.

Das lateinische Wort für „Gegenwart", spann Mélodie den Faden fröhlich weiter, bedeutet eigentlich „vorn sein" und „zur Hand sein": „Prä-sens". Darin wiederum steckt unser Wort *„Essenz" –* das *„Wesen".* Für

„Gegenwart" sagt man auch „An-*Wesen*-heit", eben „Präsenz".
So hängt das also alles zusammen ...

Echte Objekt-ivität, wie wir sie uns gerade an-schau-lich machen, bedeutet als wunderbare Zugabe prinzipiell die erfolgreiche Überwindung des labilen Zustands, den wir „innere Haltlosigkeit" nennen. In diesem Zustand können Menschen nämlich leicht hin und her gerissen werden durch E-*motion*-alität, dem *Bewegt*-Sein durch eigene oder fremde Gefühle. Durch *konzentriertes* Festhalten an der starken *Mittelposition* jedoch kann der Geist nicht mehr hin und her geschubst werden, sondern bleibt ruhig. Gleichzeitig ist er jedoch flexibel genug, sich auf eigenen Wunsch auszudehnen für das liebevolle Be-*Greifen* und Ver-*Stehen* jeglicher Sach-Lage, die sich ihm eröffnen möchte.

Ähnlich wie ein Taucher an der Versorgungsleine, wenn er unter Wasser auf Ent-deck-ungs-Reise geht! erkannte Phil.

Das ist in schöner Vergleich! freute sich Mélodie. „*Objektiv sein*" bedeutet also immer einen grundlegenden Perspektiven-Wechsel, das heißt, während meiner Erkundung für eine angemessene Zeit „*selbst das Objekt zu sein*", und zwar auf kontrollierte Weise. Das erklärt uns im Grunde schon unser Wort „Objektivität" selbst. Es bezieht sich ja darauf, die Beschaffenheit des Objektes wahrzunehmen: also so zu sein wie das Objekt. Und dafür muss ich mich schlicht und ergreifend selbst darin *ein-finden*. Ich schaue also für ganz kurze Zeit, wie es sich anfühlt, *selbst das an-visier-te Objekt zu sein*. Dafür muss ich persönlich direkt vor Ort sein und die Informationen von dort mitnehmen, sonst *bekomme* ich ja nicht *heraus*, wie es dort ist. Nur dann stammen meine Informationen aus erster Hand. Meine eigenen Gedanken und Gefühle nehme ich während dieser Zeit zurück, um anschließend mit den erhaltenen Informationen wieder voll bei mir zu sein. Habe ich wahrhaftige Objektivität erlangt und bin von meinem Perspektiven-Wechsel zurück in meiner Mitte, kann ich übrigens auch klar erkennen, dass jedes „Forschungs-Objekt" eine *Ausstrahlung* hat – und somit *Ein- Fluss* auf alle anderen Objekte. Bin ich in meiner Mitte, kommt von selbst die strahlende Erkenntnis, dass ich eben nicht in einem Vakuum stehe zwischen zahllosen starren materiellen Objekten. Sondern dass ich innerhalb der Energie-Bahnen ihrer sich *berührenden, be-ein-fluss-enden*

Ausstrahlungen lebe – einschließlich meiner eigenen! Bin ich *neutral* und somit *kristall-klaren* Geistes, kann ich *sehen:* es existieren *vernetzte Energie-Muster.* Hier stehe ich: mitten im *Netz des Lebens* aus seinen Myriaden miteinander verwobenen Einzel-*Systemen!* Wenn ich diesen hohen *Stand*-Punkt wohlwollender Neutralität *sehenden Auges einnehmen* und *spüren* kann – dann kann ich das große Ganze *mit-fühlend erkennen* und ver-*stehen.* Und dann erst bin ich wahrhaftobjektiv.

Angetan von Mélodies plastischer Beschreibung, ließ Phil seinen Blick entspannt über den Parkweg wandern. Das ist die Kunst des Objektiv- seins ... wunderschön! sagte er. In diesem Augenblick großer Klarheit wurde ihm bewusst: endlich kann ich sie erkennen und spüren ... die *Liebe* ... und weiß jetzt genau „wie, wo und wann" ...

Sein Lächeln voller Warmherzigkeit tauchte Mélodie in Licht, und sie strahlte es zurück. Die geistige Haltung *wahrer Objektivität*, die ich anhand von Perspektiven-Wechseln in mir etabliere, berichtete sie weiter, besitzt also keinesfalls den kalten *Blick* des unbe-*teil*-igten, un-*gerührt*-en Überwachers, wie viele Menschen bisher glaubten. Sie verliert sich aber ebensowenig in *halt*-loser, senti-mentaler Gefühlsduselei. *Sach*-liche *Nüchternheit* ist weder identisch mit *Herz*-losigkeit, noch gibt sie An-Sichten und Meinungen durch ihre An-*Teil-nahme* am Geschehen einen „Rosarote-Brille-*Touch".* Sie ist nicht einseitig *part*-eiisch oder befangen in Vor-ur-*teil*-en, sondern *selbst-beherrscht* und *neutral.* Sie ist die *klare Mitte, ausgewogen und gerecht,* hat *Über-blick* und *Ein-Sicht* in die Extreme und die Mittel-Position selbst. Daher führt sie ganz natürlich zu einer *fair*-en, ein-*fühl*-samen Berichterstattung. Dann ist diese Haltung *wirk*-lich un-abhängig. *Realitäts-nah* am *Puls* des Geschehens, direkt dran an Menschen und Situationen! *Einfühlsam* und somit gleichzeitig *takt*- voll!

Das ist phänomenal! staunte Phil.

Dieses Phänomen strebt ja jeder gute *neutrale Berichterstatter* an. Ein *guter Re-porter* fährt ja hinaus, um seinen Zuschauern und Zuhörern wortwörtlich als *neutraler Über-Bringer klarer In-Form*-ationen zu dienen und eine *gute Re-portage* mit *zurück*-zu-*bringen.* Auch ein *guter Jour*-nalist ist an solch *sauberer Re-cherche* interessiert. Er kann mit seiner wichtigen Arbeit zum Beispiel dazu beitragen, gesellschaftliche Missstände zu be-*reinigen* und Dis-*sonanzen* zu *klär*-en, indem er zum Wohle aller *Licht* in dunkle Angelegenheiten bringt. Eigentlich ist das für ihn der *Idealfall*. Darauf deutet schon seine Berufsbezeichnung hin. Sie beruht auf etwas *Klarem* und *Licht-vollen*: das französische „Jour" stammt ja ab von einem Wort mit der Bedeutung „Tages-*Licht"*. Besonders diejenigen, die unverdrossen jenseits von allem „Krawall-Journalismus" weiter arbeiten, machen der schreibenden Zunft alle *Ehre*. Mit leisen Tönen und der *Wahr*-heit ver-pflichtet schwingen sie ihreFeder.

Das dürften ja wohl die „*Edel*-Federn" sein ...

Mélodies helles Lachen klang auf. Und davon gibt es jetzt täglich mehr ... Aber auch ein *guter* Wissen-schaftler beispielsweise will ja *klares, objektives* Wissen schaffen. Er-*Mittler* auf jeglichem Gebiet arbeiten *optimal,* wenn sie bewusst in der *klaren Mitte* stehen. Damit wiederum sind sie naturgemäß *fair* und *aus-gewogen neutral,* also *objekt-iv*.

Ich kenne „Ermittler" eher aus Kriminalromanen.

Ach, genau ... wo du das sagst ... es gibt da einen „Tatort" mit dem Titel „Schützlinge". Ein Fall, in den Gehörlose verwickelt sind.

Kenn ich! Den hab ich gesehen! rief Phil. Mit Ballauf und Schenk aus Köln! Das war Spitzenfernsehen!

Wegen deinem wunderbaren „Spitzenfernsehen" konnte ich damals Die halbe Nacht nicht schlafen! sagte Mélodie schmunzelnd. Dauernd ging mir eine Szene im Kopf herum: der Schenk liest sich zu diesem Fall in Fachliteratur über Gebärdensprache ein und der Ballauf fährt ihn deshalb an: „Damit bist du doch gar nicht mehr *objektiv!"* Mir war, als hätte mich jemand an der Schulter gepackt und gerüttelt. Schlagartig wurde mir klar: im *Prinzip* denken und handeln noch viele von uns tatsächlich so!

Phil strich sich mit der Hand übers Kinn und nickte. Da hast du Recht, ja, das kenne ich auch.

Diejenigen also, die sich – ähnlich wie die Figur des Kommissar Schenk in diesem Fall – mit *klarem* Kopf in das Leben und die Situation von anderen Wesen *einfühlsam hineinversetzen* können, also die sensiblen Menschen, die freiwillig einen gründlichen Perspektiven- Wechsel vollziehen, genau die sind auf dem richtigen Weg. Sie sind es, die *real*- itäts-

103

nahes Denken zeigen und *Objekt-ivität* beweisen. Die wiederum sind auch die besten Er-Mitt-ler in ihren jeweiligen Fachgebieten. Da fällt mir ein literarisches Beispiel ein: Kommissar Maigret.
Ah, ja, sagte Phil, Simenons Genie-Streich!

In einer seiner Geschichten, erzählte Mélodie, wollte ein amerikanischer Polizist die Methoden seines berühmten französischen Kollegen studieren. Maigret sagte dazu einfach, dass er es *spüre*. Später folgt die Erklärung, dass Kommissar Maigret in Gedanken das Leben all der Figuren nachleben würde in dem Fall, den aufzuklären seine Aufgabe sei.[12]

Maigrets berühmter charakteristischer Spür-Sinn ist also nichts anderes als unser liebevolles Mit-Gefühl, basierend auf wohlwollender Neutralität, also göttlicher Liebe! erkannte Phil.

Ja! Und diese Liebe ist gleichzeitig das Geheimnis, warum die Figur des Maigret auf der ganzen Welt so sehr wiedergeliebt wird. Auch mich hat seine noble Art angerührt, fügte Mélodie lächelnd hinzu.

Maigret ist auch einer meiner Lieblings-Kommissare, erklärte Phil. Ob man ihn heute wohl einen Star-Profiler nennen würde? Er lächelte Mélodie an. Entsinnst du dich übrigens noch an das Finale von diesem

„Tatort"? Der Ballauf gestikuliert wie wild beim Reden, und der Schenk, der sich ja mit der Gebärdensprache vertraut gemacht hat, fragt ihn: weißt du eigentlich, was du da gerade *gesagt* hast? Das ist meiner An- Sicht nach eine der stärksten Szenen im ganzen Film. Für mich hörte sich das an wie: Hey, Leute, *wisst* ihr überhaupt, was ihr tut?

Diese tiefsinnige Aussage könnten wir tatsächlich mal beherzigen! Anders gesagt: es würde uns allen gut tun, im richtigen Leben *mit den Augen des Herzens zu sehen*. Zum Beispiel, um mit einer Essenz-Erfahrung ein wesentliches Geheimnis in meiner Welt im wahrsten Sinne des Wortes in Erfahrung zu bringen. Es ist stets für alle Beteiligten von Vorteil, wenn wir uns immer mehr objektiv darüber klar werden, womit wir in unserer Welt hantieren und womit wir uns umgeben.

Ich muss zugeben, ich habe Objektivität bisher für etwas völlig anderes gehalten, sagte Phil. Ich war gar nicht *wirk-lich* objektiv, man hat mir nur gesagt, ich sei es! Die *wirk*-liche Bedeutung von Objektivität war mir überhaupt nicht *klar*.

Das ging mir lange Zeit genau so. In dieser Gesellschaft haben wir ja praktisch alle gelernt, unsere Gefühle möglichst komplett zu ignorieren. Das kann ein Schutz sein, zum Beispiel in der Medizin, damit die dort Beschäftigten all das Leid um sie herum überhaupt ertragen können und selber weiterleben können. Und die meisten dachten bis jetzt, auf diese Weise objektiv und neutral an eine Sache heranzugehen. Wie oft wurde lautstark gefordert, Wissenschaft müsse „*wert*-frei" sein! Dabei macht „Wert-freiheit" nur wirk-lich Sinn am richtigen Ort und zur richtigen Zeit. Nämlich dann, wenn ich Vor-Urteile außen vor lasse, um so vom *Stand-Punkt* wohlwollender Neutralität aus zu handeln. Weil meine persönliche Meinung ein Vor-Urteil sein könnte, muss ich in der Tat in diesem Moment frei sein von *persönlichen* Wert-Vorstellungen. Nur so bin ich ja in der Lage, die *Werte* meiner jeweiligen Forschungs-Objekte objekt-iv zu er-*fassen* und tief-*greifend* zu erkennen.

Alle Welt wollte also das Richtige tun.

Ja, genau. Und alle Welt hat bisher kaum gemerkt, dass wir uns durch unsere pseudo-objektive Vorgehensweise das *objekt*-ive *Er-leben* einer Situation gar nicht mehr möglich gemacht haben! Kein Wunder, dass viele so herz-los erscheinen, sie haben ja nicht gelernt, mit den objektiven Augen des Herzens zu sehen! Wenn jemand – ob Wissenschaftler oder Reporter oder Ermittler oder wer auch immer – tatsächlich fair und *objektiv* sein will, m u s s er für kurze Zeit das *Objekt selbst sein* und *mit-fühlend* dessen *Beschaffenheit*, seinen *Wert*, seine *Qualität erfahren*. Generelle Wert-Freiheit ist gar keine Objektivität! Jetzt wird mir manches klar …

Viele Menschen pendeln sinn-bild-lich gesehen mit ihren Annahmen über die Realität extrem hin und her. Einerseits werden sie von mancherlei Dingen fasziniert angezogen und verlieren sich dann selbst darin.

Andererseits stecken sie in der Subjektivität ihres eigenen Schneckenhauses fest. In der *goldenen Mitte* zu sein bedeutet, mittels eines Perspektiven-Wechsels auch diese beiden geistigen Zu-Stände überhaupt erstmal erkennen und dann voneinander unterscheiden zu können! Aus der goldenen Mitte heraus funktioniert sogar das Analysieren erst richtig, habe ich bemerkt.

Wo heute doch ständig alles analysiert wird ... echte Objektivität bringt also auch bessere Analysen?

Ja, freilich. Zudem löst sich die ungute Situation auf, sich selbst für objektiv und neutral zu halten, während in Wirk-lichkeit bloß eine *ein-*seitige Sicht der Dinge vorherrscht, nämlich die eigene subjektive. Mit einer wirk-lich objektiven Sicht mittels wohlwollender Neutralität – auch sich selbst als „Forschungs-Objekt" gegenüber – wird obendrein der ver-*zwei*felte, durchaus verständliche Versuch überflüssig, seine bisherige Sicht mit Zähnen und Klauen zu verteidigen. Nach Gerechtigkeit und Wahrheit strebt jeder Mensch, das ist ein ganz natürliches Verlangen. Das *Wissen um die wohlwollend neutrale Mitte und das Mitgefühl* aber macht es uns allen erst möglich, Gerechtigkeit und Wahrheit zu erkennen und zu leben.

Die goldene Regel ... Stützpfeiler jeder blühenden Kultur.

Und die *hoch-qualifizierte* Berichterstattung in solch einer blühenden Kultur, die daraus folgt, findet auch in unseren Zeiten jetzt immer mehr guten An-Klang.

Wieso das?

Weil die *Kraft ihrer Aus-Strahlung* am weitesten reicht! Durch ihre strategisch ungemein günstige neutrale Mittel-Position wird ja fast jeder davon *berührt! Leuchtendes Mit-Gefühl* ist Voraussetzung für *klare Objektivität*. Die wiederum ist Voraussetzung für *sach-kundige, hoch-qualifizierte* Erkenntnisse, die zu einer wahrhaft fundierten An-Sicht führen. Übrigens ist das kein Ergebnis, das sich ausschließlich an „harten Fakten" zu orientieren hat, was zum Beispiel ein Richter beachten muss. Es ist kein un-partei-isches Urteil, sondern ein *all*-partei-liches.

Wo ist denn da der Unterschied?

Es bedeutet, dass ich damit die Möglichkeit habe, mich für *alle* Parteien einzusetzen, indem ich mich auch in alle Parteien buchstäblich empathisch hinein-ver-setze. Durch meine *All*-partei-lichkeit nehme ich die tatsächlichen Befindlichkeiten *aller* Parteien wahr und kann mir zusätzlich aufgrund dieser „weichen" Faktoren eine all-seits fundierte, ausgewogene Meinung bild-en. Bei Bedarf kann ich mich in jede dazugehörige Sach-Lage hineinversetzen, um zu erkennen, worum es dabei geht, um danach allen Parteien objektiv Bericht erstatten zu können.

Ist dir eigentlich mal aufgefallen, dass in letzter Zeit von verschiedenen Interessengruppen – Firmen und Menschen des öffentlichen Lebens wie zum Beispiel Politiker und Filmstars – immer öfter eigene Fernsehteams angeheuert werden, wenn es um die Berichterstattung ihrer persönlichen Angelegenheiten geht?

Oh ja! Und irgendwie erinnert mich das immer an die Historien-Schreiber des früheren Adels! lachte Mélodie. Die Fürsten hatten ja auch oft ihre eigenen Chronisten dabei. Die haben die „heroischen" Taten ihrer jeweiligen Brötchengeber eifrig ver-*Herr*-licht. Ganz besonders dann, wenn die edlen Herrscher in *Wirk*-lichkeit eben nicht durch *edle Selbst- be-Herr-schung* und *echte Souveränität geglänzt* haben.

„Wes Brot ich ess', des Lied ich sing' ", kommentierte Phil trocken. In manchen Kreisen herrscht offenbar damals wie heute die Annahme, „freie" Berichterstatter seien nicht *objektiv* und würden die sie betreffenden Dinge daher nicht im richtigen *Licht* zeigen.

Heutzutage sind wir gerade allesamt dabei, uns in unseren *An-Sichten* immer mehr hin zu unserer *Mitte* zu entwickeln. Wir beginnen zu lernen, uns von den Dingen des Lebens *ob-jektiv unser eigenes neutrales Bild* zu machen. Die Öffentlichkeit ist durch verschiedene Methoden immer besser *im Bilde*. Zum Beispiel durch gute Arbeit mit dem Kamera-Objektiv. Wir indessen sind hier gerade dabei, uns gänzlich ohne materielle Mittel – nur an-Hand geistiger Objektivität – ein Bild zu machen von der inneren Ausstrahlung einer *wesen*-tlichen Sache oder einem Lebe-*Wesen*.

Das ist ein realitäts-*nahes* Thema! sagte Phil lächelnd und
streckte sich ein wenig auf ihrer Parkbank.

Apropos: „Thema" bedeutet „abzu-*Hand*-elnder Gegen-*stand*", sprudelte es aus Mélodie hervor. Anschauliche Beschreibung, oder? Schon damit wird eindeutig erklärt, wie ein Thema sachlich und objektiv zu erfasse*n* ist: ein geistig erschauter und vor uns hin gestellter Gegenstand wird mit *geistigen Händen* abgetastet. Das ist praktisch eine Mini-Gebrauchsanweisung in Form eines einzigen Wortes: ab-Hand-eln", lachte sie. Genial!

Und nach so einem Gedanken-*Gang* stelle ich mich geistig auf einen *Standpunkt*, um die weitere Vor-*gehen*-sweise optimal vorzubereiten, schmunzelte Phil.

Stimmt, ich *fühle* mich *konzentriert* an dessen *Stelle ein*.

So kann ich immer noch am besten *feststellen*, welche Eigenschaften und welche tat-*säch*-liche Aus-Wirk-ungen vor-Hand-en sind.

Das ist in etwa so, als *probierte* ich neue Schuhe an! sagte Mélodie Ja, und dann weiß ich genau, wo mich der Schuh drückt!

Über diesen Vergleich brachen beide wieder in schallendes Gelächter aus, was augenblicklich die volle Aufmerksamkeit der vorüber gehenden Leute auf sich zog. Freundlich lachten Phil und Mélodie den Menschen zu, denen die neugierigen Fragen ins Gesicht geschrieben standen.

Ich habe mich mit dem wortwörtlichen Ab-Hand-eln eines Themas, der Essenz-Erfahrung, also *sach*-kundig gemacht, überlegte Phil prächtig gelaunt weiter. Eine bloße Beschreibung, zum Beispiel der Dinge, die ich mir eventuell kaufen möchte, genügt mir nämlich nicht. Äußeres An-sehen, das Image und die angelesenen Daten allein sind ja vielleicht alle gar nicht objektiv! Das allein *reicht* mir nicht *aus,* damit ich die *wirkliche Qualität einer Sache* er-*fassen* und mich angemessen entscheiden kann.

Mit dieser *Hand*-lungsweise und *Vor-gehen*-sweise sind die Resultate für jeden *nach-voll-zieh-bar*, man kann ihnen gut folgen. Ein jeder hat die Möglich-keit, Ergebnisse durch eigene Erfahrungen zu überprüfen. Jeder kann den Gegenstand des Themas ja eigen-händ-ig geistig ab-*Hand*- eln. Für mich eine Sache von grundlegender Wichtigkeit, sagte Mélodie. Wenn wir nämlich unser neues Ver-*ständ*-nis – unser Ein-*Fühlungs*- Vermögen – von Objektivität, Sachlichkeit, Neutralität und vielem mehr in unser Leben integrieren, sind wir nicht mehr hin- und hergerissen! Dann können wir die Welt und uns mit *ein-sicht*-igeren Augen betrachten und bestimmen selbst, wo wir *stehen* und wohin wir *gehen* wollen. Wir entwickeln innere Stärke und machen uns immer mehr von der Meinung anderer unabhängig.

Ich bekomme dabei auch immer mehr ein *Gefühl für das Ganze.* Ohne dabei die *Ein*-zelheiten aus dem *Blick-feld* zu verlieren, ergänzte Phil. Damit passiert es mir wohl nicht mehr, dass ich den Wald vor lauter Bäumen nicht sehe! Er lächelte und machte eine Handbewegung, die den ganzen grün und golden flimmernden Stadtwald um sie her mit einzubeziehen schien.

In unserer bis jetzt nur grob-stofflich anstatt auch fein-stofflich eingestellten Welt zählte nur zu oft der äußere Schein, die innere *Wirk*-lichkeit wurde selten wahr-genommen. Doch wir alle bekommen immer wieder die Chance, zuver-*stehen* und zube-*greif*-en, dassdas *Wesen*-tliche im Leben etwas anderes ist, sagte Mélodie.

Und ich habe schon damit angefangen. Auch für mich hat sich ja eine Bewusstseins-Tür geöffnet, von der ich nicht mal wusste, dass sie existiert! Nun steht mir die ganze Welt offen, wenn ich wahrhaft im Namen der Liebe komme! Welche Freiheit! Was für ein Geschenk! Ich danke dir, Mélodie! Wieder zog Phil sie in seine Arme.

Sie lächelte selig ... Nach einer ganzen Weile fiel ihr plötzlich etwas ein und sie meinte erheitert: Und was sagt unser Volksmund so schön auf Plattdütsch dazu?

Probeern geiht över studeern

Sag ich doch die ganze Zeit, nuschelte Phil in ihr Haar, und Mélodie musste noch mehr lächeln. Womit du übrigens den Nagel auf den Kopf triffst! „Probieren" bedeutet ja „auf*Echt*-heit und Güte-*Qualität prüfen"*. Und außerdem, zu allem eine objektive, sachliche und wohlwollend neutrale Einstellungzu entwickeln.
Das ist doch die optimale Voraussetzung, um meine *Ausstrahlung* weiter zu entfalten! überlegte Phil. Wenn ich die *guten Qualitäten* und *Werte* erkenne, kann ich mich nach ihrem Beispiel richten und sie so in mir selbst

aktivieren ... Er starrte einen Moment vor sich hin. Irgendwie kommen wir immer wieder zurück auf die *Ausstrahlung* der Dinge.

Die Ausstrahlung ist ja das Herz aller Dinge!Der gemeinsame Nenner! Energie-Bilder sind elementar! Entwickele ich für die energetische Sach-Lage Ver-ständ-nis, bekomme ich ein *Gefühl* für das *Wesen*-tliche im Leben, und gleichzeitig die richtige An-*schau*-ung davon, sagte Mélodie. Objektive und sach-kundige Einstellungen zu haben ist in unserem Leben von *zentraler* Bedeutung. Diese Einstellungen – man nennt sie auch „Glaubenssätze" – steuern ja unser Er-*leben* der Welt!

Hm, wenn jeder Mensch durch seine persönlichen An-Sicht-en sein persönliches Bild von der Welt hat, haben wir bald aber locker 8 Milliarden verschiedene Welt-Sichten! Ein ziemlicher Dissens, gab Phil zu bedenken. Mélodie kramte in ihrem Gedächtnis. „Dis-*sens*" – das könnte man übersetzen mit „uneinheitliches Gefühl", „unterschiedliche Wahrnehmung". Aber wenn nun ein jeder den *Stand*-Punkt der besonnenen An-*schau*-ung *von einer eigenen Mitte* aus ver-*tritt*, was geschieht dann? Das ergibt eine sofortige prinzipielle An-Näherung! Die Kohärenz unserer Energie-Schwingungen erzeugt dann ein Zusammengehörigkeits-Gefühl! Eine wesen-tliche Über- *Ein-Stimmung* der *Gefühle* von uns allen – und das ist kein Dis-sens mehr, sondern ein Kon-*sens*. Der bedeutet „gemeinsame Wahr-Nehmung", und die lässt in der Folge nicht nur ein „Wir-Gefühl", sondern unser immens wichtiges „*Mit-Gefühl*" entstehen.

Dann ist es ja eine Art von Völker-Ver-*ständ*-igung, aus seiner Mitte heraus mit wohlwollender Neutralität zu agieren! Damit nämlich stehen wir alle dann ganz von selbst auf dem gleichen angenehmen zentralen Stand-Punkt ...

Mélodie lachte vergnügt. Siehst du, es gibt unzählige extreme Stand-Punkte der unterschiedlichsten Art, aber überall und von allem gibt es stets nur *eine wohlwollend neutrale Mitte*! Wenn wir nun allesamt in uns selbst diesen besonderen *Stand*-Punkt der Mitte einnehmen, könnten wir 8 Milliarden uns erstens einander, zweitens uns selbst und drittens die Welt um uns her sehr viel besser ver-*stehen*. Denn aus der Mitte heraus hast jeder die klarste Wahr-Nehmung. Genau dort ist der Punkt, von wo aus wir die Wahrheit am besten erkennen können. Und von diesem Stand-Punkt aus

bekommt ein jeder von uns zudem die gleiche großartige Möglichkeit, die Geheimnisse seiner Welt in *Erfahrung* zu bringen – wie es mit unserer Methode hier gut machbar ist – und somit an die wesen-tlichen Informationen für sein Leben zu gelangen.
Ist eigentlich ganz einfach.

Ja, und es ist obendrein schnell zu erlernen, das siehst du ja an dir selbst. So wird ein *globaler gesellschaftlicher Kon-sens* über diese Dinge geschaffen! Tatsache ist außerdem: wenn ich die energetische Ausstrahlung der Dinge nicht selbst aus-*probiere* und selbst er-*lebe*, habe ich nicht die *Spur* einer Chance, das Leben in seiner natürlichen Fülle auszukosten! Ich wüsste ja gar nicht, welche Wirkung die Ausstrahlungen der Dinge um mich herum auf meine eigene Ausstrahlung haben! Hemmen sie meine Entwicklung? Fördern sie die Entfaltung meines Charismas? Ich könnte es nicht erkennen! Ich wäre dazu verurteilt, auf ober-*fläch*-liche *Äußerlich*-keiten be-*schränk*-t zu bleiben und müsste am *Wesen*-tlichen vorbeigehen. Mein Wissen würde auf bloßen An-Nahmen beruhen, ich wäre mein Lebtag darauf angewiesen, von anderen nach deren Belieben vorgefertigte Informationen darüber an- zu-nehmen, wie das Leben angeblich sein soll.

Und überleg mal, was das bedeutet in unserer Epoche! Nicht umsonst nennen wir sie das „Informations-Zeitalter". Wir werden heute mit einer Informations-Flut überschüttet wie nie zuvor. Alle paar Jahre verdoppelt sich das Wissen! Das ist ein Zufluss von Infos in extremer Quantität – und wir denken, das sei das *Größte*. Aber ich frage mich inzwischen: wie viel Ahnung haben wir eigentlich von der *Ausstrahlung* und dem *Geist dieses Wissens*? Von der *Qualität,* die dahinter steht?

Oh ja – die einzelnen „Informations-Häppchen" sind meistens visuell hübsch „garniert". Richtig „aufgebrezelt", lachte Mélodie. Sie regen unseren „Bildungs-Hunger" ständig weiter an, nicht wahr? Sollen sie ja auch. Auf den Informations-Plattformen der Medien wird vieles opulent angerichtet, weil auch hier gilt: „Das Auge isst mit." Ein „Ohrenschmaus" soll es natürlich auch sein. In *Wirk*-lichkeit aber ist darunter so manches, was nicht von *edler Qualität* ist. Allerlei davon ist alles andere als ein stärkendes geistiges Nahrungs-Mittel. Meiner *Erfahrung* nach ist die anregende Verpackung einer Information keinerlei Garantie für die *Echtheit* und *Richtigkeit* dieses Wissens. Zumal wenn seine Urheber oder Vermittler selbst gar keine direkte *Erfahrung* mit dem *Wesen*-tlichen haben, zum Beispiel so, wie wir das hier hand- haben. Solcherart extern angehäuftes Wissen beruht zum großen Teil auf bloßen An-Nahmen. Und die sind n i c h t automatisch identisch mit *Weisheit*. Weise werde ich nur von *innen* heraus, durch *eigenes Erleben, eigenes In-Erfahrung-bringen, also eigene Ein-Sicht*. Weisheit ist ein Zu- *stand* des eigenen *Seins*, eine innere Ein-*stell*-ung, die sich nur aus wirk- licher Lebens-*Erfahrung* heraus entwickelt: optimalerweise aus selbst erlebten *Essenz-Erfahrungen*. Es ist eine *qualitative* Angelegenheit. Wir alle müssen aber gezwungenermaßen auch auf eine Menge anstudiertes, bloß quantitativ angehäuftes Wissen zurückgreifen, von dem wir Gutgläubigen bisher annahmen, das sei die *objektive Wahr- heit*. *Ideal* ist es, wenn jemand *gleichzeitig* die Möglichkeit *wahr-nimmt*, genügend viele interessante *Sach*-verhalte selbst nachzuvollziehen, um sichsoaufdirekte Weise *sach-kundig* zu machen. So bleibt die „Suche nach der *Wahr-heit*", die ja jeden Menschen bewegt, nicht im *Aus-Sicht*-slosen stecken, sondern ich kann selbst die Realität *wahr-nehmen* und mir persönlich eine objektive *An-Sicht bild*-en.

Mit solchen An-Sichten habe ich richtig gute *Aus-Sichten*, wortwörtlich betrachtet, erkannte Phil vergnügt.

Und wie! Meiner Erfahrung nach wird „studieren" – was „ wissen- schaftlich betätigen" oder „etwas eifrig betreiben" heißt – von unserem *probierenden* Entdecker-Geist angeregt. Durch meine freundschaftlichen Essenz-Erfahrungen entsteht ganz von selbst das Interesse, sich mit bestimmten Dingen öfter und intensiver zu beschäftigen.

Kann ich bestätigen.

Daraus wiederum entwickelt sich ein naturgemäßes „Studium". Diesen zweiten Schritt, das „eifrige Betreiben", tun wir in unserem derzeitigen Bildungs-System aber v o r dem ersten Schritt der *qualitativen Essenz-Erfahrung*. Dieses Schul-System steht somit nicht auf wackeligen Füßen, es steht gar nur auf einem Bein. Denn der erste und wichtigste Schritt – das objektive Er-fassen des *Wesen*-tlichen – wird bisher offiziell ja nicht gelehrt, weil kaum jemand über diese uralte ganzheitliche Lehr-Methode noch Bescheidwusste.

Phil überlegte konzentriert. Stück für Stück gewann er neue Ein- Sichten und Lebens-*Perspektiven* – und dadurch wiederum hervorragende *Aus-Sichten*. Mélodie fühlte ganz ähnlich. Sie fand es wunderbar er-*bau*- lich, ihre Zeit gemeinsam mit einem im wahrsten Sinne des Wortes so weltoffenen Gesprächspartner verbringen zu können. So saßen sie liebevoll einander zu-geneigt auf „ihrer" sonnenbeschienenen Parkbank, dort an der Wegkreuzung vor dem Eilenriede-Stadion. Ein seidiger Lufthauch wehte, und trug den Duft von Blumen und Gras zu ihnen. Was sie empfanden, war pures Glück und tiefe Dankbarkeit für ihren tief-*gründ*igen, be-*sinn*-lichen Gedanken-Austausch.

Jemand, der sein gesamtes Wissen oder sein komplettes Welt-Bild nur auf angelesenen An-Nahmen aufbaut, kann tief in sich eigentlich niemals *sicher* sein, ob es *richtig* und *echt* ist, was er als Wissen angehäuft hat, überlegte Mélodie laut.

Weil er nicht weiß, was wirk-lich *Sache* ist.

Ja, so ein Mensch könnte keine innere Ge-*wiß*-heit entwickeln. Kein gesundes Selbst-*Bewusst-sein!* Keine echte Selbst-*Sicher*-heit!

Dabei gehört das zu den wichtigsten Dingen überhaupt! Das hat mir meine Lebenserfahrung immer wieder gezeigt.

Und das gilt ja nicht nur für das, was ich über das Wesen von Dingen oder anderen Lebe-Wesen annehme. Es gilt besonders auch für das, was ich über mein eigenes Wesen denke. Halte ich mich beispielsweise für einen guten Menschen? Glaube ich, dass ich Erfolg haben werde? Du hast Recht, das ist immens wichtig, denn das, was ich selbst über mich denke, spiegelt sich in dem wieder, was andere Leute über mich denken.

Wenn ich in meinem eigenen Inneren nicht gut über mich denke, muss ich mich nicht wundern, wenn es die Menschen in meiner äußeren Umgebung auch nicht tun. Deshalb ist es so wichtig, auch die Geheimnisse seines e i g e n e n Wesens liebevoll in Erfahrung zu bringen.

Aber ich kann doch nicht heraus aus meiner Haut! Phil beugte sich abrupt vor. Wie soll ich denn dann objektiv sein?

Ausgezeichnete Frage! Mélodie lachte fröhlich. Mit der Kraft wohlwollender Neutralität kannst du sehr wohl aus deiner Haut heraus! Wenn ich dabei mein Wesens-Bild vor meinem inneren Auge anschaue, kann ich mich objektiv in mich selbst einfühlen. So kann ich erkennen, welche Qualitäten ich *wirk*-lich habe: was in mir *wirkt* und durch meine Ausstrahlung auch auf andere *wirkt*. Werde ich mir dessen *bewusst*, habe ich buchstäblich mehr Selbst-*Bewusstsein*. So entwickele ich naturgemäß eine starke Selbst-Sicherheit. Durch unsere gezielt einsetzbare Neutralität funktioniert der Perspektiven-Wechsel auch mit mir selbst. Wenn mir nicht gefällt, was ich dabei erkenne, wenn ich nicht zu-*Frieden* bin mit dem, was ich in mir sehe und spüre ...

Das ist bestimmt bei den meisten Leuten der Fall!

... ja – dann kann ich das optimieren. Mit Methoden, mit denen ich den *inneren Frieden* in meinem Selbst – in meinem eigenen Wesen – wiederherstellen kann.

Ich wollte doch immer schon mal genau wissen, was in mir steckt, erklärte Phil mit seinem Lausbuben-Grinsen.

Damit kann ich meine Kräfte erkennen und sie regelrecht bündeln, dann habe ich noch mehr Strahl-Kraft. Ohne solche Kräfte- Konzentration leuchtet bei vielen Menschen im Inneren nicht ruhige Ge- sammel-theit, sondern es hängen dort trübsinnige Fahr-igkeit und Zer- streut-heit.

Wie bei so einem ewig „zerstreuten Professor".

Hm ... der zerstreute Professor ... Mélodie ließ das charakteristische Bild einige Momente auf sich wirken. Dieses Bild ist nicht witzig, erklärte sie mitfühlend. Es steht symbolisch für den Zustand und die Situation vieler Menschen, quer durch unsere Gesellschaft. Diese

„Zerstreuten" ... das sind Menschen in unserer Nähe, unsere Liebsten, unsere Freunde, unsere Verwandten, Nachbarn, Kollegen, unsere Bekannten... Die, mit denen wir gemeinsam arbeiten, mit denen wir zusammenleben und die wir lieben. Mélodie sandte Phil einen liebevollen Blick. Und wir beide, Phil? Hand aufs Herz! Wir können uns auch noch nicht so oft konzentrieren, wie es für uns gut wäre, oder? Wir haben ja auch lange Zeit in Stumpf-Sinn-igkeit und Gefühl-los-igkeit unter unserer gedanklichen Smog-Glocke gesessen und geglaubt: so ist die Welt nun mal.

Phil nickte gedankenvoll. Nach allem, was ich inzwischen erkannt habe, war ich ja selbst so eine Art „zerstreuter Professor". Unge-rührt und emotions-los. Eben möglichst objektiv, wie ich glaubte. Und weißt du, was alle Welt mir vorgeworfen hätte, wenn ich n i c h t emotionslos gewesen wäre? Das ist echt ein Witz: „Un-*profess*-ionalität"! *Amateur*- haftes Verhalten!

Mélodie lachte vergnügt. Dabei kommt „Amateur" von „amare", „*lieben*" – genau das, was so viele von uns verzweifelt ihr Leben lang suchen!

In dem Spruch „Probieren geht über studieren" steckt wirklich tiefe Wahrheit. Jetzt begreife ich, warum gerade das sogenannte einfache Volk ein so grundlegendes Verständnis für das Wesen-tliche entwickeln kann, sagte Phil voller Überzeugung. Zumindest in früheren Zeiten haben sich die einfachen Leute noch mehr *Gefühl* erlaubt. Allein schon durch ihre Arbeit waren sie mehr mit dem *Fühlen* direkt verbunden. Deshalb konnte das Volk oft den Dingen auf die *Spur* kommen, welche *Wirkung* sie haben, wie sie *wirk*-lich sind. Denk mal an die *Hand*- werker! Phil fuhr liebevoll mit der Hand über die Holzplanken der Bank, auf der sie saßen. Wer zum Beispiel so eine Parkbank *baut*, der muss ein *Gefühl* dafür haben! Ein gutes *räumliches* Vorstellungs-Vermögen, damit es ansprechend aussieht.

Ja, und das schärft jedes Mal die Ein-Fühlungs-Gabe: den „sens-us communis", unseren „gesunden Menschen-Ver-stand". An diesem Wort erkennen wir schön die spezielle *Wesens*-Verwandtschaft: *sens*-us ist verwandt mit *Sens*-ibilität, mit der Fähigkeit, zu *spüren* und *Gefühle* wahrnehmen zu können. Mit dem genialen Perspektiven-Wechsel bei sich selbst und anderen. Das *Gefühl* ist die Grundlage sämtlicher Sinnes- wahrnehmungen, auch die des Sehens. Schränkt man das Fühlen ein, schränkt man damit a l l e Sinneswahrnehmungen ein. Ohne *Fühlung- Nahme* können wir die *Wirk-* licheit gar nicht erkennen!

Ja logisch, weil uns dann das *Gefühl* und die *Hand*-habe fehlen für die Welt! sagte Phil. Wenn wir nichts mehr be-*greifen*, entwickelt sich bei uns Be-*griffs*-stutz-igkeit. Wenn wir unsere Wahrnehmung ein-*schränk*-en, setzen wir uns selbst Schranken, daraus wird Be-*schränk*-theit. Und das, obwohl wir alle nichts sehnlicher wollen als unsere *Frei*-heit! Phil holte tief Luft. Er war gedanklich nun bis zum Kern der Sache vorgestoßen. Es war ihm restlos klar geworden, wie immens wichtig unser Ein-*Fühlungs*-Vermögen, das *Mit-Gefühl*, für *objekt*-ive *Erkenntnisse* und somit gute Entscheidungen ist. Nur mit *objekt*-iven Erkenntnissen und wahrheitsgetreuen, neutralen Informationen ist optimaler Lebens-Erfolg möglich.

Ein Mensch hat aber auch die Freiheit, seine *geistigen Fühler* einzuziehen. Wie eine Schnecke ihre empfindlichen Stiel-Augen einzieht, um dann im Dunkel ihres Schneckenhauses zu verschwinden, sagte Mélodie und beschrieb ihr geistiges Bild dazu: Menschen in dieser Dunkelheit, die sich selbst ihre Freiheit nicht zustanden, konnten nicht mehr *voll und ganz wahr-nehmen*, was draußen im Leben wirk-lich geschieht. Sie hielten nach und nach ihr dunkles Schneckenhaus für die einzig existierende Realität. Dadurch vergaßen sie die Fähigkeit, das Wesen jener Menschen zu be-greifen, die zumindest einen Teil ihrer Wahrnehmungs- Fähigkeit bewahrt haben: die Sensiblen und die Hochsensiblen.

Die Menschen im Dunkeln konnten sich die Energie-Felder in ihrer Umgebung nicht mehr ver-gegen-ständ-lichen und kamen so zu der Meinung: eure Stand-Punkte sind uns un-be-greif-lich, ihr leidet unter Begriffs-stutz-igkeit. Was ihr behauptet, hat weder Hand noch Fuß … es ist ein Un-Ding! Und sie stempelten alle Nicht-Schnecken-häusler ab als wirklichkeitsfremde Verrückte, jedoch aus eigenem Mangel an Einfühlungs-vermögen und Durch-Blick.

Die Schneckenhäusler konnten die Wirk-lichkeit draußen nicht mehr deut-lich er-*fassen* und sagten daher: eure Thesen sind *un-halt-bar,* wir *halten* nichts davon. Was ihr sagt, hat kein *Ge-wicht*, ihr macht nur *Wind*, da *steckt* doch *nichts* dahinter ... das ist ja nicht zu *fassen*! Und sie nahmen die Erkenntnisse der Nicht-Schneckenhäusler nicht für *voll*.

Sie konnten die Wirk-lichkeit außerhalb nicht mehr in ihrer wahren Bedeut-ung *emp-finden* und folgerten: da „draußen" ist doch gar nichts zu *finden*, und an euren Aussagen *finden* wir auch nichts ... wir *finden* euch un-möglich! Und sie hielten die Nicht-Schneckenhäusler schlicht für über-emp-*find*-lich, aus ihnen völlig un-er-*find*-lichen Gründen.

Sie konnten innerlich nicht mehr deut-lich *hören* – selbst ihre eigene „Innere Stimme" nicht – und sagten: davon haben wir ja noch nie etwas ge-*hört*! Ihr ge-*hört* nicht zu uns, ihr schuldet uns Ge-*hor*-sam! Euer Benehmen ist unge-*hör*-ig... es ist einfach un-*er*-hört! Und die Anliegen der Nicht-Schneckenhäusler trafen bei ihnen auf *taube Ohren*.

Sie konnten innerlich nicht mehr deut-lich *sehen*, darum sagten sie: das sind doch völlig undurch-*sicht*-ige Sachen, von denen ihr da erzählt. Die sind uns *schleier-haft*, das ist alles *Ein-Bild-ung* und ganz *aus-sicht*-slos... ihr seid doch völlig unter-be-*licht*-et! Und sie nahmen auf die Nicht-Schneckenhäusler keinerlei Rück-*Sicht*.

Sie konnten innerlich nicht mehr deut-lich *schmecken*, und sagten darum: eure Behauptungen sind eine Ge-*schmack*-losigkeit, das *schmeckt* uns gar nicht! Und sie konnten der Sache der Nicht-Schneckenhäusler keinen Ge-*schmack* abgewinnen.

Sie konnten innerlich nicht mehr deut-lich *riechen* und sagten darum: euer An-sinnen ist *ruch*-los. Ihr *wittert* überall Unheil, wo keines ist ... wir können euch nicht riechen! Und die Nicht-Schneckenhäusler waren einfach Luft für sie. Sie ignorierten all ihre inneren Sinne bis diese abge-stumpf-t waren und sagten: was die anderen da behaupten, ist alles dumm-es Zeug ... totaler Un-Sinn! Und sie hielten die Anliegen der Nicht-Schneckenhäusler für ein völlig sinn-loses Unterfangen.

Sie konnten nichts mehr deut-lich wahr-nehmen und sagten: was diese Leute erzählen, wird sich niemals be-währ-en, es ist ein-fach un- wahr ... das darf nicht wahr sein! und sie beurteilten die objek-tiven Erkenntnisse der Nicht- Schneckenhäusler als un-*wahr-scheinlichen Non- Sens*.

Sie konnten nichts mehr richtig ver-*steh*-en und sagten: das ist völlig un-ver-*ständ-l*iches Zeug, die haben wohl den Ver-*stand* verloren! Für so etwas haben wir kein Ver-*ständ*-nis, damit darf man nicht einver-*stand*-en sein ... die sind ja unaus-*steh*-lich! Und sie hielten großen Ab-*stand* zu den Nicht-Schneckenhäuslern.

So wurden seit langer Zeit viele Mitmenschen, die anhand ihrer großen Sinnes-Fähigkeiten noch bemerken können, wie was *wirkt*, und demnach, was w*irk*-lich los ist, in einem falschen Licht gesehen und für wirklich-keits-fremd gehalten. Das *Charakter*-istikum – die *Qualität* – der eigenen *Sinne* aber be-*wirkt* die gesamte Ge-*Sinn*-ung eines Menschen!

Nun hatte sich Mélodie einmal von der Seele geredet, was ihr schon so lange auf dem Herzen lag.

Phil ver-stand sie gut. Hört sich an wie eine Kettenreaktion!

Mélodie nickte. Aus der Unterdrückung unseres *Fühlens* als Sinnes-Leistung resultierte eine Verminderung unseres Mit-*Gefühls*. Dadurch konnte nicht mehr genügend Ver-*ständ*-nis entstehen, bei dem wir uns an-Hand eines Perspektiven-Wechsels ja *probe*-halber auf die *Stand-* Punkte anderer Menschen ein-*stellen* können. Und da wundern wir uns, wo der *Gemein-Geist* geblieben ist, wenn wir nur noch Unterschiede sehen, anstatt auf *Gemeinsam-keiten* acht-zu-geben!

Gemeinsamkeiten er-*leben* wir am in-*tens*-ivsten in den verschiedenen *Energie-Zuständen,* den *Tälern* und *Höhen* der *geistigen Landschaft,* die uns alle umgibt. Wir mögen auf der materiellen Ebene noch so verschieden sein, die Tatsache dieser *Energie* in und um uns herum ist das eindeutige *Zeichen*, dass wir in *Wirk*-lichkeit – also auf der Ebene der *Wirk-ungen* – eine grundsätzliche *Gleich-Art*-igkeit besitzen. Diese prinzipielle *Übereinstimmung*, die viele erst jetzt immer mehr wahrnehmen, diese *innere geistige Verwandtschaft* wiegt alle äußerlichen Unterschiede locker auf. Auf der energetischen Ebene haben wir große *Ähnlichkeit miteinander:* wir sind *geistige Wesen.* Durch diese Tatsache *nähern* wir uns nicht nur einander an, sondern können spüren: wir alle sind miteinander verschwistert! Diese *elementaren Gemeinsamkeiten* können wir als *Energie-Ladungen* und *Photonen- Austrahlungen* auf der *geistigen Ebene* an-*schau*-lich *erfahren.* Dass wir das lange nicht taten, ist eine Folge unserer bisherigen einge-schränk-ten Welt- Sicht. Nicht zuletzt auch wegen des mechanistischen Welt-Bildes unserer westlichen Kultur, an dem wir alle mehr oder weniger blind mitgebaut haben. Unsere werten Schulwissenschaftler, die ja oft im Rahmen des alten Welt- Bildes gedacht haben, sagen, sie können unser aller *Lebens-Qualität* verbessern, mit grobstofflichen Technologien zum Beispiel. Aber das eigene Gefühl ist – wie wir ja beide selbst erlebt haben – durch nichts zu ersetzen. Ein Mensch kann durch den exzessiven Gebrauch des Materiellen, zum Beispiel von Maschinen, seine eigene innere Sinnes- Leistung sogar abstumpfen. Technik kann wie ein Puffer wirken zwischen sich und der Welt.

Aha! Deswegen also kam, wer stark vom *Wesen* des alten mechanistischen Weltbildes beeinflusst war, zu dem Schluss, nur das Materielle sei von Bedeutung! folgerte Phil. Weil das Gefühl für das *Wesen*- tliche nicht mehr da war!

Ja. Wer sich in die Dinge und Sach-Lagen auf dieser Welt nicht mehr sensibel einfühlt und somit keine *objekt*-ive Sichtweise hat, könnte ziemlich welt-fremd werden. Phil nickte gedankenvoll.

Bisher wurde die materielle Sichtweise oft bedenkenlos weitergegeben an die nächste Generation. Zum Beispiel mithilfe eines herkömmlichen Universitäts-Studiums, von dem man bisher glaubte, eine solche Aus-Bild-ung im *Geiste* unseres alten mechanistischen Welt- Bildes sei unter allen Ausbildungen „das *Größte*" und biete allerhöchste *Bild*-ungs-*Qualität*. Da könnte man vorher die Überlegung anstellen: ist ein Studium *wirk*-lich generell das *Größte?* Kann es – *objekt*-iv *betrachtet* – in jedem Fall „*höhere Bild*-ung" ver-*Mitte*-ln? Ist es grundsätzlich eine *qualitativ höhere,* also *hoch-Wert*-igere Aus-*Bild*-ung als jede andere, zum Beispiel als ein praktisches Handwerk?

Das sind Interessante Fragen ...

Mit unseren Methoden lassen sie sich objektiv beantworten. Man kann jeden beliebigen Studiengang an jeder beliebigen Uni ja auch im Geiste freundschaftlich besuchen.

Ah! sagte Phil erfreut, du denkst an eine geistige *Probe*-Vorlesung!

Genau! Mit der mache ich mich wohlwollend neutral und objekt-iv sachkundig, wie das *Wesen* dieses Studienganges mit seinen spezifischen Lern-*Inhalten* derzeit *wirk*-lich ist. Eltern zum Beispiel könnten auf diese einfache Weise sicherstellen, dass sie ihren Nachwuchs beispielsweise schon bei den beliebten Vorlesungen für Kinder in die besten Hände geben. Oder denk mal an die vielen Senioren, Seniorien, die sich ihren lebenslang gehegten Traum eines Gaststudiums endlich erfüllen wollen. Die freuen sich über diese Möglichkeit sicherlich ganz genauso wie junge Studierwillige. Sie alle könnten sich freundschaftlich erkundigen, welche *Bild*-ungs-*Qualität* ein bestimmter Studiengang aufweist und welche *Effekt*-ivität er hat. Dabei sind bestimmte Dinge von *wesen*-tlicher Bedeutung: zum Beispiel wenn freundlich und friedlich die Fakten beim Namen genannt und gelehrt werden. Das ist nicht nur wichtig bei Fragen wie zum Beispiel, ob Menschen und Dinosaurier nun gleichzeitig gelebt haben oder nicht. Dozenten und ebenso Schüler, die eine Wahrheit vielleicht nicht wahr-haben wollen, würden mit ihrer charakteristischen Energie die *Qualität* eines Lehrinstituts und damit auch seinen Gesamt-*Wert* nicht erhöhen.

In den Niederlanden werden die Bildungsstätten schon seit Jahren durch unabhängige Gutachter von allen Seiten *durchleuchtet*, allerdings meines Wissens nach noch nicht auf der fein-stofflichen Ebene, auf der wir uns hier bewegen. Jede einzelne Schule wird dort zwei Tage lang durch ein Inspektoren-Team inspiziert. Etwa 100 Kriterien werden dabei überprüft! Da werden Unterrichtsstunden besucht und Schüler, Eltern und Lehrer einschließlich der Schulleitung befragt. Die Ergebnisse werden direkt ins Internet gestellt. Jeder Interessierte kann sich frei informieren.

Ja, lachte Mélodie, ich habe davon auch gelesen und mich gefreut. Unsere holländischen Nachbarn sind uns auf diesem Gebiet einen guten Schritt vorausin Sachen *Offenheit* und *Transparenz*!

Die Verantwortlichen wollen ja beispielsweise herausfinden, wie motiviert die Schüler sind und wie das Lern-*Klima* ist. Ob sich die Kinder dort *gut* betreut *fühlen* und all das … In Phil wallte eine Erinnerung auf und seine Gesichtszüge wurden plötzlich weich: in meiner Schulzeit waren wir so was von hoch motiviert! Obwohl das Lern- Klima sehr streng war. Eine Art „Fräulein Wurmholz" hatten wir übrigens auch, fügte er schmunzelnd hinzu. Und wir Schüler haben immer fest zusammengehalten. Ich habe noch heute zwei Freunde aus dieser Zeit.

Ich habe auch an fast alle Klassenkameraden gute Erinnerungen, erzählte Mélodie mit warmer Stimme. Und an die meisten Lehrer: die Klassenleiterin in meiner Grundschule, damals noch „Volksschule" genannt, war eine Seele von Mensch! Meine Deutschlehrer waren geradezu Fein-Geister, wie ich es heute sehe. Unser Bio-Leistungskurspauker war einfach eine Wucht … Und unser betagter kleiner Chemielehrer hatte ein so goldiges Wesen! Wir haben ihn alle sehr geliebt … Englisch und Französisch, inklusive der dazugehörigen Lehr-Kräfte, mochte ich immer ausgesprochen gern. Aber, griente sie, ich möchte anmerken, dass ich trotzdem meist nicht mehr als eine Drei bekam. Sie seufzte. Und in der letzten Klasse hatten wir ausgerechnet Samstag Mittag noch zwei Stunden Englisch „Sprachlabor"!

Phil musste lachen, aber aus Mélodies Schmunzeln wurde auf einmal ein wehmütiges Lächeln. Mittlerweile haben schon mehrere Jubiläums- Treffen meiner Abschlussklasse stattgefunden, und ich konnte immer nicht mit dabei sein. Ich würde sie alle so gern mal wiedersehen, meine ehemaligen Klassenkameraden … Die meisten von ihnen haben bestimmt selbst Kinder, vielleicht schon Großkinder.

Für deren Wohlergehen sie tiefe informative Einblicke in potenzielle Ausbildungsmöglichkeiten höchstwahrscheinlich sehr begrüßen würden, fügte Phil lächelnd hinzu.

Ja, das wäre schön! Was in Holland schon durchgeführt wird, liegt auf jeden Fall voll im jüngsten Trend von *Über-schau*-barkeit und *Transparenz* und ist meiner Ansicht nach ein nachahmenswertes Vor-Bild. Würden dabei nun zusätzlich *sen-tuitive* Methoden angewendet, wäre das ein weiterer großer Fortschritt.

Das ist doch optimal, wenn Eltern das alles wohlwollend neutral selbst *objektiv* prüfen können! Ich hätte so etwas liebend gern gekonnt, als wir damals hin und her überlegt haben, wo meine Tochter am besten studieren könnte! seufzte Phil. Übrigens finde ich beim niederländischen Schulprüfungs-Modell auch gut, dass es für „durchgefallene" Schulen keinerlei Strafen von den vorgesetzten Stellen gibt.

Wozu auch? Strafen *muntern* ja nicht *auf*! Sie er-*hellen* die Gemüter ganz bestimmt nicht. Und gerade in der Bildung sollte es doch darum gehen, „*Helle* Köpfe" zu schaffen, und mit der unerlässlichen Herzens- Bildung gleichzeitig soziale Kompetenz, oder? Also sind meiner Meinung nach nicht Strafmaßnahmen *not-wend*-ig, sondern *leuchtende, warm- herzige Vor-Bilder*. Von denen können wir uns dann buchstäblich etwas ab-*gucken*. Bei der Umsetzung in die Praxis könnte den Schulen tatkräftige Unterstützung angeboten werden. Für öffentliche Schulen und private. Beim „Schul-TÜV" in Holland achtet man heute auch schon auf das soziale Um-Feld.

Ja, ssogar auf die bauliche *Qualität* der Gebäude.

Und das könnte sich als wichtiger erweisen, als viele bisher gedacht haben. Denn was wäre, wenn völlig schiefe Wände womöglich die Bildung von eher schrägen Charakteren fördern würde? Mit Methoden wie den unsrigen hier kann ich den Rahmen der Erfahrungen umfassend gestalten: Welchen *Geist* „atmet" eine *Bild*-ungsstätte insgesamt? Welche *Ausstrahlung* hat ihr „*Genius Loci*"? Welche *Prinzipien* und *Ideale,* welche *essenz*-iellen *Inhalte* werden dort bewahrt und ver-breit-et? Wie *hoch* ist buchstäblich das Unterrichts- *Niveau*? Wird dort wahr-haft eine *hervor-ragende, hoch-karät*-ige Aus- *Bild*- ung ver-*Mitte*-lt oder werden überwiegend bloße An-Nahmen und pseudo- wissenschaftliche *Spek*-ulationen weiterverbreitet? Wie sieht der *Genius Loci* aus – das *geistige Klein-Klima* – des dortigen *sozialen Um-Feldes*? Mit den *objektiven* Antworten auf solche Fragen ist ein *wohlwollend neutraler* und *gerechter Vergleich* möglich. Wir finden auf diese*konstruktive*Weisedie *wirk*-lich *guten,* buchstäblich *exzellenten Vor-Bilder* unter den Bildungsstätten leicht heraus. Regional, national, international.

Und was, wenn mir eine Schule oder Uni nicht gefällt? Dann käme sie gar nicht erst in die engere Wahl?

Das muss jeder Interessierte selbst entscheiden. Darüber hinaus haben wir die Möglichkeit, die Situation dort im wahrsten Sinne des Wortes zu bereinigen. Jede Schule, jede Uni, jedes Grundstück, jedes Haus hat ja einen Charakter, ein eigenes *Wesen*. Und mit einem unschönen Wesen fühlt sich niemand glücklich, auch ein Gebäude nicht! In Großbritannien übrigens erkennt man dieses altehrwürdige Wissen auch heute noch daran, dass viele Häuser einen Eigen-Namen bekommen haben. Man nennt ein größeres Areal und Haus nicht von Ungefähr auch An-Wesen, denn dort ist wie überall ein Wesen an-wesend! Du tust als Makler wirklich gut daran, dieses Wissen wieder anzuwenden. Denn du könntest deinen Kunden einen unschätzbaren Dienst erweisen, wenn du Grundstücke und Häuser vor dem Verkauf von alten Energien reinigst – natürlich nur mit dem ausdrücklichem Einverständnis der Nutzer oder Eigentümer. Ein auf diese Weise gereinigtes Areal findet viel besser einen neuen Käufer oder Mieter, der wiederum ähnlich gute, abgeklärte Energien aufweisen dürfte. Du weißt ja, das ist die Sache mit der Resonanz: Gleiches zieht Gleiches an. Düstere Charaktere fühlen sich dort dann nicht mehr so wohl. Das zu beachten ist von Vorteil bei allen Grundstücken und Häusern, natürlich vor allem bei öffentlichen. Zum Beispiel „Elite-Unis". Jedem, der guten Willens ist – also *wohlwollend neutral* und somit *objektiv*, – wird die versprochene Qualität der Exzellenz geradezu ins Auge springen, wo immer sie vorhanden ist. Ex-zellenz heißt ja wortwörtlich „das Hervor- ragende". Darauf achte ich, natürlich ebenso auf Helligkeit und auf angenehme Wärme bis neutrale Kühle. Denn buchstäblich platte Phrasen und ein eiskalter Sumpf schmutziger Ge-Sinn-ung k ö n n e n kein *heraus-ragendes* Bildungs-Niveau aufweisen.

Das ist logisch, befand Phil.

Eine ex-zellente, also außergewöhnlich *hohe, kraft-volle Ausstrahlung* kommt ja zustande durch *echte Brillanz*, ist also auch stets gepaart mit *Herzens-Wärme bis neutraler Kühle, ein Zeichen allerhöchster Güte*. Ist diese Hauptbedingung erfüllt, ist die Ex-zellenz aufs Eindrucksvollste bestätigt und ein *hohes Re-nommee* gerechtfertigt. An-Hand solch innerer Ein-Sichten kann ich also aus eigener Kraft erkennen, an welchem Standort wir einen wortwörtlichen „Leucht- Turm der Wissenschaft" haben.

Phil lachte. Das ist ja ein schönes Sinn-Bild!

Ja, nicht wahr? Niedere „Instinkte" wie eiskalte Macht- und Geld-Gier oder Geltungs-Sucht haben keine warme leuchtturm-mäßige Ausstrahlung. Folgerichtig sind sie schon prinzipiell dafür ungeeignet, eine wirk-lich heraus ragende, hoch-*karät*-ige Bildung zu gewährleisten. Nicht zuletzt kommt es auch darauf an, in welche Projekte welcher Wissenschaftler wir unsere Steuergelder und Sponsorenmittel investieren wollen. Die Frauen und Männer mit der neuen, zeitgemäßen Denkweise sind unter anderem auch daran zu erkennen, dass sie weder horrende Forschungsgelder benötigen noch sich durch Super-Honorare überhaupt locken lassen. Wer oft feinstofflich arbeitet, braucht nicht so viele teure Technik für seine Forschung. Die neuen Wissenschaftler wollen nicht immer noch mehr h a b e n, sondern mehr s e i n. Sie wollen statt oberflächlichem Glamour innere Zu-Frieden-heit. Und diese wiederum ist die Basis ex- zellenter Arbeit.

Hört sich zukunftsweisend an, sagte Phil.

Für die *wirk*-lichen Spitzen-Kräfte sind heutzutage andere Rahmenbedingungen als bisher wesen-tlich für ihre Arbeit. In jedem Fall Mit-Gefühl, Menschlichkeit und Fairness. Oft gehört dazu auch ein intensives Zusammenspiel mit der Natur. Ein liebevolles wohlgemerkt! Nebenbei gesagt: der düstere *Charakterzug* der Geld-Gier trägt *energetisch gesehen* nicht dazu bei, jenen *Durch-Blick* zu entwickeln, der einen Forscher zum *strahlenden* Super-Wissenschaftler macht. Ein echter Weltklasse-Forscher schielt nicht nach einem Hoch- Finanz-Standort, einem pompösen Lebensstil, nach Ruhm und Glamour – als sensibler Mensch will er vor allem in Frieden arbeiten und leben, in einem *harmonischen* Um-Feld, das geprägt ist von hoher Ethik und ungestörter Ruhe, also an einem *Hoch-Qualitäts*-Standort. Solch ein *warm-herzig schimmerndesEnergie-Feld* kann ihm kein Geldgeber der Welt, gleichgültig ob privat oder staatlich, einfach mal so kaufen oder dauerhaft bereitstellen wie ein Auto – so etwas *erzeugt* auf Dauer eine Umgebung mit *fried-voller Ausstrahlung* durch sensible Menschen, die eine *hoch entwickelte Mentalität* haben. Zuneigung und Freundschaft bekommt man nur geschenkt! Und zu diesen Menschen gehören nicht zuletzt auch jede Reinigungskraft, jede Sekretärin, jeder Handwerker, jede Aushilfskraft. Der innere Friede, die Zu-*Frieden*-heit der Mitarbeiter ist genauso wichtig für ein *edles*, hoch-*karät*-iges Arbeits-Klima wie die Zufriedenheit ihrer Chefs. Da dürften manche Leute aber mit den Ohren schlackern.

Ja, das vermute ich auch, schmunzelte Mélodie. Die wohlwollend neutral erkannten sach-orientierten Ergebnisse werden zeigen, dass so manche gewöhnliche Gesamt-Schule oder Provinz-Uni *wesen*-tlich besser ist als ihr bisheriger Ruf. Sie werden auch zeigen, dass die Sorge mancher Leute, man könne um „gute" Wissenschaftler nur mit sehr viel Geld konkurrieren, erfreulicherweise unbegründet ist. Denn wir befinden uns ja in einer Zeit, die den Paradigmen-Wechsel in sämtlichen Wissenschaften mit einschließt. Manche Spitzen-Leute sind weit vorgeprescht, jedoch nicht in jene Richtung, in der das Ziel des jungen Zeit-Geistes liegt. Bedingt durch die universelle Richtungsänderung könnten sie sich plötzlich weit abgeschlagen finden. Aber sie könnten ja umdenken, um immer noch die Kurve zu kriegen. Es ist nie zu spät und es gilt: Gnade vor Recht.

Nanu, sagte Phil, wieder ein neuer Aspekt!

Ja! Und ein sehr wichtiger! Die Besonnenen und Bedachtsamen in der Welt, die auf die Zeichen am Wege und den Weg selbst geachtet haben, anstatt auf der Überholspur alle anderen abzuhängen, werden gut voran kommen. Und könnten sich folgerichtig in einer der Spitzen- Positionen wiederfinden. Das wird viele angenehm überraschen, vor allem diejenigen, die es darauf gar nicht angelegt hatten, weil sie klugerweise nur wenig Ehr-Geiz haben. Solch *tiefe Ein-Sicht*-en sind für die ganze Welt-Gemeinschaft relevant. Denn fast jeder von uns, nicht nur in Deutschland, möchte doch, dass unser aller Geld genau dorthin fließt, wo tat-*säch*-lich *ex-zellent* gearbeitet und geforscht wird, oder?

Natürlich, vor allem deshalb, weil wir unsere Kinder und Enkel an wahrhaft *guten* Unis und Schulen aus-*Bild*-en lassen wollen.

Übrigens ist schon der *Name* eines Lehr-Institutes von *wesen-* tlicher *Bedeutung*: Er hat *definitiv Ein-Fluss* auf die *Ausstrahlung* und somit auf die *Qualität* des Ganzen. Denk nur an den Ausdruck Re-nom-mee, er bedeutet „immer wieder nennen", also immer wieder diesen Namen sagen oder schreiben! Was geschieht dadurch? Hinter einem Namen können *Welten* stehen – be-*Einfluss*-ende *Gedanken-Welten*. Wer mit dem Namen einer Schule das An-Denken an *Charaktere* aufrecht erhält, die k e i n e warm-herz-ig *strahlenden Vor-Bilder* sind, könnte eines Tages erleben, dass das auch für ihn und sein eigenes Re-nommee keine *echt brillante Idee* war. Manchmal ist es auch umgekehrt: weniger ehrbare Institutionen haben längst versucht, sich mit guten Namen zu schmücken.

Erst recht ein Grund für alle, nicht weg-, sondern genau hinzuschauen! Sag ich ja die ganze Zeit! Wir sollten tunlichst a l l e lernen, die Qualität und das Re-nom-mee jeglicher Bildungs-einrichtung objektiv und somit wohlwollend neutral erkennen zu können. Unsere Vorfahren haben auch noch gewusst, dass es seinen tiefen Sinn hat, unsere Kinder zum Beispiel nach Heiligen zu benennen. Das vor-Bild- lich gute Wesen eines *wirk-lich* Heiligen soll ein-fluss-reiches Leit-Bild sein und etwas Gutes *bewirken*, indem es auf den Namens-Träger ab- *färbt* und das Gute in ihm stärkt. Aber irgendwann war dieser Grund den Menschen nicht mehr klar bewusst. Deshalb kam es in Mode, auch die Namen der adeligen Herrscher zu kopieren. Die aber oft ganz anders unterwegs waren als wirk-lich adel-ig – sprich edel-mütig.

Von heilig erst gar nicht zu reden, grinste Phil.

Deshalb sind damals wie heute Eltern bestens beraten, sich das *Wesen* eines Namens genau anzusehen. Es mag sich „cool" anhören, seinem Kind beispielsweise den Namen eines Stadtteils von London zu geben, aber tatsächlich „cool" und gut für das Kind und obendrein intelligent von den Eltern wäre es, sich *vorher* über das *Flair* dieses Viertels objektiv *sach*-kundig zu machen.

Aber du weißt auch, dass manche Leute sagen „Namen sind Schall und Rauch". Und dann heißt es wieder „Nomen est omen". Was soll man davon halten?

Oh – beide Erfahrungen können richtig sein! Denn hier kommt wieder die *Quantität* ins Spiel. Wenn ein Wort, ein Name, nur mal flüchtig an- gedacht wird, ver-flüch-tigt sich dieser Gedanke auch schnell wieder. In diesem Falle war er nicht besonders energie-reich, also wirkungs-voll. Wird er aber oft gedacht und gelesen, gesagt oder gar gesungen, und das auch noch von vielen Menschen, wird er zusätzlich aufgeladen mit all deren Aufmerksamkeits-Energien. So bekommt ein Gedanke durch seine Quantität immer mehr energetische Substanz – und dadurch immer mehr Ein-Fluss. Das ist das Geheimnis sowohl hinter kommerzieller Werbung als auch politischer Propaganda. Damit soll der Ein-Fluss auf die Menschen vergrößert werden. Deshalb kaufen Firmen die Namensrechte an Stadien und Stadthallen, eben dort, wo viele Menschen zusammenkommen. So ziehen sie automatisch noch mehr Energie an sich: unsere kostbare Aufmerksamkeits-Energie – die nichts Geringeres ist als ein Teil der Lebens-Kraft jedes Einzelnen von uns!

Eigentlich sagt uns das schon unser gesunder Menschenverstand.

Ja, dieses Hintergrund-Wissen ist seit Äonen bewährt. Früher hatte man über unsere Lebens-Qualität viel mehr Erkenntnisse und hat sie auch umgesetzt. Solche Dinge und noch mehr sind *wesen*-tliche Faktoren, und allesamt gehören sie zu einer *objektiven Qualitäts-Bestimmung.* Weil sie den be-*Seel*-enden Geist eines Ortes oder einer jeglichen Institution – den Genius Loci – buchstäblich be-*rück-sicht*-igen, welcher alle be-*Einfluss*-en kann, die in irgendeiner Weise damit zu tun bekommen und daher damit *energetisch verbunden* sind.

Der Genius Loci! Der kommt in einem Krimi vor, den ich neulich gelesen habe. Der Inspektor, ein Adeliger, und sein Sergeant, eine Bürgerliche und sehr patente Frau, raufen sich – sämtlichen Standesunterschieden zum Trotz – zusammen und werden ein sehr erfolgreiches Ermittler- Team. Bei einem ihrer Fälle sehen sich die beiden in einem dieser Elite- Internate mit jahrhundertealter Tradition um, wie es der Adelige aus seiner eigenen Schulzeit kennt. Seine Mitarbeiterin findet die typisch militärisch geprägte *Atmosphäre* dort einfach schauderhaft, und sie nimmt ihrem Vorgesetzten gegenüber kein Blatt vor den Mund. Also fragt sie ihn gerade heraus, warum um alles in der Welt die High Society ihre Kinder auf derartige Schulen schicke – da hätte sie es in ihrer Gesamtschule ja besser gehabt. Er antwortet, das Geheimnis sei der Nimbus solcher Schulen.

Mélodie lachte. Diese Sache mit dem werbewirksamen Nimbus wird auch „Halo-Effekt" genannt. Halo im Sinne eines Hofes um eine Lichtquelle herum.

Du meinst eine Art Heiligenschein.

Ja, und auch dessen Gegenteil. Nämlich wenn es sich um Scheinheiligkeit handelt, egal, ob bewusste oder unbewusste. Wenn zum Beispiel ein Unternehmen bereits ein Super-Image hat, neigen viele Menschen dazu, dessen Produkte ohne weitere Prüfung für gut zu halten. Das schreibt der amerikanische Wirtschaftswissenschaftler Professor Phil Rosenzweig in seinem Buch über den „Halo-Effekt"[13]. Er sagt, Marken-Hersteller würden um sich herum eine Aura aufbauen, die den Kunden zu einer generellen Sympathie für diese Marke anregen würde. Auf diesem simplen Prinzip bauen alle Marken ihre Wirkung auf. Eine generelle Sympathie für eine Marke macht leicht sämtliche ihrer Produkte sympathisch – jedenfalls in den Augen blind gläubiger Kundschaft. So ähnlich funktioniert das demnach auch mit dem Nimbus bei Elite- Schulen und anderswo.

Na klar. Und mit unseren eigenen tiefen Ein-Sichten fällt auch der Konkurrenzkampf zwischen den einzelnen Einrichtungen weg. Das Gerangel um die Plätze fängt ja inzwischen schon im Kindergarten an. Solches Denken wurde mal treffend als „Bildungs-Darwinismus" bezeichnet[14]. Die Frage ist nun: diese Plätze, um die ein derartiger Kampf ausgetragen wird – welche Qualität haben sie, mit anderen Worten: was sind sie wirk-lich *wert*? Sind sie tatsächlich die besten?

Ich kenne dieses Gerangel aus der Verwandtschaft, seufzte Phil. Wäre wirklich wünschenswert, wenn Eltern und Kinder sich endlich selbst ein objektives Bild machen könnten.

Hinzu kommt ja, dass Kinder, die auf Elite-Schulen gehen, die in Wirklichkeit keine sind, nicht zu beneiden sind. Deren Eltern geben Unsummen aus für eine angebliche Elite-Ausbildung – und ihre Lieben bekommen gar keine! Eben diese Kinder werden später wahrscheinlich auf den Führungspositionen unserer Gesellschaft platziert und sind mit dieser enormen Verantwortung vielleicht überfordert. Weil sie womöglich Elite-Schulabsolventen ohne hoch qualitative Herzens- Bildung sind, und ohne die ausgebildete Fähigkeit tiefer Ein-Sicht. *Ein-Sicht*-igkeit ist ein anderes Wort für die Fähigkeit, *Ein-Sicht* in das *Wesen*tlichezubekommen.

So ein „Bildungs-TÜV" müsste doch im Prinzip übertragbar sein auf jede andere Ausbildung.

Sicher, ich kann mir ja die *energetischen Bilder* jedweder Aus-*Bild-* ung vor Augen führen! Und wenn ich freundlich frage, bekomme ich auch ehrliche Antworten. Prinzipiell kann ich meine einfühlsame Erkenntnis- Fähigkeit anwenden auf a l l e s im Leben. Im Prinzip kann ich mein komplettes bisheriges *Bild* von meiner Welt Stück für Stück liebevoll ansehen und durchschauen. So wie es sehr viel früher geschah in einer Welt-Sicht, die das *Lebendige* in uns und um uns her erkennen konnte und auch betont hat. Im Gegensatz zu dieser archaischen lebendigen Welt- Sicht war es ein Kenn-*Zeichen* unserer modernen „normalen" *Bild-* ung innerhalb des bisherigen Welt-*Bildes,* alles wie einen mechanischen Apparat zu betrachten. Das Lebendige wurde darin ohne *Mit-Gefühl* behandelt wie eine Maschine, die solange benutzt wird, bis sie entzwei geht odernicht mehr gefällt und dann *rück-sicht*s-los ausgemustert wird.

Ein Bekannter von mir wurde mal unfreiwillig Ohrenzeuge eines Gespräches zwischen Managern, die offensichtlich noch im Rahmen des alten mechanistischen Welt-Bildes dachten. Einer von ihnen erklärte, man müsse eben nur die „Schrauben" noch fester anziehen, damit die Belegschaft wiederfunktioniere.

Wie sehr könnten solche Manager profitieren, wenn sie wüssten, wie sie objektive Ein-Sicht in eine Sach-Lage gewinnen und neutrales Mit-Gefühl entwickeln können! Vielleicht hatten sie ahnungsloserweise Elite-Schulen besucht, die in Wirk-lichkeit keine sind. Und dann? Führen Manager automatisch ein glückliches und zufriedenes Leben, auch wenn sie sehr reich sind? fragte Mélodie mit-fühlend. Schau doch selbst!

Mach einen Perspektiven-Wechsel und fühl dich objektiv ein in ihre Lebens-Lage! Sie schuften sich zugrunde, vielleicht noch schneller als ihre Belegschaft. Als hochgelobte „Leistungs-Träger" wurde ihnen erklärt, mit ihrem täglichen Termin-Marathon würden sie bleibende „hohe Werte" schaffen. Nicht nur für sich und Ihresgleichen, sondern auch für das Gemein-Wohl – und dafür müsste ihnen die Gesellschaft ewig dankbar sein und Straßen, Stadien und Stadthallen nach ihnen benennen. Was wiederum Wirkung hat auf viele andere Menschen.

Phil holte tief Luft und fuhr sich mit der Hand durchs Haar.

Wenn du dich im Gegensatz dazu aber zentrierst und eine Arbeit tust, die dich interessiert, die sinn-voll ist und dich und andere nachhaltig zu-Frieden und glücklich macht, dann kannst du im vollen Fluss deiner Lebens-Energie *wirken*. „Im *Flow* sein" nennen das heute manche Wissenschaftler. Was da so schön ohne Blockaden in uns selbst *fließt* und auch aus uns heraus strahlt, ist nichts anderes als die eigene pure Lebens-Kraft! Und durch eine offene, entspannte Haltung dabei kann immer genug freie Energie nachfließen. Es wäre gut, wenn wir alle das lernten, auch die Elite-Schulabsolventen dieser Welt. Denn wenn auch sie auf der Grundlage der Ein-Sicht in das Wesen-tliche ein wahrhaft glückliches und selbst-bestimmtes Leben führen können – was über ihre Führungspositionen wiederum der ganzen Bevölkerung zugute käme – liegt das im Interesse aller.

Schön wär's ja.

Oh ja, sagte Mélodie fröhlich, wir werden dieses globale Umdenken erleben. Wir werden alle nach und nach sanft unser Konzentriertsein erhöhen. Und das ist wunderbar! So kann ich das Leben erst richtig in seiner Vielfalt *be-greifen* und *ver-stehen*. Damit kann ich mehr Re-spekt vor der Schöpfung entwickeln und größere Per-spekt-iven erkennen. Außerdem bin ich durchaus kein „Kost-Ver-*ächt*-er" – ich möchte mein Leben be-*sinn*-lich genießen und jede Minute *acht*-sam voll aus-kosten können. Auch deshalb, weil mit der Abge-*stumpf*-theit der inneren Sinne immer bestimmte *kurz*-sicht-ige, beschränkte An-Sicht-en verknüpft sind. Unsere *Sinne* be-stimmen ja unsere Ge-*Sinn*-ung. Abge-stumpf-te, unsensible Sinne erzeugen „abgebrühte", egoistische Menschen, die nicht mehr *spüren* können, dass sie mit allem anderen verbunden sind. Sie sind unge-rührt,

weil sie sich von nichts und niemand mehr be-rühren lassen. Sie spüren nur noch sich selbst und ihre eigenen Interessen, wenn überhaupt.
Du meinst Leute mit unsozialem Verhalten.

Ja. Wir sollten auch daran denken, dass es die *gefühl*-lose Einstellung eben solcher Menschen war, die es möglich gemacht hat, dass auf breiter Basis der Lebens-*Qualität* und sogar dem Existenzrecht einiger Lebe-*Wesen* k e i n e *wesen*-tliche Bedeutung beigemessen wird, im Vergleich zu ihrem Nutzen für manche Interessengruppen. Das Fehlen dieses Gefühls der Verbundenheit bringt auf der politischen Ebene egoistische Despoten hervor anstatt sozial denkender Leute. Durch solche Unge-rührt-heit kann die ver-ächt-liche Idee Fuß fassen, dass ebenso verschiedene Mitmenschen, bestimmte Rassen und deren Rechte auf Lebens-Qualität und Existenz nicht wichtig seien. Solchen Personen ist ihre – für sensible Naturen völlig offen-kundige – Verrohung meist nicht mal bewusst, weil sie es buchstäblich gar nicht *merken*.
Das erinnert mich an Al Capone. Er soll angeblich von sich selbst geglaubt haben, er sei ein Wohltäter der Menschen.
Womöglich hat auch er nichts mehr gespürt. Was allerdings keinerlei Entschuldigung ist für sein Verhalten. Mélodie war hoch konzentriert.
Als sie kurz aufschaute und einen der vorübergehenden Spaziergänger wohlwollend anlächelte, kam prompt ein liebenswürdiges Lächeln zurück.

Die Würde des Menschen ist unantastbar

sagte sie, Phil wieder zugewandt. Übrigens kann ich mir das Wesen nicht nur von einzelnen Worten, sondern auch von ganzen Sätzen in Erfahrung bringen, erzählte Mélodie. Wenn ich mir diesen Satz so anschaue…

Oh, sag nichts, lass mich erst! rief Phil begeistert. Das ist ein wichtiger Satz, den möchte ich gern besser verstehen.

Zu Mélodies Freude sandte Phil dem Wesen dieses Satzes seine Liebe, betrachtete es wohlwollend neutral. Meiner An-*Sicht* nach, berichtete er anschließend, wird die *Hintergrund-Energie* dieses Satzes durch das klare Bestreben bestimmt, Menschen zu beschützen und ihre Integrität bewahren und erhöhen zu helfen. Ich *spüre* daraus einen *Geist des Guten* und der Hilfsbereitschaft *aus-strahlen*. So ... sagte Phil, streckte eine Hand aus und legte sie behutsam auf Mélodies Kopf. Eine starke Hand, schützend über einen Menschen gehalten. Wer wohl die Menschen waren, die von diesem guten Geist inspiriert diesen Gesetzes-Text formuliert haben?

Mélodie war entzückt über Phils fein-*fühlige* Be-ob-*acht*-ungen – und ebenso über seine zarte Berührung. Sie schenkte ihm ein liebevolles Lächeln und sagte: das, was du erkannt hast, habe ich auch herausgespürt.

Was wir mit unserem freundschaftlichen Ersuchen um Informationen alles erkennen und erspüren können!

Ja, nicht wahr? freute sich Mélodie. Da wir als Gesellschaft die *zentrale Bedeutung* des *Fühlens* aber kaum noch erkennen konnten, war es für viele von uns völlig normal, *Gefühle* zu ignorieren und gering zu *acht*-en. Das fing doch schon im Kleinkindalter an, wenn jemand sagte: Sei still, ein Junge weint nicht!

Phil presste die Lippen aufeinander.

Wird den Kindern aber das *Gefühl* abtrainiert, haben sie es nicht gerade leicht, prinzipiell *gesundes Mit-Gefühl* zu entwickeln! Und wie sollen sie o h n e ein-*fühl*-sames *Denken* später als Erwachsene die Würde ihres Nächsten – und natürlich ebenso ihre eigene – überhaupt er-*fassen können*? „Würde" hat die Bedeutung: „*Acht*-ung gebietender *Wert*, der einem Menschen *inne*-wohnt". Wahr-nehmen können wir Würde allerdings nur dann, wenn wir an diesem Wert n i c h t acht-los vorbeigehen, sondern unsere liebevolle Energie auf ihn richten. Wir brauchen höhere Sens-ibilität, eine besonders *hohe Acht*-samkeit, kon- zentrierte Auf-*merk*- samkeit und *neutrales Wohlwollen*. Unser Gesetzestext „Die Würde des Menschen ist unan-tast-bar" drückt diesen erhabenen Gedanken liebevoller Rück-Sicht-Nahme ja indirekt aus. Gleichwohl erinnert er mich daran, dass das Unan-*tast*-bare in unserer Gesellschaft tatsächlich ver-wirk-licht worden ist – nur ganz anders, als sich die Verfasser dieses Gedankens und wir alle das erhofft haben. In unserem täglichen Leben hat dieser *edle Gedanke* und *gute Leit*-Satz unglücklicherweise eine umgekehrte Realität angenommen! Das Un-an-*tast*- bare, Un-an-*greif*-bare im Sinne eines Schutz- Walls ist in sein Gegenteil umgeschlagen: es ist zur Kerkermauer des Un-be-*greif*-lichen geworden. Und wir sind dadurch fast alle eine Art Un- *berühr*-bare geworden! Unsere bisher vorherrschende *Gefühl*-losigkeit hat uns in be-fremd-liche Isolation geführt ‚in die Un-*nah*barkeit.

Wir haben praktisch die Seiten gewechselt, ohne es recht gemerkt zu haben.

Der edle Gedanke des Unan-tast-baren und *Integeren,* wurde Phil klar, ist also in sein Gegenteil verdreht worden!

Genauso wie der Grund-Gedanke des Mit-Fühlens. Haben wir es nicht fast alle verlernt, uns dem *Wesen eines Menschen* liebevoll anzu-nähern? *Takt-voll* und *zart-fühlend vor*-zu-*gehen*, uns behutsam vor-zu-*tasten*, um freundschaftlich seine innere *Würde* be-*greif*-en und ihn genau dadurch überhaupt erst ver-*stehen* zu können? Exakt dies ist eines der wichtigsten Lernziele für jeden Menschen – doch stattdessen haben wir uns die entgegengesetzte Sicht-Weise antrainiert. Wir lernten, jemanden aufgrund von Vor-Urteilen oder bloßen Äußerlichkeiten wie Hautfarbe oder Rasse oder gar Haarfarbe an-zu-*greifen* – anstatt seine *inneren* Werte sehen zu lernen und ihn freundschaftlich in seinem *Wesen* zu be-*greifen*.

Der österreichische Psychologe Georg Parlow, ein Hochsensibler, schreibt in seinem Bestseller[15] über hochsensible Menschen, er sei der Meinung, dass es äußerst wichtig für einen Menschen sei, von Grund auf ver-standen und wahr-genommen zu werden.

Nur warum tun wir dann so oft genau das Gegenteil? Obwohl diese Sichtweise so wichtig ist für alle, einschließlich uns selbst? fragte Phil.

So wie ich es sehe, haben die meisten von uns bisher im Übermaß die schmerzhafte Seite des *Berührens* erlebt. Fast jeder von uns ist ja ein „Gebranntes Kind". Viele sehnen sich nach Nähe, aber eine konkrete An- Näherung wagen sie einfach nicht mehr. Manche gepeinigten Mitmenschen glauben sogar, Liebe tue weh! Mir ist aufgefallen, dass im Radio eine Menge Liedchen dudeln, die genau diese irrige An-Nahme stützen. Mit etwas Ein-Fühlungs-Vermögen wird jeder merken, es ist genau anders herum: Liebe tut nicht weh – auch den größten Schmerz kann sie heilen!

Phil schwieg.

Die Verdrehung der Bedeutung des Mit-Gefühls hat auch etwas zu tun mit dem alten Zeit-*Geist*. Er ist weder der *Hellste,* noch der *Coolste*. Wir hatten alles andere als ein Zeitalter voll *goldener Herzens-Wärme* und *strahlend klarer* Wahrheiten. In der jetzt auslaufenden Ära wurde – einfach um endlich nicht mehr leiden zu müssen – unser Gefühl und folglich auch unser Mit-Gefühl generell vermieden. Aber irgendwann brechen sich Gefühle doch ihre Bahn, denn sie zu vermeiden und zu unterdrücken gelingt nicht ewig. Wir alle brauchen das ein-*fühl*-same Denken, um die *echten Werte* des Lebens spür-bar und an-schau-lich machen zu können. Allein nach *materiellen Kriterien* und dem *äußeren An-Schein* zu urteilen, bringt uns nicht wirklich weiter. *Würde-volle Werte* sind unsere *inneren hervor-ragenden* Eigenschaften, und die *prägen* entscheidend die *Qualität* unserer *Aus-Strahlung*.

Mit einem größeren *Empfinden* für die *Ausstrahlung* der Menschen fällt es übrigens auch leichter, die *natür*-liche *Würde* eines Tieres zu *acht-en,* sagte Phil. Habe ich beim Wesen der Wölfe deutlich gemerkt.

Auf diese Weise wird die majestätische Erhabenheit der Natur ja erst richtig er-*fass*-bar undbe-*greif*-bar! stimmte Mélodiezu.

Um noch mal darauf zurückzukommen, ein *„Gemein-Wesen",* ein Staat, wäre mit dem ein-fühl-samen Denken bestimmt ebenfalls leichter zu be-greif-en. Wäre doch interessant, mal die *Ver-Fassung* eines Staats-*Wesens* zu er-gründ-en!

Oh ja! Und mit den *klaren* Erkenntnissen einer ein-fühl-samen und an-schau-lichen Denk-Art erziehen die Menschen, die in einem dies fördernden Staats-Wesen leben, sich wie *von selbst* zu aufrechten Staatsbürgern. Es fällt ihnen immer leichter, den inne-wohnenden *Wert* der Lebens-Regeln für das allgemeine Zusammenleben nach-zu-*empfinden* und dadurch zu be-*greifen,* sagte Mélodie. Solche Ein-Sicht als natürliche und würdige Art der Selbstregulierung ist wirksamer als sämtliche Verbote zusammen. Oft reizen ja gerade die dazu, Regeln zu übertreten.

Das merke ich ja an meiner eigenen Einstellung, sagte Phil schmunzelnd, da hat sich schon so einiges positiv verändert. Anstatt unliebsame Verhaltens-Schienen durch Verbote verschließen zu müssen, werden mir durch meine Ein-Sicht neue geistige Horizonte eröffnet. Alternative angenehme Wege ... ach ... dazu kam mir gerade gestern ein hübscher Gedanke, berichtete Phil fröhlich: wenn mir im Flach-Land meiner bisherigen Gedanken weder der eine noch der andere Weg gefällt und ich mir bessere Lösungen und Wege suchen will, geht das am besten, indem ich mich auf eine höhere Ebene begebe. So wie bei einem mit der Spitze nach oben gerichteten Dreieck oder besser noch einer *inhalts- reichen* Pyramide. So wird objekt-iv gesehen auch mein Denken *geist- reich*. Buchstäblich *erhaben*. Oben von der Pyramiden-Spitze aus habe ich sowohl besten Über-Blick über das Ganze, als auch Ein-Sicht in die Details des Bestehenden. Und damit bin ich ein „Spitzen-Reiter" auf diesem Gebiet!

Mélodie schenkte Phil ein fröhliches Lächeln und nickte vehement.

Benutze ich nicht das dreidimensionale Denken, das in die Höhe führt, kann – auf der alleinigen Basis des Alten – auch kein geist-*reich*- eres Gedanken-Gebäude als vorher entstehen. Bleibe ich beim alten, flachen, ober-fläch-lichen Denken, kann ich entweder den einen oder den anderen bekannten Weg akzeptieren. Oder einen neuen Weg finden. Aber dieser läge immer noch im geistigen Flach-Land, er wäre nicht „Spitze", sondern einfach ein dritter, genauso platter Weg. Solches „*Drei-Wege*-Denken" hat einen speziellen Namen: „*Tri-via*-lität".

Mélodie lachte und klatschte erheitert in die Hände. Und wer will schon tri-via-l sein, nicht wahr? Jeder möchte schließlich *hohe* Werte in seinem Leben haben. Wer von uns sehnt sich nicht zum Beispiel nach *wahrer Liebe* und *echter Freundschaft?*

Der Blick, den Mélodie und Phil unwillkürlich tauschten, sprach Bände ... Eines steht jedenfalls fest, sagte sie lächelnd, wenn die hohen inneren *Werte* in sich selbst und der Gemeinschaft *wirk*-lich objekt-iv erkannt und ver-*stand*-en werden, ist das für uns alle gut! Nicht nur, weil wir sie dann auch ohne strenge Vorschriften freudig und freiwillig in unser Leben *einfließen* lassen, beispielsweise durch einen bewussteren Umgang mit unserem Geld oder in Form einer guten Nachbarschaft. Einfach weil wir dann wissen: das ist insgesamt besser für uns selbst und alle anderen.

Objektives Vergleichen erzeugt auch mehr sinn-volle Wahlmöglichkeiten, wie ich das inzwischen sehe. Und durch das dreidimensionale Denken, das naturgemäß in die Höhe führt, brauche ich auch meinen Kampf-Geist, den ich früher maßlos überbewertet habe, nur noch selten. Ich muss ein altes Gedanken- Gebäude nun nicht mehr unbedingt der Abrissbirne unterziehen, sondern kann sowohl aus dem Alten lernen und Weisheit daraus ziehen, als auch Neues friedlich integrieren.

Das Beste des Alten ist der Träger des Neuen

So baue ich immer weiter auf einem solide gewachsenen Fundament auf, in dem das früher geschaffene Gute *essenziell* erhalten bleibt und darin weiter lebt. Vordem hatte ich genau zwei Möglichkeiten: entweder den aggressiven Komplett-Abriss des alten Gedanken-Gebäudes mit allen unangenehmen Begleiterscheinungen – oder elend Versauern auf dem Weg der Tri-via-lität. Weder das eine noch das andere Extrem ist optimal.

Phils Ein-Sichten erfreuten Mélodie sehr. Ihr war klar: dies war für ihn ein großer Schritt nach vorn. Er befand sich auf einem guten Weg.
Wo du es gerade erwähnst: dieser künstliche Mythos um den „Kampf-Geist" ist faszinierend angelegt. Aber es ist eben so, wie es ist, Phil! Bin ich froh, dass du nun selbst herausgefunden hast, was damit *wirk*-lich *Sache* ist! Wenn du dieses kostbare Wissen ver-inner-lichst und be-herz- igst, geht's mit Macht bergauf. Kannst du dich auf nichts Besseres stützen kann als auf deine von anderen übernommene Meinung, musst du sie ja gezwungenermaßen komplett mit Zähnen und Klauen verteidigen, es ist ja alles, was du hast! sagte sie. Das war die Welt, in der wir vorher gelebt haben. Jetzt aber kennen wir den wohlwollend neutralen Blickwinkel auf eine Sache, und schon sieht sie anders aus! Mir ist übrigens aufgefallen,

bisher war es hier Normalität, brutales Verhalten als Kampf-Geist anzusehen und dieses mit *konstruktiven geistigen Qualitäten* wie zum Beispiel *Sports-Geist, Mut, Tapferkeit,*
Lebenswille und Ähnlichem zu verwechseln. Habe ich selbst lang genug getan. Das Verwechseln passiert schnell, wenn jemand die einzelnen *Qualitäten* nicht mehr *spüren* und damit auseinanderhalten kann. Solche Dinge wie brutale Rück-Sichts-Losigkeit und „Hau-drauf- Mentalität" sind ja n i c h t dasselbe wie eine normale, angemessene, konstruktive *Durchsetzungskraft* im Rahmen einer bestimmten Entwicklung, wie du sie zum Beispiel in der Natur im Frühling findest, wenn die Vegetation wieder loslegt.

Wenn ein Pflanzen-Keimling die Erdkrume durchbrechen will, entfaltet er ja wirklich enormes Durchsetzungs-Vermögen.

Was aber nur sehr selten ausgerichtet ist auf die gezielte Zerstörung anderer Lebens-Formen, um selbst mehr Möglichkeiten zum Leben zu haben. Den Krieg aller gegen alle in der Natur, den Darwin meinte, entdeckt zu haben, gibt es so gar nicht. Die *wirk*-lich herrschenden Entwicklungs-Prinzipien sind Kooperation und Resonanz, was nicht nur *gefühlt* werden kann, sondern wissenschaftlich bewiesen ist. Professor Joachim Bauer, Mediziner und Psychotherapeut, zeigt uns das in seinem Buch „Prinzip Menschlichkeit"[16]. Jetzt kommt ans Licht, dass Darwins Konkurrenz-Kampf – der deswegen optimal sein soll, weil das „Recht des Stärkeren" angeblich die „Besten" einer Rasse hervorbringt – als Haupt- Entwicklungsprinzip so gar nicht greift. Was zuerst aussieht wie ein
„Duell", ist prinzipiell womöglich ein „Duett"! Darwin war als Natur-Beobachter ein sehr guter Detail-Finder, aber das übergeordnete Große Ganze, das Wesen-tliche, hat er nicht so gut durchschauen können. Leute, die den Darwinismus mit Zähnen und Klauen verteidigen, meinen es aber nicht böse. Nur wenige Menschen sind wirklich schlecht. Den inneren Schaden, den sie sich dabei selbst zufügen, bemerken sie meist nicht. Oder bringen ihn damit nichtinZusammenhang.

Durchsetzung – ist das nicht im Grunde etwas, das wir alle wollen? überlegte Phil. Wir Menschen wollen weiter wachsen und uns entfalten. Wir alle wollen doch ein *florierendes Leben* genießen!

Im Zuge dieses natürlichen Wunsches haben die Menschen unserer Gesellschaft aber nicht allein unser natürliches Durchsetzungs- Vermögen aktiviert – wir hatten krasse Extrem-Haltungen zur alltäglichen Norm gemacht. Und wundern uns dann, dass wir es nicht leicht haben, zu jener *fried-vollen Ausgeglichenheit* zu finden, mit der wirunser Leben überhaupt menschenwürdigleben können!

Wenn wir nicht *spüren*, womit wir umgehen und welche Haltung wir im *Wesen*-tlichen selbst haben, wissen wir ja auch nicht, was wir damit anrichten, sagtePhil.

Deswegen hatten wir ja diese Ellenbogen-Gesellschaft! Aber jetzt kommt die gute Nachricht: es werden immer mehr sensible Menschen geboren, und auch deshalb kriegen wir als Menschheit jetzt endlich die Kurve. Sensible Menschen bedenken eher, was sie gegenüber andern Wesen denken, fühlen und tun, einfach weil sie oft schon von selbst bemerkt haben, dass sie alles sich gleichzeitig selbst antun – als stünden sie vor ihrem Spiegelbild … Und auch darüber hat besagter Professor Joachim Bauer Sensationelles herausgefunden. In seinem Buch „Warum ich fühle, was du fühlst" verrät er uns das Geheimnis der Spiegelneuronen. Sagenhaft interessant! Gerade für Menschen, die sich zum Beispiel oft mit kämpferischen Denk-Konzepten beschäftigen, ist solches Wissen Gold wert. Anders als viele bisher glaubten, bedeutet übrigens Gewaltlosigkeit – oder besser gesagt Friedfertigkeit – nicht etwa Schwäche.Eines jedoch ist wichtig zu wissen: werde ich angegriffen, so habe ich das gute Recht, mich auch zu wehren. Jeder hat das Recht auf Leben. Friedfertigkeit ist wundervoll, doch damit sie nicht ausgenutzt wird, müssen gesunde Grenzen dabei gewahrt werden.

Friedfertigkeit … ja, die möchte ich auch gernbesser verstehenkönnen … sagte Phil.

Wieder wartete Mélodie geduldig. Trotzdem sie beide schon eine ganze Weile auf „ihrer" Parkbank saßen, war ihnen kein bisschen langweilig. Denn sie gingen ja währenddessen auf Bewusstseins-Reisen und machten ungeahnte Entdeckungen, und das hält den Geist frisch.

Mélodie genoss die Wärme der Sonnenstrahlen auf ihrer Haut. Ihr wurde sehr friedlich zumute, noch mehr als sonst. Dann war Phil auch schon wieder zurück von seiner Reise. Mit für ihn persönlich brandneuen Erkenntnissen. Er war sichtlich erstaunt.

Jetzt ist mir klar, warum du Gewaltlosigkeit, oder besser gesagt: Friedfertigkeit so sehr schätzt! Das ist ja *wirk*-lich ein *groß-art*-iger *Wert*! Ein ganz *edles* und *hohes Ideal*!

Mélodie war hoch erfreut über seine Erkenntnisse. Wie hast du es denn gesehen?

Das *Wesen der Friedfertigkeit* hat sich mir als Spiral-Nebel vorgestellt. Wie eine Anhäufung rotierender Sterne, sie drehen sich im Uhrzeigersinn. Ihre Energie strahlt warm-herzig, einfach prachtvoll! Versetze ich mich hinein in diese Spirale, spüre ich plötzlich, von welcher sanften, aber ungeheuer starken Kraft ich durchdrungen bin und getragen werde. Das ist so … befreiend! Phil war restlos be-*Geist*- ert. Und noch ein Geheimnis habe ich erfahren: Friedfertigkeit macht meine Aura *riesig*! Wenn ich *erfüllt* bin von diesem *Ideal*, befinde ich mich buchstäblich in der Mitte dieser sich drehenden Spirale. Die Energien, die dann durch mich hindurch und aus mir hinausströmen, berühren und bewegen alle *Energie-Felder* weit und breit. Einen Moment herrschte freudige Stille, dann erklärte Phil mit Nachdruck: jetzt habe ich die Ge-wiss-heit, wenn ich in meinem Leben und in der Welt etwas *bewegen* will – dann geht das mit Friedfertigkeit offen-sicht-lich äußerst *effektiv*. Friedfertigkeit ist *wesen*-tlich stärker als Kampf-Geist. Jetzt kann ich mir auch erklären, warum der damalige indische Vize- könig über Mahatma Gandhi sagte, der sei seine „Einmann- Grenzarmee"! Tausende Soldaten konnten damals die indische Grenze nicht ruhig halten und den Frieden sichern. Aber überall, wo Gandhi an- *Wesen*-d war, schwiegen plötzlich die Waffen in weitem Umkreis. Er hat den Menschen buchstäblich *Frieden* gebracht. Das war ein *Phänomen*! Und jetzt weiß ich: kein Wunder mit dieser grandiosen Energie der Friedfertigkeit, die er ja ver-inner-licht hatte! Ich finde, solche Erkenntnisse sollten unsere Kinder und Enkel schon in der Schule machen können.

Oh ja! Damit würde unser gesamtes Bild-ungs-Wesen geradezu aufblühen. Hey ... da sagst du was ... das Bildungswesen ...! Das Wesen der Bildung! Das möchte ich auch gern kennenlernen! Er lachte Mélodie an und lehnte sich dann auf der Parkbank zurück, während er sich mittels der Essenz-Erfahrung den Ursprünglichen Geist der Bildung anschaute. Mélodie unterstützte ihn derweil indirekt durch ihre Konzentration.

Dann blinzelte er, öffnete die Augen und berichtete: Das *ursprüngliche Bildungs-Wesen* ähnelt dem *Kraft-Feld* des Ursprünglichen *Wissenschafts- Geistes*! Dieses wundervolle *Wesen*, das alles so sanft im *Licht* der Liebe er-*fühlt*! Phil begann, seine *Ein-Drücke* zu beschreiben: bin ich erfüllt vom *Geist der ursprünglichen Bild-ung*, gehe ich *sanft* auf die Dinge zu, die ich besser kennen lernen möchte. Ich beleuchte sie mit einem Strahl warmen Lichtes aus Mit-*Gefühl*, das aus meinem eigenen Wesen strömt, und *spüre* dabei genau, wie dieses Geschenk meiner *Liebe* die anderen *Wesen* erfreut und wie angenehm ihnen meine An-*Wesen*- heit ist. Eine Blume lässt mich dabei nicht nur ihre äußere, materielle Struktur sehen, sondern auch ihr *strahlendes Energie-Wesen*. Der weiße Hibiskus zum Beispiel: er zeigte mir, dass er mit seinen 5 leuchtenden, duftenden Blütenblättern in anmutiger Bescheiden-heit das *Flair* lebendiger Reinheit und Frische *ausstrahlt*. Phils Lächeln hatte etwas Ätherisches, als er nun erfrischt wieder auftauchte aus dem *Wesen* dieser Pflanze. nteressant, was dir der Hibiskus gezeigt hat! Pflanzen sind wundervolle Lehrmeister.

Und sieh dir das *Wesen der Zahl 5* an! Es strahlt unter anderem eine stark ordnende *Kraft aus,* die, wie sich das angefühlt hat, alles wundervoll stimmig an seinen richtigen Platz dirigiert und in *Balance* hält. Mithilfe meines Ein-*fühl*-ungsvermögens wird mir gern so manches Geheimnis enthüllt über *wesen*-tliche Aspekte der Natur jenseits aller Be-rechen-barkeit. Über den *Kon-takt* des warmen, fühlenden Erkenntnis- Lichtstrahls laufen viele In-Form-ationen zwischen mir und dem jeweiligen *Wesen* hin und her, wie in einer Art geistigem Glasfaser- Kabel. Immer in beiden Richtungen! Denn es ist ja durchaus möglich, zu sehen, ohne selbst gesehen zu werden – doch unmöglich, ein *Wesen* zu *berühren*, ohne *selbst* dabei berührt zu werden. Von all diesem *Wesen*- tlichen lerne ich, und den Gesamt-*Ein-Druck* speichere ich mittels aller inneren Sinne ab. Im Gefühls-

Bereich sind das Empfindungen. Auf der visuellen Ebene sind es *leuchtende Bilder*, die nun ein *sach*-lich *objekt*-ives *Bild* von allem wider-*spiegel*-n, was ich auf diese Weise erkunde, erklärte Phil. Was sagst du dazu?

Unser tiefer Wunsch, *leuchtende Erkenntnisse* persönlich zu erfahren, bringt uns dazu, irgendwann die subjektive Enge und Isoliertheit unseres *selbst* hinter uns zu lassen. Wir wachsen wortwörtlich über uns *selbst hinaus,* zum Mit-einander, zur Ob-jektivität, zur Wahr-heit. Mélodie erwiderte sein glückliches Lächeln.

Phil fühlte, wie sich sein Herz immer mehr erwärmte. Ich empfinde große Dankbarkeit für die Möglichkeit, solch hohe *Bild*-ung zu bekommen, fügte er hinzu. Und ich weiß gleichwohl, dass es mit Sicherheit n i c h t die „absolute" und vollständige *Wahr-heit* ist, die ich da jeweils *wahr*-nehmen kann. Meine Erkenntnis-Fähigkeit ist ja noch nicht vollkommen, ich bin ein Mensch, nicht Gott, meine Seele lernt noch. Mir ist durchaus *klar*, dass ich jeweils erst einen Teil des Gesamt-Spektrums be-*greif*-en kann. Da ich mich nicht starr mit einer These endgültig identifiziere, bleibe ich flexibel und offen für nachfolgende *Wahr-Nehmungen*, weitere A-*spekt*-e der ganzen *Wahrheit,* die mir beschieden sind, wenn sich mein Horizont wieder ein Stückchen mehr erweitert hat. Das macht es mir ganz leicht möglich, mich fürspätere, noch höhere Ein-Sicht-en in die Natur der Dinge offen zu halten. Ebenso für Erkenntnisse anderer Menschen, die in ihrer Wahrnehmung schon weiter entwickelt sind als ich jetzt.

Viele gute Gelegenheiten für meine Weiterentwicklung in Richtung Charisma! freute sich Phil.

Übrigens ist das jetzt nicht etwa haltlose Wankelmütigkeit. Es ist die *Kraft der klaren Ein-Sicht*, die unseren bisherigen Horizont zum Wohle des Ganzen ständig *erweitert.* Es gehört ja großer Mut und ein schon gut ausgebildetes Selbst-Bewusstsein dazu, seine vorher vertretenen Stand-Punkte wieder zu verlassen und seine bisherigen An-Sicht-en zu ergänzen, wenn sich *höhere Gesichts-Punkte* ergeben haben. Mit dieser weisen Einsicht bekomme ich immer mehr *klares* Wissen um die *wirk-* lichen *Quali-täten* der Dinge und erkenne das *wahre Wesen* und den *hohen Wert* auch angeblich

„wert-loser" Dinge, sagte Mélodie. Zum Beispiel den großen Wert des angeblichen „Un-Krauts", für das unsere großartige Heilpflanze Brennnessel von uneingeweihten Gemütern gehalten wird. Somit erlangst du – wie *von selbst* – die Qualifikation eines *hoch*-ge-*Bild*- eten, *erfahrenen* Menschen, also einen, der viele tiefe Essenz- *Erfahrungen* gemacht hat. Dann hast du von all diesen Dingen *echt Ahnung* – und für diesen großen Erfolg hast du dich kein bisschen abquälen müssen, sondern hast eine Menge Spaß und Entdecker-Freude dabei. Außerdem hast du währenddessen *Liebe ausgestrahlt*, was wunderbare Auswirkungen hat auf dich und die anderen Wesen. Und, nebenbei gesagt, auch auf deine Charisma-Gestaltung. Diese Art *hoch- qualifizierter* Aus-*Bild*-ung ist immer gleichzeitig „*Herzens*-Bildung". Siehst du, so einfach funktioniert das Ursprüngliche *Bild*-ungs-*Wesen*! Es *bild*-et mich nicht nur, indem ich dann bestimmte Bilder im Kopf habe, sondern es *bild*-et, *formt* und er-*zieht* mich, indem es meine Aura und deren Inhalt *formt*. Darin enthalten ist ja auch meine Herzens-*Energie*! Solch hoch- qualifizierte Bild-ung *formt* also bestens den gesamten *Charakter*.

Ich habe das Gefühl, sagte Phil, das Ursprüngliche Wesen der Bildung und das Ursprüngliche Wesen der Wissenschaft sind sich im *Prinzip* sehr ähnlich. Ich habe bei beiden fast dieselben Eigenschaften herausgefunden. Und Friedfertigkeit ist in ihrem Wesen ja schon eingebaut! Prinzipiell wäre vom Schulbeginn an diese sanfte Methode das natürlichste und effektivste Mittel zu einer umfassenden hohen Bildung! So sammele ich einen *reichen Erfahrungs*-Schatz, der mir hilft, die Welt mit all den vielen anderen möglichen *Stand-Punkten* besser zu ver-*stehen*.

Und ich kann von klein auf Friedfertigkeit als Lebens-Grundhaltung entwickeln. Das ist ein ganz *wesen*-tlicher Beitrag, den ich damit für die Gemeinschaft leiste. Damit ist für mich auch klar: jeder einzelne Mensch ist wichtig für die Entwicklung des Ganzen! Umgekehrt gibt es also auch niemanden, der zu gering ist!

Mélodie war beglückt über Phils tiefe Ein-Sicht. Ja! Jeder Einzelne von uns ist von Grund auf *wert*-voll! Er kann eine für die Gemeinschaft bedeutsame Aufgabe erfüllen, die nur er auf seine unnachahmliche Weise *optimal* tun kann. Und damit ist er bereits „hervor-ragend" und „*ein*-malig" auf seinem Gebiet. Eben einzig-*Art*-ig! Das *schönste* Geschenk macht ein Mensch der Gemeinschaft, wenn er hingebungsvoll seine starke *Präsenz* entwickelt. Damit ist er für die anderen selbst ein *Präsent* des Lebens, was es zudem nur ein einziges Mal so gibt. Er ist ein unnachahmliches Unikat, und irgendwann ein menschliches *Juwel*!

Ja, das ist schon klasse – jemand aktiviert sein mit-*fühlendes* Denken und schon erschließt sich ihm das *Ursprüngliche Wesen der Bild-ung*.

Und das auch noch leicht er-*schwing*-lich, ohne teure Studiengebühren. Das *wirk-liche* Leben bietet mir komplette Lehrmittelfreiheit ….

Da *schwingt* der Geist sich doch zu *Höchst-Form* auf! lachte Phil.

Und er ent-wickelt sich immer mehr zu einem echten *guten Vor-Bild*, nämlich einem *noblen Charakter* mit *warmer Herzens*-Bild-ung, der sich mit seinem *Gespür* liebevoll in die Lage anderer Menschen *hineinversetzt*, um sie wirklich verstehen zu können. Damit ist er auf *naturgemäße* Weise übrigens bereits ein Mitglied der *natürlichen Leistungs-Elite*.

Was meinst du jetzt mit „natürlicher" Leistungs-Elite?

In „Gestatten – Elite" von Julia Friedrichs berichtet der Elite-Forscher Professor Michael Hartmann, er sei überzeugt, dass das, was wir heute
„Leistungselite" nennen, ein künstlicher Mythos sei. Er ist der Meinung, dieser Mythos sei bewusst erschaffen worden, weil die Menschen nur jemandem, der „Leistung" bringt, die Teilnahme an einer Elite-Gruppe zugestehen. Weil es dann ja jeder von uns nach oben schaffen kann.

Leistung … Leistung … was genau ist das eigentlich: „Leistung"?

Was hältst du davon, wenn du das selbst liebevoll in Erfahrung bringst? Ich erzähle dir aber gern eine der Deutungen, die wir Menschen dafür haben.

Unser Wort „Leistung", begann Mélodie, geht zurück auf den „Leisten"! Du weißt schon: dieses altbewährte Holz-Gerät, das wie ein Fuß geformt wird und als Fuß-Abdruck, also Fuß-*Spur*, bei den Schuhmachern Verwendung findet.

Leistung kommt vom Schuhmacher-Leisten? Das klingt ja ulkig!

Finde ich auch! Und es leuchtet ein, wenn du weißt, etwas „*leisten*" hat die eigentliche Bedeutung: „*einer Spur nachgehen, nach-spüren*". Die Wurzel von „leisten" wiederum ist verwandt mit der Wortfamilie um „*lehren*", das eigentlich „*wissend* machen" heißt. Und ebenfalls mit der Sippe um das Wort „*lernen*", welches „*wissend* werden" bedeutet. Die Bedeutung „*wissen*" endlich hat sich entwickelt aus „nachge-*spürt* haben". „Lernen" und „lehren", „wissen" und „leisten" – alle haben die tiefe Bedeutung „sich in etwas ein-*fühlen*"! Damit ist die grandiose Fähigkeit unseres Einfühlungs-Vermögens angeprochen: unser Mit- Gefühl. Nur damit können wir ja direkt eine *Qualität* er-fassen, objektiv be-greifen und dadurch richtig bestimmen.

Phil lächelte.

Das wesentliche Kriterium wirklicher Leistung ist das Mit-Gefühl

sagte Mélodie. Ich bekam während dieser Information ein Bild gezeigt, wie sich Menschen friedlich die Hände reichen, um gemeinsam für sich und auch für andere etwas zu leisten. Was immer es im Einzelfall für eine Leistung ist – wenn jeder von uns so denkt, unterstützen wir uns naturgemäß alle gegenseitig und so ist jedem von uns geholfen. Bisher war meist nur die andere Variante der Leistung bekannt: schneller! Höher! Weiter! Mehr! Was zählte, war nicht die *Qualität,* sondern die *Quantität.* Wie bei einer simplen Motoren- Leistung wurden auch die Menschen nach ihrer quantitativen Leistung beurteilt, so, als wären auch sie Maschinen ... Doch nur dann, wenn wir auch qualitativ denken, wenn wir durch unser wohlwollend neutrales Mit- Gefühl einfühlsam und somit objektiv sind und die jeweilige Sach- Lageverstanden haben, ist die natürliche Folge ein ver-ständ-nis-volles

Verhalten anderen Lebe-Wesen gegenüber. Das ist wahrhaftiges Elite-Wissen! Und weil durch das universelle Resonanz-Gesetz unser eigenes

Verhalten uns todsicher zurückgespiegelt wird, gibt es den goldenen Rat der Volksweisheit:

> *Was du nicht willst, das man dir*
> *tu das füg auch keinem andern*
> *zu*

Phil nickte gedankenvoll. Die berühmte „Goldene Regel". Grundpfeiler jeglicher Kultur.

Wem dieses universale Wissen nicht beigebracht wird, bleibt nicht nur in Un-Wissen-heit, sondern hat es nicht leicht, ein funktionierendes *Ge- Wissen* zu entwickeln. Die so entstehende „Ge-Wissen-losigkeit" ist nicht gerade optimal für eine auf allen Ebenen gesunde Entwicklung des Menschen.

Mir ist die Sache inzwischen klar, sagte Phil, angetan von Mélodies ernsthaftem Engagement.

Das gilt für uns alle und besonders für die heutigen Eliten. Denn welche Elite-Schüler haben den Durch-Blick erlernt, wie man zum Beispiel die Nationen friedlich zur Blüte führt? Ohne solchen *Spür-Sinn,* sprich Einfühlungs-Vermögen, sprich Mit-Gefühl, gibt es kein *echtes, grundlegendes Wissen.* Weder in der Schule noch in Politik und Wirtschaft oder sonst irgendwo. Damit wäre auf Dauer auch die kulturelle Grundlage nicht mehr gegeben. Das *Talent* für Mit-Gefühl haben wir ja alle, gleichgültig, aus welcher Gesellschaftsschicht wir kommen. Es steht also tatsächlich allen Menschen offen, ein Mitglied der echten Leistungs-Elite zu sein. Und die wird von der demokratischen Mehrheit der Gesellschaft akzeptiert.

Phil dachte konzentriert nach: es ist von *wesen*-tlicher Bedeutung, das zu *wissen* … also genau gesagt: das *gespürt* zu haben, setzte er lächelnd hinzu. Davon hängt, wie ich das jetzt so sehe, die *Zukunft* des gesamten *Bild*-ungs- und Er-*ziehungs-Wesens* ab!

Ja, sagte Mélodie, auch in der Bildung wird es uns allen äußerst nützen, wenn jetzt das *ursprüngliche qualitative Leistungs-Prinzip* wieder- *ent*deckt wird.

In einer Elite sind ja die *Besten* versammelt ... das Beste ist die Steigerung von gut ... dann müssten wir uns doch mal fragen, was das Wort „gut" eigentlich genau bedeutet.

Ja, und wichtig zu betonen, finde ich, ist zudem an dieser Stelle, dass in unserer Welt der Dualität beides – das Gute wie das Schlechte – seinen sinnvollen Platz hat ... Unser Wort „gut" „entstammt einer Wortwurzel, die „umklammern" bedeutet und „fest zusammenfügen". Was sich auch auf Bau-Gefüge bezogen haben soll. Folgerichtig sollten die besonders Guten – die Besten, also die Leistungs-Elite – über ein besonders stark *aufbauendes Wesen* in ihrem eigenen Charakter verfügen. Sie sollten die Fähigkeit haben, sich selbst und die Gemeinschaft zu stärken, aufzumuntern, zu erhalten und aufzubauen.

Ist doch eigentlich ganz einfach. Eine wahre „Elite" – die *Aus-Lese der Besten* – besteht also aus Menschen mit einer *geschmeidig-sanften* Ausstrahlung von *leuchtendem Charisma* und dem Schmelz von Warmherzigkeit bis wohlwollender Neutralität. Sie *glänzen* demnach durch den Schmelz ihres *noblen Charakters* ... vielleicht nennt man sie deshalb die „Crème de la Crème"? fragte Phil mit seinem charmantesten Grinsen. Mélodie lachte schallend. Ich finde es übrigens sehr be- *zeichnend*, dass das Wort „*nobel*" zusammenhängtmit„*Dia-gnose*" undeigentlich„*wissen*" und „*erkennen*" bedeutet. „*Nobel*" – also
„wissend" – ist auch enthalten in unserem Begriff „I-*gno*-rant": jemand, der aus welchen Gründen auch immer lieber un-wissend bleiben will.

Aha. Eins weiß ich jedenfalls: Ignoranten sind wir beide nicht! sagte Phil ganz ernst. Und *Noblesse* – *leuchtende* „Erkenntnis" – bekommt man offen-sichtlich durch *Fein-Sinn*-igkeit, mit anderen Worten: durch unsere *Sens*-ibilität. Zur Elite zu gehören bedeutet jedenfalls nicht, für hohe Positionen in der Gesellschaft von den jeweils aktuell herrschenden Mächtigen ausgeählt zu sein. Es bedeutet, Sensibilität und in seinem Kompetenz-Bereich aufbauende, im wahrsten Sinne des Wortes „gute" Fähigkeiten zu besitzen und aufgrund dessen aus-er-sehen und berufen zu sein. Im Sinne von „für etwas be-*Ruf*-en sein" bedeutet elitär vor allem, dass derjenige s e l b s t fein-sinn-ig den *Klang* der Dinge um ihn her *hören* können muss, wie etwa den *Ruf* und die *Stimme* der Natur. Im Sinne von „aus-er-*sehen* sein" bedeutet elitär, dass derjenige s e l b s t mit dem *Licht der Erkenntnis sehen* können muss. Sonst wäre er für die „Auslese der Besten" in *Wirk*-lichkeit noch nicht *qualifiziert.*

Ich denke, ein Mensch ohne Noblesse in einer elitären Position wäre dann nicht aus-er-sehen, sondern aus-ge-guckt. Von eher i-gno-ranten Leuten. Ob er damit glücklich würde?

Er hätte es sicher nicht leicht, da er dann wahrscheinlich buchstäblich nicht im *Stande* ist, diese schwere Verantwortung zu tragen, sagte Melodie. Besonders hart kann es – *objektiv* gesehen – für diejenigen Menschen sein, die wegen ihrer „hohen" Geburt hohe Positionen be- *kleid*- en. Ich finde, man sollte dabei immer mit-fühlend bedenken: selbst Majestäten sind auch nur Menschen.

Noblesse wird ja, wie die Historie zur Genüge zeigt, nicht linear weitervererbt, weder in berühmten Adels-Geschlechtern noch in einfachen Dorf-Clans, Darwinismus hin oder her.

Apropos Darwin: inzwischen ist an die Öffentlichkeit gelangt, dass Darwin höchstpersönlich auf den hohen Wert der Milieu-Theorie hingewiesen hat. Auch das ist ja eine Grund legende Art und Weise, einen *noblen* Standard aufrecht halten zu wollen: das Milieu der Elite- Schulen mit ihrem Nimbus ist doch ein Parade-Beispiel dafür. Aber dass jemand durch eine „Elite"-Schule – mit deren vielleicht nicht unbedingt herzerwärmenden *Bilder*-Themen innerhalb ihrer Aus-*Bild*-ung – automatisch ein besonders *wert*-voll-es Mitglied der Gesellschaft ist oder gar ein *nobler Charakter* – das glauben wohl nur noch Menschen mit einer starren mechanistischen Welt-Sicht. Oder dass jemand zur „*feinen"* Gesellschaft gehört, der sich „nach oben geboxt" hat.

Du meinst, ohne Fein-Sinn und sensible Rück-Sicht-Nahme. Ja, wie auch immer – für heraus-ragende Positionen in einer Gesellschaft qualifiziert sich ein Mensch durch ebenso heraus-ragende innere Qualitäten, sonst könnte er eine ex-ponierte Position ja definitiv nicht ausfüllen. Ob Professor oder Hilfsarbeiter, ob Bürgerlicher oder Adeliger, ob jemand mit einem 16-Stunden-Tag oder Arbeitsloser: es ist gleich, wer man ist, was man tut – es kommt darauf an, w i e man ist und w i e man etwas tut! Zum Beispiel mit fein-sinn-iger Acht-samkeit und mit-fühlender Liebe! Wenn ein Mensch seinen individuellen Zyklus dieser sinn-vollen Bild-ung vollendet hat, besitzt er ein Stück menschlicher Reif-e mehr – wieder schließt sich ein Kreis. Ich jedenfalls, erklärte Mélodie heiter, spiele mit Vergnügen den gesellschaftlichen „Nüms-un-Nix", wenn ich dafür kein spirit-ueller „No-Body" mehr bin!

Zugegebenermaßen nicht die dümmste Strategie, grinste Phil. Ha! Der edle Odysseus höchstselbst soll der Sage nach sich und die Seinen in der Zyklopenhöhle ja von diesen gräsigen einäugigen Riesen befreit haben, indem er betonte, er sei „Niemand". Das war doch herzerfrischend! Einfach *brillant*!

Tja, die allerbesten Dinge im Leben, einschließlich *brillanter Ideen*, gibt's eben immer noch nicht für Geld, schmunzelte Mélodie.

Phil gab ihr mit dem Finger einen liebevollen Stups auf die Nase, was ihm ihr schönstes Lächeln einbrachte.

Weis-heit und *Reife* kann ich tatsächlich niemandem kaufen oder garantiert vererben, sagte sie. Aber wenn ich soweit bin, kann ich sie vor-*leben* und zeigen, wie man die inneren Voraussetzungen dafür selbst von Grund auf lernen kann, wenn man mag. Durch solch natürliche *Bild-* ung strahlt ein Mensch statt diffusem Zerstreutsein und undurchsichtigen Halb-Wahrheiten die *leuchtenden Bilder von Weisheit und Wahrheit aus.*

Damit bist du ja eine richtige *Leuchte "*!

Und du entwickelst „Grips".

Gips? Phil machte ein ganz unschuldiges Gesicht.

Grips! lachte Mélodie. Dieses herrlich knackige Wort stammt ab von „*greifen"* und „er-*fassen"* und bedeutet „*Griff".* Menschen mit echtem „Grips" also können sich Dinge gut be-*greif*-lich machen. Außerdem haben sie sich ziemlich im *Griff* und sind daher nicht so schnell aus der *Fassung* zu bringen. Sie können sich gut *konzentrieren.* Ein weiteres Merkmal von ihnen ist, dass sie aufgeschlossen sind und vielen Dingen offen gegenüber stehen – dadurch haben sie eine hohe Auf-*Fassung*-sgabe, mit der sie das

Wesen-tliche buchstäblich geistig er-*fassen* können. So ein *großes geistiges Fassungs-Vermögen* hilft ihnen, vielleicht einmal eine *große Kapazität* auf einem Wissens-Gebiet zu werden.

Donderwettr! Unwillkürlich war Phil ins Schwäbeln gefallen, was Mélodie mit einem entzückten Lächeln quittierte. Also eines ist mir inzwischen sonnenklar: ohne *Spür-sinn* kann es kein *echtes, grundlegendes Wissen* geben; und *große Leistungen* werden erst möglich durch *Mit-Gefühl*. Dann wäre es doch nützlich für alle, überlegte Phil, wenn Lehrer und Erzieher ihren Schützlingen das grundlegende Ge-*spür* für das *Wesen*- tliche beibringen würden, zumal wir uns hier wegen der PISA-Studie ohnehin von überholten Lern-Strukturen trennen. Logischerweise müsste das zu einer enormen generellen *Leistungs*-Steigerung führen. Eines habe ich jetzt definitiv hier gelernt:

Echte Leistung ist die sensible Anwendung unseres Einfühlungs- Vermögens

Da du gerade die PISA-Studie erwähnst: dabei geht es ja auch um die berühmte „Lese-Kompetenz", soll heißen, wie gut die Schüler einen Text aufnehmen und vor allem verstehen können. Wirk-lich ver-*stehen* kann ich etwas im *Prinzip* aber nur dann, wenn ich es vorher *objekt*-iv und *sach*-lich *er-ört*-ert, also sein *eigen*-tliches *Wesen* an *Ort* und *Stelle* sensibel erkundet habe. Dafür muss ich mit diesem *Wesen*, der *Energie- Gestalt* hinter dem Be-Griff, geistig auch tatsächlich „*zusammen-treffen*". Exakt dies ist wiederum eine Bedeutung von „*kom-petent*". Die Essenz-Erfahrung, wie wir sie hier die ganze Zeit anwenden, ist also die prinzipielle Grundlage für Ver-stand-nis, und daher die ideale Voraussetzung für eine gute „Lese-Kompetenz".

Phil stimmte zu. Es ist schon etwas grundsätzlich anderes, ob man nur an-nimmt, etwas sei *gut*, oder ob man eigenes klares Wissen besitzt. Habe ich inzwischen selbst erfahren. Und da „lernen" also „wissend werden" bedeutet und „lehren" „wissend machen", und beide Fähigkeiten wiederum beruhen auf aktivem *Nach-Spüren*, kann uns und unseren Kindern nichts Besseres geschehen, als die Welt wieder *mit-fühlend* zu *betrachten*. Denn damit bringen wir offenbar unsere beste menschliche *Leistung* hervor.

Das ist wahr. Unser ein-fühl-sames Denken, das voll aufbaut auf dem *Leistungs-Prinzip*, kann also dazu dienen, sowohl die großen Zusammenhänge besser zu be-*greifen* als auch Detail-Fragen *ein-gehend* zu er-*ört*-ern. Wenn ein Schüler zum Beispiel be-*greift*, wie das *Prinzip der Mathematik* im *Wesen*-tlichen funktioniert und was es alles be-*Inhalt*-et, hat er schon den entscheidenden Schritt in die richtige Richtung getan. Wenn zuerst der Generalismus kommt, ist der Spezialismus ein Leichtes. Dann können die vielen einzelnen Zahlen, Aufgaben und Formeln den Schüler nicht mehr „aus der Fassung" bringen. Warum? Er kann ihren wesen-tlichen Zusammenhang erkennen und lernt, prinzipiell zu be-greifen und zu ver-stehen. Dann stöhnt er nicht mehr – so wie ich damals – darüber, dass er so viele spezielle Dinge lernen muss, die er wahrscheinlich nie mehr in seinem Leben brauchen wird. Sondern er erkennt, dass er nur ein einzelnes Beispiel, einen Ausdruck des *wirk- enden Prinzips dahinter* kennenlernt – welches er ganz bestimmt irgendwo und irgendwann gebrauchen kann. Dann erst „*ver-steht* er etwas" von Mathematik.

Mélodie kicherte leise in sich hinein. Ehrlich gesagt: In meiner Schulzeit habe ich Mathe in den oberen Klassen nicht be-greifen können. In meinem Abschlusszeugnis steht da jedenfalls keine „Eins". Heute, nachdem ich mich mittels des ein-fühl-samen Denkens *sach*-kundig gemacht und endlich *be-griffen* habe, weiß ich, dass das *Wesen der Mathematik* überhaupt nicht langweilig ist! In Wirk-lichkeit ist es eine quicklebendige, wundervolle Angelegenheit! Kein Wunder, dass es Menschen gibt, die Mathematik *lieben!* Sie *strahlt* ja eine frische, fröhliche *Energie aus* – und die macht richtig munter! Ich war total erstaunt, als ich das merkte. Wenn Lehrer und Schüler *sensibel* und offen genug sind, in der *erfrischenden Atmosphäre* der Essenz-Erfahrungen nicht nur den

Mathematik-Unterricht buchstäblich zu er-*leben*, wird aus öder Paukerei eine *fein-sinn*-ige, be-*geist*-ernde, aufregende Sache. Weil ich konzentriert dabei bin mit meinem ein-fühl-samen Denken. Daher beschäftige ich mich jetzt sogar freiwillig mit Mathematik, weil sie derart interessant ist! Nicht nur ihr Gesamt-*Prinzip,* auch ihre *Fein*-heiten zu be- ob-*achten* wird ja zu einem regelrechten Abenteuer.

Zum Beispiel? kam Phils Frage.

Zum Beispiel: Wie *fühlt* sich das *Prinzip* der *Infinitesimal-R*echnung an? Was ist das *wesen*-tliche Merkmal einer *Tangente* und was möchte sie mir freundschaftlich darüber mitteilen? Wenn ich im Geiste der Ursprünglichen Wissenschaft während der Essenz-Erfahrungen liebevoll darum bitte, könnten mir womöglich auch die *geometrischen Figuren* ihre Geheimnisse enthüllen und ich käme auf die Spur der „Heiligen Geometrie" ...

Wow! Das ist ja wirklich aufregend! sagte Phil mit leuchtenden Augen. Bei so einem an-*schau*-lichen und ein-*fühl*-samen Unterricht kann ich schon als Schüler anfangen, die Geheimnisse des Universums zu entdecken... die Themen des Lehr-Stoffs werden so für mich ja lebendig! So etwas nenne ich „Bildung zum *An-Fassen*"! Wenn das keinen *Spaß* macht!Und hinterher könnte ich als Schüler auch noch mit *Fug* und Recht behaupten, ich hätte eine wahrhaft gute Schulbildung genossen, weil deren wesen-tliche Merkmale das charakter-stärkende Licht der Erkenntnis und der aufbauende Sinn für Fein-Gespür sind. Und wenn ich noble Charakter-Stärke und mein Einfühlungs-Vermögen weiterentwickele, rücke ich nebenbei der *echten Leistungs-Elite* ein Stück näher! Er sandte Mélodie einen be-geist-erten Blick. Das Wort „*Merk-* mal" heißt doch im Grunde „*spür* mal", fällt mir eben ein! Wenn ein Schüler eben diese *charakter*-istischen *Merk*-male der Dinge mithilfe des mit-fühlenden Denkens selbst er-*lebt* und er-*spürt, prägt* sich dieses selbst-er-*fahr*-ene Wissen seinem Gedächtnis *leb*-haft *ein*: das ist *prinzipiell* eine direkte Steigerung seines Er-*inner*-ungs-Vermögens. Dabei paukt er ein Thema nicht nur stur *aus-wend*-ig, womöglich ohne dessen *eigentlichen Sinn* zu verstehen, sondern beginnt, es *in-wend*-ig, also *voll-inhalt*-lich zu ver-*stehen*.

Und wenn jemand beginnt, in seiner *Mitte* zu sein, ist er auch kein *Außen-Seiter* mehr! Dann *steht er mitten im Leben!* erkannte Phil.

Durch unser „In-der-*Mitte*-sein" werden also auch solche Angelegenheiten wie Mathematik zu einem Er-*leb*-nis-Unterricht mit *Premium*-Bildungs-*Qualität.* Wenn die Schüler selbst *erfahren,* welche *fließenden Energien* dort zutage kommen, empfinden sie Zahlen und Formeln bestimmt nicht mehr als „trockenen Lehr-Stoff".

Wer hätte gedacht, dass man so einfach etwas wirklich Nützliches tun und gleichzeitig so viel Spaß daran haben kann!

Mélodie lächelte Phil zärtlich an. Wenn Leute – so wie wir auch – das *Ursprüngliche* wieder *schätzen* lernen, merken sie eben irgendwann, dass „nützlich" von „genießen" kommt! Und dass die berühmt-berüchtigte „harte" Arbeit in *Wirk*-lichkeit gar keinen großen „Nutzen" hat. Mit dem Genießen des Nützlichen bekommt ein Unterricht ja gleichzeitig attraktivsten *Unter-Haltungs-Wert*, nicht wahr? Solche Schulstunden werden die Schüler kaum verpassen mögen, sondern werden sie „voll ab- ge-*fahren* " finden! Weil sie eigene geistige Erfahrungen dabei machen. Damit erbringen sie außerdem schon selbst eine große *Leistung,* deren Früchte sie *prinzip*-iell für ihr weiteres Leben wunderbar gebrauchen können. So könnte sich gleichzeitig das aktuelle Problem des massiven Schulschwänzens als häufiger Einstieg in kriminelles Verhalten von selbst in Wohlgefallen auflösen. Wir können den Schülern helfen, zum Beispiel mit Hilfe von Essenz-Erfahrungen, *sanft* die Fesseln ihres *Geistes* zu lösen. Optimal finde ich, unsere Kinder an-Hand der Essenz- Erfahrungen den „*Durch-Blick*" zu lehren, damit sie die Stolpersteine auf ihrem Lebens- Weg früh genug selbst *sehen* können – um dann etwas Hübsches daraus bauen zu können! Meine Tochter würde jetzt sagen: Das ist „voll cool"! lachte Phil. Wer weiß, auf welchem Wege sie einmal die *Dynamik des Universums* be-greif-en lernt ... es gibt unzählige Wege, die Mathematik ist ja nur einer davon. Ein echter Könner auf diesem Gebiet war übrigens Pythagoras. Der gute alte Pythagoras? $a^2 + b^2 = c^2$?

Genau der. Er hat innerhalb der Mathematik *Kräfte – also Qualitäten* – erkannt, die einem aufgeschlossenen Menschen viel zu *sagen* haben und die uns helfen, immer besser die *ganze Wahr-heit* zu ver-stehen. Geniale Idee …

Ah! Mit „genial" sagst du ein wahres Wort! Ich habe einen Freund, für den ist Mathe genauso wie Physik eine ein-*leuchtende* Sache. Gleichzeitig ist er ein geschickter Praktiker, das heißt, er hat sehr viel Ein- *fühl*-ungsvermögen für die *wesen*-tlichen Dinge, plus das nötige *Hand-* lungs-vermögen, seine Ideen in die Praxis umzusetzen. In einer stillen Stunde vertraute er mir an, er könne mit den *mathematischen Kräften* geradezu*reden*.

Dann könnte er womöglich detailliert er-klär-en, was uns das *Wesen einer Parabel* zu er-*zähl*-en hat, oder? Schmunzelnd fügte Phil hinzu: jetzt ergeht es mir wohl ähnlich wie Hobbes, dem Tiger, als er merkte, dass er noch nie über die literarischen Aspekte der Mathematik nachgedacht hatte!

Sieht man dir an! lachte Mélodie. Diese Fähigkeit meines Freundes ist *objekt-iv* betrachtet *Genialität*. Die *Ideen* und die Ent-deckungen, die er gemacht hat, sind *wirk*-lich *genial*! Seine *Ausstrahlung* spricht nämlich Bände.

Ich glaube mittlerweile, diese Sache, die *Ausstrahlung* erkennen zu können, ist genial … Moment mal …! Das *Wesen der Genialität*! Phils Augen blitzten vor Freude und Tatendrang. Was hältst du davon, wenn wir beide Freundschaft schließen mit dem Wesen der Genialität? Hast du Lust?

Phänomenale Idee! Mélodie freute sich über Phils fröhliche Spontaneität. Und die beiden gingen mit offenen Armen und einem Herzen voller Liebe zum Wesen der Genialität …

Den *Geist der Genialität* durfte ich wirk-lich in vollen Zügen genießen… begann er, als sie beide wieder da waren. Ich er-fasse *Genialität* als eine Struktur, die ein Mittel-Ding ist zwischen Würfel und Kugel: es hat Ecken und Kanten, aber auch weich abgerundete kleine Ausbuchtungen. Das Ganze sehe ich als eine durchscheinende, goldene Energie, und aus diesem Gebilde heraus kommen plötzlich kleine Eruptionen. Lauter winzige goldene Formen werden ausgestoßen, wie aus einem Mini-Vulkan, der nach getaner Arbeit wieder mit der weichen goldenen Masse verschmilzt. Das sieht wunderschön aus! lächelte Phil. Wenn ich mich so in das Wesen der Genialität hinein-versetze, spüre ich seine wunderbare, liebevolle Grund-*Stimmung* – sprühende Lebensfreude! Es ist herrlich erfrischend und belebend, vom Geist der Genialität durchdrungen und erfüllt zu sein ... Jetzt wird mir auch klar, was das für lustige kleine Eruptionen sind, die ich von außen beobachte! Fühle ich mich dort hinein, spüre ich eine ganz außergewöhnliche prickelnde Kraft um mich herum und auch in mir – lebendige Schöpfer- Kraft. Diese herrliche Kreativität bringt die kleinen Formen im Inneren der Genialität hervor und stößt sie dann wie aus einem Vulkanschlot heraus in die Manifestation. Phil blickte Mélodie be-geist-ert an. Und warum tut sie das, unsere Kreativität? Weil es die Natur des Lebendigen selbst ist, neue Möglichkeiten und Spiel-Arten des Lebens zu erschaffen! So kann sie sich in alle möglichen Nischen des Lebens hinein ergießen und neue Spiele des Lebens erfinden.

Mélodies entzückter Blick ruhte auf Phil, als er sagte:

Genialität ist, das Leben in die vielfältigen Nischen und Verzweigungen fließen zu lassen und alles dort zum Erblühen zu bringen.

Die beiden strahlten um die Wette ...
Das erinnert mich jetzt an ein Buch über dreidimensionale Verzweigungsprozesse[17], grafische Darstellungen mathematischer *Gleichungen*, die wunderschöne *Muster* bilden. Bestimmt hast du davon auch schon mal eine Computergrafik gesehen: von diesen sogenannten „Fraktalen", die eine enorme Selbst-*Ähnlichkeit* besitzen. Was bedeutet, dass sie ihre spezifischen Formen in den verschiedensten Maßstäben bis ins Unendliche wiederholen. Das sind die nach ihrem Entdecker benannten

„Mandelbrot-Mengen". Unter anderem können sie aussehen wie *Herzen* mit einem feinen Spitzenrand, und ihre unzähligen sich wiederholenden Strukturen sind durch zarte *Ver- bindungs*-Ranken vereint.

Ich habe das Bild vor Augen: filigrane, optisch überaus reizvolle Muster. Gehört dazu nicht dieses „Apfelmännchen"?

Phil nickte. In besagtem Buch werden diese mathematischen Verzweigungsprozesse im Zusammenhang betrachtet mit dem *genetischen Code*. In unseren Genen haben wir ja diese energiegeladenen spiraligen Molekül-Fäden unserer DNS. Und es gibt noch mehr Schönes zu er-zähl-en über das *Wesen der Gen-ialität*: ich sah außerdem, der Geist der Genialität *spielt*, während er immer und immer weiter neues Leben er-zeugt! Er strahlt ebenso herrlich *kreative Ver-spieltheit* aus, wie die wunderschönen Mandelbrot-Verzweigungen *zauber-hafte Anmut* ausstrahlen. Ich habe das Gefühl, das Sich-Weiter-Entwickeln macht dem Lebendigen riesigen *Spaß*! Es ist eine *lust*-volle Sache, im Geist der Genialität spüre ich das ganz deutlich! Das Er-zeugen der kleinen genialen Gedanken-Formen ist übrigens der Grund für die Ausbuchtungen überall außen am Gebilde der Gen-ialität, erklärte er seine Er-fahr-ung weiter. Auf den ersten Blick finden die kleinen Eruptionen auch in scheinbar unregel-mäßiger Folge statt. Da könnte man denken, die Genialität und die Natur machen willkürliche „*Sprünge*", nicht wahr? Vielsagend zwinkerte er Mélo-die zu. Das sieht zwar ungeordnet aus, aber von einer hohen Warte aus gesehen findet man auch im Chaos ein *kontinuierliches* geistiges Muster und eine geregelte Ordnung.

Vielleicht kommt man durch unser ein-fühl-sames Denken sogar dem *Wissen* um den Ur-*Sprung* des ganzen Universums auf die *Spur!*

Kann ich mir gut vor-stellen. Die Natur ist genial, nicht wahr! Und Genialität liegt auch in unserer Natur, denn wir sind ein Teil der Natur!

Da ist noch etwas, berichtete Phil be-geist-ert. Inmitten all dieser funkelnden Kreativität und prickelnden Lebensfreude *spüre* ich ganz deutlich einen *energetischen Schutz* für mich! Einen Schutz für meinen Geist und auch für meinen Körper. Und zwar, weil meine eigene *Ausstrahlung* durch das Energiefeld des Wesens der Genialität *wesen*-tlich verstärkt wird. Ist das nicht beruhigend?! Ich habe den Ein-Druck, im Geist der Genialität schützt sich das Leben selbst und sichert so seine ewige Weiterentwicklung. Und das alles so leicht und spielerisch!

Oh, ist das genial!

Phil und Mélodie blickten sich an, beglückt über die tiefe Weisheit der Essenz-Erfahrungen und überraschenden Erkenntnisse, die sie vom Wesen der Genialität so freundlich geschenkt bekamen und nun miteinanderteilen konnten.

Plötzlich bekam Mélodie große Augen. „Genialität" stammt ab vom lateinischen „Genius", was „Erzeuger" heißt, fällt mir eben ein. In der römischen Mythologie wurde dieses *Wesen* als „der *Genius*" personifiziert – was aber nicht allein „Schöpfer-*Geist*" bedeutet, sondern ausdrücklich auch „*Schutz-Geist*". Du hast offenbar eben beide A-spekte gesehen und gespürt! Damit ist also jeder, überlegte Phil weiter, der bewusst im *Geiste der Genialität* arbeitet, energetisch geschützt. Das ist wichtig zu wissen für alle Lernenden.

Für die Lehrenden auch, sagte Mélodie kopfnickend. Lehrer können den *energetischen Schutz* auch sehr gut gebrauchen.

Was? Denen geht's doch gut – bei den langen Ferien! entgegnete Phil. Soviel Urlaub möchte ich auch mal haben ... warum in aller Welt sollten ausgerechnet Lehrer energetischen Schutzbrauchen?

Weil jeder Leiter einer Gemeinschaft mit der *kollektiven Gedanken-Form* seiner Gruppe konfrontiert ist. Mit dieser Gruppen-*Dynamik klar* zu kommen ist nicht immer einfach, denn in ihr bewegen sich enorme *energetische Kräfte.* Lehrer aller Art erbringen deshalb Tag für Tag energetische Schwerst-Arbeit. Sie sollten gut acht-geben, dass sie ihre eigene *Energie* nicht verausgaben. Bei manchen hat der Lebenskräfte zehrende Dienst bereits so an den „Nerven" gezerrt, dass sie sich in ihr scheinbar unabwendbares Schicksal ergeben und sich in sich selbst zurückgezogen haben: sie *gehen* dann lieber nicht mehr voller *Elan* in der Klasse *aus sich heraus*, sondern haben re-*sign*-iert. Auch deshalb, weil sie Tag für Tag wieder vor der scheinbar unlösbaren Aufgabe stehen, mit Methoden, die das *Wesen*-tliche gar nicht er-*fassen* können, ihren Schützlingen *wesen*-tliche Dinge für das Leben beibringen zu sollen. Oft

bekommen die Lehrer allein den „Schwarzen Peter" zugeschoben für das „Versagen" von Schülern – aber sind wir nicht alle, die gesamte Gesellschaft, in der Verantwortung?
Phil schaute den Parkweg entlang. Da wirst du Recht haben …

Denn wie sah es denn aus mit unserer bisherigen Ausbildung der Fähigkeit zu einer klaren *Objekt-ivität*? Unsere hektische marktwirtschafts- und schulwissenschafts-gläubige Konsum-Gesellschaft konnte das *Wesen*-tliche im Leben nicht mehr erkennen, weil *Mit-Gefühl* und *Re-spekt* kaumnoch gefördertwurden. Ohnegenügend Mitgefühl und Respekt fehlt uns aber auch die *Herzens-Wärme* – und da wundern wir uns noch, wenn durch Verrohung aufgefallene Kinder von ihren Eltern und Lehrern lautstark ausgerechnet *Re-spekt* fordern! Wie die Eltern haben die Lehrer eine Mit-Ver-*Antwort*-ung für unsere Kinder, und das kann schwer auf ihren Schultern lasten. *Objektiv* betrachtet haben sie es trotz wunderbar langer Ferienzeiten also überhaupt nicht *leicht* in ihrem Job. Diese Gruppen-Dynamik kenne ich von meiner eigenen Schulzeit ja auch, erzählte Phil nachdenklich, nur habe ich sie damals nicht verstanden. Manche Klassen waren bei den Lehrern regelrecht gefürchtet wegen ihrer *Atmosphäre*. Andererseits besaßen manche Lehrer eine *Ausstrahlung*, die wiederum die Schüler das Fürchten lehrte. Und dann gab es auch einige Lehrer, die wir hoch verehrten, weil sie uns *wirk*-lich ver-*stand*-en haben.
Das ist doch heute nicht anders! Und durch einige ein-fühl-same Perspektiven-Wechsel könnten sich nun alle Beteiligten sowohl das Lernen als auch das Lehren wesen-tlich erleichtern. Dadurch würden Lehrende wie Lernende auch ihre be-deutungs-vollen Aufgaben um-fassend wahr-nehmen, lösen und zutiefst er-füllen – was ja auch für sie selbst große Er-füll-ung bedeutet. „Leh- ren" und „lernen" haben die tiefste Bedeutung „nach-*spüren*" und „ein-*fühlen*", das haben wir ja inzwischen gelernt. Somit ist es eine wundervolle Möglichkeit, den Unterricht *lebendig*, also ein-*fühl*-sam und an-*schau*-lich zu gestalten. Und dadurch gleichzeitig wirk-samen *energetischenSchutz*zu haben.
Und obendrein höchste *Leistungen* zu erbringen.

Mélodie nickte energisch. Was wiederum eine praktische Umsetzung des *echten Leistungs-Prinzips* ist. Ich bin der Meinung, *groß-Art-ige Qualitäten* wie das *Wesen* der Genialität in sich selbst und den Schülern zu aktivieren, gehört in jeden *leistungs*-orientierten Unterricht, es macht ihn buchstäblich noch *hervor-ragender*. *Dinge* wie Genialität muss man nicht ehrfürchtig von Weitem bestaunen, als lägen sie wie kostbare Museumsstücke unerreichbar hinter Panzerglas. Das tun sie keineswegs. Sie sind *erreich*-bar und *fass*-bar. Der menschliche Geist hat freien Zugang zu ihnen, und mit der erweiterten Auf-*Fassungs*-Gabe des einfühlsamen Denkens sind wir auf jeden Fall *ausreichend* in der *Lage* dazu. Ich kann dabei die *ätherisch leuchtenden Geistes-Landschaften* der Welt ent-decken, mir alles *Schöne* genauestens an-schauen, *bunte* Abenteuer er-leben, *goldene* Lebens-Erfahrungen sammeln, *echt brillante* Geistes-*Blitze* haben und von allem lernen – wenn ich in Liebe komme und nicht bloß gierig auf Neues bin. Dann steht mir jede *Thematik* offen! Dabei erlebe ich, dass die *Ursprüngliche* Wissenschaft, die mit dem sanften *Licht* der Erkenntnis arbeitet, ihrem Wesen nach gleichzeitig hohe *Spirit*-ualität ist. Und dass sie sachte hinführt zu Religion und Philosophie, weil zwischen allem *natürliche* Zusammenhänge bestehen und Wege offen sind. Ohne das *Licht* der Erkenntnis aber sieht jede Farbe gleich aus, alles erscheint grau und schwarz. Solch einem geistig buchstäblich Um-Nacht-eten bliebe nur das Materielle, das Gegenteil der *Spirit*-ualität. Doch die Welt ist voller Regenbögen! Und sie alle wollen liebevoll ent-deckt werden und angemessen ge-würd-igt! Lösen wir also das Schwarzgrau auf in uns und senden wir unsere Gedanken aus, mit Elan und im *liebevollen Licht der Erkenntnis*! Über die miteinander vernetzten Ausstrahlungen von allem und jedem können wir ja alle *Wesen* in jedem Universumerreichen!

Phil lachte. Das ist kein „www" mehr – das ist „uww"! Statt „world wide web" ein „universal wide web"!

Das ist ein paar Nummern größer, stimmt's? Da bin ich eben n i c h t einen Mausklick weit entfernt vom *Gegen-stand* meines Interesses! Sondern meine *leuchtenden Gedanken* sind durch meinen geistigen Elan *sofort* dort an-*Wesen*-d, sozusagen in „*Licht*-Geschwindigkeit"! Vor Jahren gab es die Anweisung, möglichst schnell möglichst viele

Schulen ans „Netz" zu bringen; aber ich meine, es ist dringlicher, sie nicht ans „www", sondern ans „uww" zu bringen. Rechenmaschinen und Anwender- Programme allein machen niemanden klüger – nur können damit sowohl schöne als auch unschöne Inhalte sehr schnell verbreitet werden. Was hilft ein immer leichterer Zugriff, eine immer schnellere Anhäufung von Informationen, wenn man deren *Sinn und Gehalt* nicht *klar* und *objektiv er-fassen* kann? Inzwischen sind bereits tausende Menschen an „Internet-Sucht" erkrankt. Viele haben Angst davor, an dubiose Firmen aus dem Netz zu geraten. Da ist es hilfreich, sich selbst ein Bild von den jeweiligen Dingen zu machen. Noch wichtiger finde ich es, sich von dem Glauben zu befreien, es gäbe hauptsächlich Gefahren und Abzocke im Internet. Auch dafür gibt es ja exzellente Methoden.

Ah, du meinst die Sache: habe ich Angst vor irgendetwas, ziehe ich es erst recht in mein Leben!

Genau. Hast du den uneingeschränkten Glauben, dass du sicher bist – wie und wo auch immer – bist du wesen-tlich sicherer. Dann wird naturgemäß die Sicherheit stärker Teil deines Er-lebens. Mit wohlwollender Neutralität sind wir logischerweise auf der sicheren Seite. Deine Logik ist entwaffnend! lachte Phil.

Ja! Das hat Logik so *an sich*! lachte Mélodie zurück. Das Wesen der Logik ist buchstäblich entwaffnend! Es ist so beschaffen, dass Kampf für mich überflüssig ist, wenn ich von logischem Geist erfüllt bin. Das Wesen der Logik! Was hast du denn darüber entdeckt?

Mélodie ließ sich nicht lang bitten. Das *Wesen der Logik* sieht für mich aus wie eine *strahlende* Sonne, berichtete sie wahrheitsgetreu über ihre Essenz-Erfahrung. Allerdings ist es nicht so heiß – wenn ich mich in das *Leuchten hineinversetze,* ist es dort warm und freundlich. Die gesamte *Atmo- sphäre* ist erfüllt von einer Art *Glücks-Gefühl*, und ich höre aus dem Inneren ein Raunen von Stimmen, wie bei einem freundschaftlichen Gespräch. Die *Qualität strahlender Weisheit* ist *spür- bar*, ganz deutlich – alles um mich herum ist durchzogen davon. Das sonnenhafte Wesen der Logik hat solch *große Strahl-Kraft*, dass im Umkreis der Logik andere *Energie-Felder* in der *geistigen Landschaft* von ihr *beleuchtet* werden.

Von innen, von ihrer Warte aus, kann ich wie in einer Astronautenkapsel mit Scheinwerfern nach draußen schauen, was es dort so alles zu *erkennen* gibt. Logik ist eine freundliche Erkenntnismethode, die vor allem ihre friedfertige Qualität auf ihre Umwelt überträgt. Damit ist für mich sonnenklar, dass Logik n i c h t *definitiv frei* ist von moralischer Verantwortung, wie manche sagen, denn moralische Verantwortung ist ja ein Teil friedlichen Denkens. Das fundamentale *Wissen* – das uns die leuchtende Logik erhellt, wie man sehen kann – ist geradezu eine gediegene Grundlage, besonders sein *Ge- Wissen* entwickeln zu können!

Irgendwie erinnert mich das an Mr Spock! lachte Phil, der hielt
ja auch viel von Logik und war durchaus verantwortungsbewusst.

Das erhellende Wissen von Logik und Mit-Gefühl, dieses *Ge-Spür* für das *Wesen*-tliche, trägt überdies auf natürliche Weise dazu bei, dass unsere Kinder selbst einen hellen und warm-herz-igen *Charakter* entwickeln können.

Mit-Gefühl und Logik! Und Genialität! Na, wenn das keine *sinn-volle* Unterstützung im täglichen Leben ist!

Die Natur macht es uns ja vor: im *Lebens-Prinzip* der zartesten Blume erkennt man *gelebte Genialität*! Es ist das *Natür*-lichste von der Welt, *prinzipiell* für jeden erreichbar. In jedem Menschen steckt ein Genie, es ist nur eine Frage der Zeit, wann es hervortritt! Die Voraussetzungen dafür sind gute *Konzentration* und ein wenig *Sensibilität*

Mélodies Gedanken hatten bereits einen weiten Bogen beschrieben, als sie nun an ihre täglichen Erfahrungen als Hausfrau dachte und deshalb hinzufügte: prima Möglichkeiten für eine Schulung der *Sens*-ibilität bietet übrigens hauswirtschaftliches Arbeiten.

Phil hob belustigt die Augenbrauen. Meinst du das jetzt ernst?

Wieso habe ich jetzt den Eindruck, dieser Gedanke ist dir so noch nicht gekommen? fragte Mélodie.

Wo, bitte, liegt denn in so etwas wie Haushaltsführung Sensibilität? fragte er zurück.

Um einen Haushalt *gut* führen zu können, brauche ich nicht nur guten Über-Blick und Ordnungs-*Sinn*. Als „gute *Seele* des Hauses" muss ich auch *Gefühl* haben und das „*Herz* auf dem rechten Fleck". Sonst könnte ich die viele Arbeit nicht schaffen – und nebenbei noch ein behagliches, *Lebenskräfte spendendes* Heim für alle meine Lieben und mich selbst daraus machen. Eine gute Hausfrau oder ein guter Hausmann zu sein ist keine leichte, aber eine sehr *sinn*-volle Aufgabe. Für die brauche ich eine Menge *Fein-Gefühl* und *Sach*-Ver*stand*. Sie gehört zu den *wesen*-tlichen, *wert*-vollen Aufgaben des Lebens! In der Antike wusste man noch genau um den *hohen Wert* eines angenehmen Zuhauses. Im alten Rom wurde die Feuergöttin Vesta verehrt, die Heim und Herd bewachte. In den Tempeln zu ihren Ehren brannten ewige Flammen, die von den vestalischen Jungfrauen versorgt wurden. Und nicht von Ungefähr bedeutet die englische Bezeichnung für eine Dame von *Adel* – „Lady" – eigentlich „Brot-Kneterin". Das männliche Gegenstück „Lord" bedeutet „Brot-Schützer". Damals wurde eine „*Seele* des Hauses" also keineswegs ab*qualifiziert* als „Heimchen am Herd", auch das ist einer dieser künstlichen Mythen. Eine *gute* Hauswirtschafterin oder ein guter Hauswirtschafter zu werden, welche zum Wohle nicht nur der eigenen Familie beispielsweise die *wirk-lichen Qualitäten* von Nahrungsmitteln sensibel er-*fassen* kann und so das Beste auswählen kann, ist eine hervor- ragende, hoch-karät-ige Aus-Bild-ung. Die wird sich auf den *echten Elite*-Schulen finden. Eine *gute* „Seele des Hauses" zu sein, ist obendreinein großer Schritt in RichtungCharisma.

Für Augenblicke wanderten Phils Gedanken zurück zu seiner Ex-Frau. Ein Bild tauchte auf in seiner Erinnerung: beim nach Hause kommen sah er Ellen, eine lange Einkaufsliste schreibend, auf der Terrasse in der Abendsonne sitzen, während sein kleiner Sohn mit ein paar Freunden hinten auf dem Rasen Fußball spielte … So gut möchte ich es auch mal haben, den ganzen Tag schön am Pool sitzen! hatte er damals gedacht. Dass sie, nach hektischen Stunden ziemlich abgespannt, die ersten paar Minuten an diesem Tag in Ruhe sitzen konnte, hatte er damals nicht gesehen. In diesem Moment wurde Phil plötzlich *klar,* was seine Frau Groß-art-iges *geleistet* hatte, und das im wahrsten, nämlich im *qualitativen* Sinn des Wortes. Sie hatte *Einfühlungs- Vermögen* haben müssen für das *Wesen*-tliche und viele wichtige *Zusammenhänge*, nicht allein der Kinder wegen. Den großen Haushalt hätte sie ohne jegliches *Gespür* – allein schon für das Setzen von Prioritäten – nicht tagtäglich so gut organisieren und reibungslos am Laufen halten können. Schließlich wollten sie ja alle Tag für Tag ein behagliches Heim, gepflegte Kleidung und gesundes, leckeres Essen. Natürlich waren auch des Öfteren schicke Einladungen mit anspruchsvollen Gästen fällig – in seiner Position hatte Phil ja gesellschaftliche Verpflichtungen. Und die Frau an seiner Seite hatte selbstverständlich stets zu glänzen, nicht nur als perfekte Gastgeberin. Wer hatte außerdem mit den Kindern die Schularbeiten gemacht? Wer hatte sich klaglos die Nächte um die Ohren geschlagen, wenn jemand krank war? Die „Firma Mama". Die hatte täglich 24 Stunden geöffnet. Für Phil war sein Beruf immer das Wichtigste gewesen. Wann hatte er sich mal die Zeit genommen, mit seinen Kindern zu spielen? Selbst auf Urlaubsreisen hatte er Fachzeitschriften mitgenommen, die er konsumierte, während Ellen sich am Strand um die Kleinen kümmerte. Selten hatte er die *Leistungen* seiner Ex-Frau ge-*würd*-igt, kaum einmal darauf ge-*acht*-et, ihr ein angemessenes Lob zu spenden, von Mit-Gefühl gar nicht zu reden. Er hatte gedacht, was sie tat, sei alles selbst-*ver- ständ-* lich – aber wirklich ver-*stand*-en hatte er nichts. So etwas würde ihm nicht wieder passieren. Heute war er schlauer. Ernüchtert zentrierte er sich rasch und bemerkte erleichtert, dass er die alten Bilder so erstmal loslassen konnte.

Mit dem Entwickeln von Charisma kann man schon bei den Kleinen anfangen, hörte er Mélodie sagen und wandte ihr wieder seine volle Aufmerksamkeitzu.

Gerade unsere Schulanfänger sind für solch *feine Energien* ja noch aufmerksam und aufgeschlossen. Oft *spüren* und *sehen* Kleinkinder diese Energien ohnehin ganz natürlich, weil ihre *Wahrnehmungs-Fähigkeit für Bio-Photonen* noch funktioniert. Das ist also für unsere Lütten eine der leichtesten Übungen. Sicher auch eine der *Schönsten*! Und da die *Qualität* der Unterrichtsstunden ja ganz besonders be-*Rück-Sicht*-igt wird, bedeuten unsere warm-herz-igen und *licht-vollen* Übungen – wie nicht nur ein *gründ*-licher Schul-*In-spekt*-or *objektiv* überprüfen könnte – schon an sich eine *sicht-bare* und *spür*-bare *Auf-Wert*-ung des Unterrichtes. Das bringt die Qualität der gesamten Schule nach vorn.

Da schlummern ja riesige Entfaltungsmöglichkeiten für unsere Kleinen! überlegte Phil.

Genau, anstatt ihnen zu sagen, sie sähen bloß Gespenster, wenn sie vertrauensvoll berichten, da wäre gerade ein Engel!

Ein größeres Geschenk, als ihnen das alles – das *Leben* – be-*greif*-lich zu machen, kann man seinen Kindern wohl kaum mitgeben. Wenn sie lernen, in ihrem Leben *hohe Werte* zu *pflegen*, h a b e n sie bereits eine *hoch-wert*-ige Lebens-*Qualität*! Wehmütig dachte er bei sich: das hätte ich meinen Kindern auch gern gezeigt …

Ich bin ganz deiner Meinung. Ein derart an-*schau*-licher In-*tens*-iv-Unterricht ist nicht nur im Hin-Blick auf Lehren und Lernen eine *sinn*-volle Sache. Die guten Auswirkungen erstrecken sich auf das gesamte Leben. Überleg mal: die Heranwachsenden lernen von Grund auf, wie man ein-*fühl*-sam zurück-*greift* auf *gute Ideale* und *Vor-Bild*-er. Damit sind sie in die Lage versetzt, überhaupt entscheiden zu können, welche sie akzeptieren, also in ihrem Leben zur Wirk-ung kommen lassen wollen. *Ideale* wie das *Wesender Genialität* und der *UrsprünglicheGeist der Wissenschaft* sind als *Leit-Bild*-er *leuchtende Wegweiser* für unser *menschliches Potenzial*, in welche Richtung hin es sich optimal entwickeln kann. Wenn schon Heranwachsende zum Beispiel das *arche-typ-ische Prinzip* der Aggression auf unsere sanfte und objektive Weise hier erkundet haben und daher seine tatsächliche Wirkung kennen, werden sie *wissen*, wie sie in ihrem Leben dem Kampf-Geist k o n s t r u k t i v Raum geben können. Haben sie von klein auf *be-griffen*, dass er als „Wesen des Abbaus" seine sinn-vollen Aufgaben im Leben hat, wenn er n i c h t durch Motive wie Wut, sondern durch Liebe und Fürsorge gelenkt wird, be-*herr*-schen sie den Kampf-Geist – und nicht umgekehrt. Dann ver-stehen und wissen sie, dass Kampf und Krieg weder etwas *Groß*-artiges sind, noch die *wahre Größe* eines Menschen positiv beeinflussen können. Kräftezehrender dunkler Kampf-Geist macht k e i n e *Aura größer*. Und *charismatisch* sowieso nicht!

Jetzt verstehe ich das viel um-*fassen*-der als damals: Kampf-Geist muss man weise einsetzen, zum richtigen Zeitpunkt und in der richtigen Dosierung. Interessante Entdeckung!

Ja, so habe ich das auch verstanden, stimmte Mélodie zu, es hat aber eine ganze Weile gedauert, bis ich das vollständig be-greifen konnte. Das war eine „schwere Geburt"! lachte sie. Aber jetzt weiß ich: Aggression ist ein unverzichtbares *Wesen* im Leben. Denk beispielsweise an die Geburt eines Kindes! Dabei reißt die Fruchtblase auf, und die Muskeln der Gebärmutter üben gewalt-igen Druck auf das Kind aus, um es herauszupressen. Der Körper benutzt hier eine Art der Aggressivität, aber steuert dabei hoch konzentriert und voller Liebe auf ein einziges Ziel zu: DAS LEBEN ERHALTEN! So unterstützt der eigentlich aggressive Archetyp des Abbaus auf die natür- lichste Weise von der Welt den Archetyp der Geburt des Neuen – um Leben zu schenken. Und alle *Archetypen* gemeinsam bild-en das *Mysterium des Lebens*! Mit unserem ein- *fühl*-samen Denken und mit Licht und Liebe *tasten* wir uns freundschaftlich voran, um alles zu *be-greifen,* sagte Phil.

Durch eine solche Erziehung, die die Hinwendung von der alltäglichen *Stumpf-Sinn*-igkeit zum geist-reichen, fein-sinn-igen Einfühlungsvermö-gen fördert, entwickelt sich ein freiwilliger, natürlicher *Sinnes-Wandel,* und die Menschen kommen dem-ent-sprechend auch kaum noch auf „*dumme* Gedanken", sagte Mélodie. „*Dumm*-heit" bedeutet ja:

„mit *dumpf-en, stumpf-en* Sinnen". Und *stumpfe* Sinne machen uns zu „*Stümpern*". Die *fein-geist*-igen, *sinn*-vollen *E-fahrungs-Werte* aber, die schon die Kinder durch das mit-fühlende Denken erfassen, geben ihrem Dasein einen neuen *Sinn.* Unser Wort „*Sinn"* stammt übrigens ab von *senden".* Ich könnte auch „Sendung" dazu sagen – „Aus-Sendung",

„Aus- Strahlung". Fragen wir uns: „Welchen *Sinn* hat etwas?" fragen wir in

Wirk-lichkeit : „Welche *Ausstrahlung* hat das?"

Ah! Ja, das macht Sinn! erkannte Phil erstaunt.

Können unsere Kinder die Wirk-lichkeit der Ausstrahlung des lebendigen Wesens mittels Licht und Liebe wahr-nehmen, ist dies ein ganz wesen- tliches Erlebnis. Denn damit nehmen sie bereits liebevoll An-Teil am Leben einesanderen! Dies ist der Anfang aller *Wert-Schätzung!*

Phil nickte langsam. Die führt dazu, dass unsere Kinder und Enkel, anstatt in *Gefühl*-losigkeit zu verfallen, gesundes *Mit-Gefühl* entwickeln können. Diese Förderung unseres *Einfühlungs-Vermögens* wiederum bewirkt, dass wir den *inneren Wert* alles Lebendigen überhaupt er-fassen können. Auch die Würde des Menschen, diesem „Achtung gebietenden Wert, der einem Menschen innewohnt" ... was für eine schöne Erklärung! Er sah Mélodie an mit festem Blick. Nachdem, was ich jetzt weiß, kann ich nur hoffen, dass meine Lieben und alle Mitmenschen möglichst oft die Chance nutzen, die Welt um uns zu verstehen. Damit sie erst gar keine Kerker-mauer des Un- Begreiflichen um sich herum aufbauen und dann wieder einreißen müssen. Sondern gleich von Anfang an in Sicherheit leben durch ihren Schutzwall unan-tast-barerIntegrität.

Mélodie stiegen die Tränen in die Augen. Denn eben war ihr klar geworden, wie sehr Phil diese essenziellen Dinge des Lebens schon ver-inner-licht hatte. Leise sagte sie: und diese Integrität bauen unsere Kinder, Nichten, Neffen und Enkel auf, indem sie mit den Augen des Herzens sehen lernen. So können sie das Böse vom Guten unterscheiden – und lassen dann tunlichst das Gute in ihr Leben. So können sie erstens früh genug und zweitens auf angenehme Weise merken, wie wichtig es ist, von einem Menschen wahrgenommen zu werden, der wirklich versteht, wie es einem geht. So, wie es Dr. Parlow, der so hilfreiche Bücher über Hochsensibilität schreibt, herausgefunden hat.

*Mit der Erfahrung
der Bedeutung
von etwas Wesentlichem fängt
ein Wesen buchstäblich an, mir
etwas zu bedeuten – so entstehen
gute soziale Beziehungen.*

Ich sehe dann: nichts und niemand im Leben ist *wirk*-lich un-be-deut-end! J e d e r von uns hat irgendetwas Bedeutendes und für alle Wichtiges zu sagen und zu tun. Können die Heranwachsenden auf diese Weise die *Klang-Farbe* und *Aus-Strahlung* und auch die *energetischen Zusammenhänge* der Dinge des Lebens ein-fühl-sam er-fassen, begreifen sie damit die „*E-mana-tion*", das „Aus-*Fließen*", die „Aus-*Sendung* des Lebendigen": den „*Sinn des Lebens*".

*Durch Mit-Gefühl
begreife ich den Sinn
des Lebens*

wiederholte Phil. Damit lösen wir die viel zitierte Sinn-los-igkeit des Lebens auf! Oder lassen es erst gar nicht dazu kommen! Und alles aus eigener Kraft! Mélodie lachte vor Freude bei diesen wunderbaren Aus-Sicht-en. Ist das nicht ein hervorragender Start oder zumindest ein glücklicher Wende-Punkt im Leben eines Menschen? Durch den Ver-lust der Wahr-Nehmung ver-wahr-lost eine Gesellschaft nämlich buchstäblich, ohne Fein-Gefühl ver-rohtsie. Aber wenn Kinder früh lernen, das Wesentliche in sich und anderen wahr-zu-nehmen und zu be- Rück-Sicht-igen und Integrität in sich selbst zu erzeugen, bleiben sie nicht in der patriarchalischen Rolle der „Ewig-Gestri-gen" stecken, sondern entwickeln vor-Bild-liche Präsenz und besonnene Fortschritt-lichkeit.

Mélodie strahlte über das ganze Gesicht, als sie sich die Groß-Art-igkeit der damit verbundenen Möglichkeiten vor-stellte. Die Heranwachsenden finden besser ihren „Platz im Leben", füllen ihn aus mit ihrer *gesammelten strahlenden Energie* – und erleben damit buchstäblich ihre Er-*Füllung*!

Das sind ja direkt charismatische Aussichten … hey! Das Wesen des Charisma! Das wollte ich immer schon gern verstehen. Das mache ich jetzt!

Phil lehnte sich bequem auf der Parkbank zurück, und wenige Minuten später schon ließ er sein eben Erlebtes *Re-vue passieren*: ich sehe das *Wesen des Charisma* als große, breite Röhre, die aus leuchtender Energie besteht. Ihre Farbe ist vorwiegend hell rosa, harmonisch vermischt mit anderen Pastell-Tönen, allesamt *transparent*. Versetze ich mich hinein in diese Röhre, merke ich: sie hat eine *Verbindungs*-Funktion! Sie ist wie ein Tunnel, der von der Erde nach oben reicht bis in ein überirdisches Licht. Das Wesen des Charisma ist ein Ver-*mitt*-ler zum Licht!

Mélodie lauschte entzückt.

Verschmolzen mit dem *Wesen des Charisma* erlebe ich dessen *herz-erwärmende* Aufgabe, gleichzeitig Durchgang und *Leuchtfeuer* zu sein für die Lebe-Wesen, die den Weg nach oben ins Licht suchen – und das tun sie ja alle. Wenn sie meine *charismatische* An-*Wesen*-heit erkennen können, beginnen sie sofort, meine anmutige Gestalt zu lieben. Wunderschön sieht sie aus: wie ein vielfarbiges Kunstwerk von der Form eines sanft geschwungenen Glas-Zylinders. Meine *Strahlkraft* ist trotz meiner grazilen Struktur enorm, sodass die Menschen diese Helligkeit kaum ertragen könnten und somit nicht näher kommen würden. Daher sind meine Farben zart und pastellig: bewusst *dezent*. Ich zeige nie meine ganze Stärke und Größe, sondern übe bescheidene *Zurückhaltung*, um niemanden zu verletzen. Ich bin außer-dem ein *Schutz*, denn in meinem *Zentrum* werden die dunklen Schatten ferngehalten von den Menschen. Zwar sieht man hinter meinen durchscheinenden Außenwänden das Dunkle vorüber streichen, aber ausrichten kann es nichts. Meine Strahlung ist stets stärker und wirkt wie ein Schutzwall. Im Inneren meiner Röhre und auch außen herum herrschen enorme Anziehungs-Kräfte.

Von diesen lebensspendenden Energien sind alle Menschen natürlicherweise sehr angetan; sie streben zu mir auf ihrer Suche nach Herzenswärme und Licht. Damit sind sie bei mir genau an der richtigen Adresse, ich diene ja buchstäblich der *Erhellung und warm- herz-igen Erleuchtung* ihres Geistes! Ich bin jedes Mal aufs Neue *entzückt*, wenn wieder ein Mensch zu mir findet, und umhülle ihn sogleich voller *Liebe* mit meinen *goldenen Strahlen*. Dadurch fällt das Dunkle ab von ihm und löst sich auf – er bekommt *Klar*-heit. Damit nimmt er eine ähnliche Struktur an wie ich selbst, denn ich bin meinem Wesen nach *licht-voll* und *transparent*. Ihn durchströmt meine *strahlende Freude*, meine *Liebe* und mein *Glücklichsein* auf seinem Weg nach oben ins *Licht,* all das teile ich mit ihm. So diene ich mit meiner großen Kraft der Höherentwicklung und dem Lehren der Lebewesen, ich bin ein *Dozent* in-*spir*-ierender *Gedanken-Feuer* und ein Botschafter des *Lichts*. Meine Güte, fügte Phil hinzu, früher habe ich nie so recht gewusst, was Charisma eigentlich bedeutet. Jetzt habe ich es anhand unserer Essenz-Erfahrung selbst er-*lebt*. Und sogar Freundschaft mit ihm geschlossen.

Einfach *phänomenal*! Phil beugte sich hinüber zu Mélodie und gab ihr einen Kuss. Sie strahlte. Siehst du, jeder macht sich am besten selbst ein objektives Bild. So entwickele ich wunderbare Klarheit und Intuition. Und damit habe ich im wahrsten Sinne des Wortes „*Ahnung*"! Und die wohlwollende Neutralität wiederum gewinne ich erstmal durch meine konzentrative Haltung … naja, ob ich schon soviel Ahnung habe … aber jedenfalls kannst du mir nicht nachsagen, ich sei ein alter Knacker und hätte nichts dazugelernt!

Für einen alten Knacker halte ich dich auch nicht! lächelte Mélodie und gab ihm einen zärtlichen Klaps auf den Arm. Außerdem wirst du ab jetzt durch dein *Konzentriert*-Sein langsam aber sicher verjüngt!

Wie denn das?

Du konzentrierst ja deine Kraft in dir! Das ist buchstäblich eine Anreicherung deiner gesammelten Lebens-Kraft zu einem Konzentrat innerhalb deines Energie-Feldes. Was da geschieht, ist eigentlich eine Intensivierung deiner energetischen Essenz – deines Wesens. Diese buchstäbliche Macht-Konzentration ist die *leuchtende Glut,* die zu einer stetigen *glanz-vollen Ausstrahlung* hoch lodert. Gleich-gültig, ob jemand noch ein kleines *Licht* ist wie ich oder bereits ein *Juwel* der Menschheit – jeder aus-Druck-sstarke Lebens-Weg beginnt mit diesem hoch-*karät*-igen, lebendigen *Konzentrat* der *Kraft* in uns.

Und wir beiden hoch konzentrierten, kraftstrotzenden „Kompostis" sitzen dann in zwanzig Jahren als Jubel-Greise hier auf der Bank, oder wie?

Mélodie brach in lautes Lachen aus. „Kompostis"? Hab ich ja noch nie gehört!

Beliebter Ausdruck aus der Jugendsprache[18], erklärte Phil. Meine Tochter wirft mir so was an den Kopf und lacht sich kringelig dabei. „Kompostis" und „Gruftis", das sind eigentlich alle über zwanzig. So uralte Leutchenwiewir sowieso.

Ich fühle mich überhaupt nicht alt, entgegnete Mélodie schmunzelnd. Und sei beruhigt, der Jugendwahn der letzten Jahrzehnte geht ja nun zu Ende. Auf diesem Gebiet ist die Trendwende schon da.

Na, dann ist ja gut! Und während unserer „Komposti"-Phase erkunden wir nun also die Wunder des Lebens! lachte Phil.

Wir können ja allem unsere Liebe schicken, und alles wird sich darüber freuen! Ich kann mich übrigens auch besser schützen, wenn ich Dinge so wohlwollend neutral im Licht der Erkenntnis sehe und ein-fühl-sam durchleuchte, also *sachlich* und *objektiv* bin. Ich kann sie auf *echt wissenschaftlicher* Basis auf ihre *Richtigkeit* hin überprüfen, welche *Qualität* sie haben, also ob sie in *Ordnung* sind. Weil es in meinem Leben viele Situationen gibt, die ich sach-lich und unvoreingenommen erkunden will, um die *richt-igen* Entscheidungen treffen zu können, trainiere ich mich jetzt darauf, so gut wie möglich konzentriert zu sein und mit- fühlend zu denken. Damit komme ich meiner Erfahrung nach auf die beste *Art* voran – in der richtigen Richtung. Da kommt mir eine Idee

… wir könnten ja mal das *Wesen der Richt-igkeit* erkunden! Und was hältstduvom *Wesender Ordnung*?

Dann leg du mal los! freute sich Phil. Diesmal warte ich.

So saß Mélodie mit geschlossenen Augen im strahlenden Sonnenschein, der durch die zarten Blätter der Buchen in der Eilenriede fiel und die Welt in tausend funkelnde Nuancen von Grün tauchte. Wer weiß, was für Gedanken über die beiden sich die Leute machten, die eben vorbeikamen an jener Parkbank, die sich immer mehr zu einem kleinen Zentrum energetischer Grundlagen-Forschung entwickelte.

Was hast du nun sachlich und objektiv in Erfahrung gebracht? fragte Phil, als Mélodie die Augen aufschlug.

Der *Geist der Richtigkeit* erscheint mir wie eine auf-recht stehende dicke Säule, die im Zentrum des Geschehens schwebt. Sie steht ganz gerade, wie ein Leuchtturm mit dem großen Überblick nach allen Seiten. Wie durch einen Kanal strömt Energie in ihr von unten nach oben. Versetze ich mich in dieses Gebilde hinein, spüre ich im Kanal eine enorme Zugkraft, wie bei einem Magneten. Diese magnetische Kraft zieht behutsam, aber bestimmt nach oben. Lasse ich diesen Geist durch mich wirken, zieht er die ungeordneten Energien in mir selbst und aus der Umgebung *regel-recht* in die *richt-* ige Ordnung hinein. Er *richt*-et sie ordnungsgemäß aus wie ein Magnet eine Kompass-Nadel, er *schafft recht-* mäßige Ordnung. Mir ist aufgegangen, man könnte diesen Geist auch
„*Recht-schaffen*-heit" nennen.

Dieses „Auf-richtige" ist also die richtige Richtung im Leben!

Ja, es geht nach oben, ich steige damit auf. Der *Geist der Richt-igkeit – oder Recht-schaffen-heit* – sorgt für Stabilität und eine an-*ständ*-ige, dauerhafte Ver-bindung zwischen unten und oben. Er funktioniert wie eine „Auf-richt-Anlage", ein System, das energiemäßig Auf-richt-igkeit herstellt. Wenn ein Mensch im *Geist* dieser Rechtschaffenheit *lebt*, wirkt dieser stetig aus ihm heraus als Teil seiner *Ausstrahlung*. Die Farben der Rechtschaffenheit sind sämtlich *klar und rein*, die *Konturen* des Ge-*Bild*-es sanft abgerundet und dabei fest. Von Seelen-Kälte keine Spur. Wenn ich diesen Geist so ver-*inner*-licht habe, dass er ein *element-are*r Teil von mir ist, trägt er *wesen*-tlich dazu bei, meiner *Ausstrahlung warm-leuchtende Kraft* und *klare Kontur* zu geben.

Wieder ein *Bau*-stein für mein *leuchtendes Charisma!* stellte Phil vergnügt fest.

Apropos: versenke ich mich hinein in das *Wesen der Richtigkeit, beziehungsweise Rechtschaffenheit*, habe ich den Eindruck, dass das Gebilde eine *Atmosphäre* von *Sicherheit* und gesunder Stabilität *kreiert*. Es hat den *Charak-ter* von schonend ordnender Festigkeit und gehört zu den lebens-be-*ja*-hen-den, aufbauenden *Qualitäten*. Taucht ein Mensch mit diesen *hervor-ragenden Qualitäten* irgendwo auf, ist allein das ein *richt*-ig gutes *Zeichen* – er hilft nämlich durch seine bloße An-*Wesen*-heit schon mit, die Dinge wieder ins *Rechte Lot* zu bringen.

Ist das nicht schön, dass man das alles liebevoll erspüren kann! Sich an-*schau*-lich vor seinem geistigen Auge transparent machen kann! sagte Phil be-Geist-ert. Mir ist eben auch aufgegangen, dass im Grunde seines Herzens sicherlich jeder Mensch fühlt und weiß, was es mit diesen *wesen*-tlichen Dingen des Lebens auf sich hat. Ich habe immer mehr das Empfinden, ich kenne das alles längst – ich hatte es nur irgendwie vergessen. Geht dir das auch so?

Oh ja. Seitdem ich das mit-fühlende Denken anwende, kommt mir immer stärker zu Bewusstsein, dass zwischen mir und diesen Dingen eine Art Vertrautheit besteht. Du hast bestimmt recht, wahrscheinlich geht das vielen Menschen so. Möchtest du jetzt etwas erfahren über das *Wesen der Ordnung*?

Wenn's keine Umstände macht! Phils Lachen klang warm.

Ich habe das Empfinden, das *Wesen der Ordnung* wirkt sogar noch um-fassen-der als der Geist der Richtigkeit. Ich habe ihn ja wie eine senkrechte Verbindung zwischen zwei übereinanderliegenden Ebenen wahr-genom-men. Das Wesen der Ordnung ist ganz ähnlich, ebenfalls dreidimensional, wie eine Art Netzwerk im Raum, aber viel größer. Ordnung schließt Richtigkeit beziehungsweise Rechtschaffenheit in sich ein. Anders gesagt: ich habe es so empfunden, dass zu den wesen-tlichen Aufgaben der Ordnungs-Kraft das *sanfte* Auf-*richt*-en schräger Elemente gehört. Versetze ich mich in diesen Geist hinein, gebe ich ganz natür-lich auch den schrägen Elementen in mit-fühlender, ver-ständ-nisvoller und konstruktiver Weise fried-volle *Zu- wendung*. Der Geist der Ordnung weist k e i n e r l e i Züge auf, die be-wirken, dass schiefe, geknickte oder um-gefallene und tief gesunkene Elemente noch mehr erniedrigt werden. Das ist nicht *Sinn dieser Sache*. Wohlwollend neutral ver-*ständ*-nisvolle Hilfe geben zum Wieder-*aufrichten*, das ist es, was ich als meine wahre Aufgabe empfinde, wenn ich vom *Geiste wahrer Ordnungs-Kraft* er-füllt bin und aus ihm heraus agiere. Ich stelle mir das so vor, dass durch schräge oder gefallene Elemente die fließenden Lebenskräfte innerhalb eines lebenden Systems, egal auf welcher Ebene, blockiert werden statt gefördert. Daher müssen diese Dinge sanft und *ein-fühl*-sam wieder geradegebogen und Blockaden aufgelöst werden. Hilfe zur Selbsthilfe ist dabei *not-wend*-ig, damit die gefallenen Elemente wieder aus eigener Kraft stehen können. Sie „niederzumachen" würde die *Sach-Lage* kein bisschen verbessern, erklärte Mélodie, und beileibe nicht nur für dies einzelne Element, sondern für das Gesamt-System, das ganze Gemein-Wesen! Er- niedrig-te Menschen-Wesen darin machen den naturgemäßen Durchgang zur Höherentwicklung ja nicht freier.

Das Prinzip der Ordnung ist wesentlich für alles, was ist

Aha, ich verstehe das so, dass Ordnung das Grund-Prinzip für alles ist. Und das Aufrichten gefallener Elemente ein Königs-Weg. Dafür müssen sicher viele Leute umdenken. Aber das geht ja leichter als gedacht, habe ich inzwischen festgestellt.

Mélodie lächelte ihm zu. Und jetzt ist übrigens eine ganz besonders gute Zeit, diese gedankliche Trend-Wende zu vollziehen.

* * *

Phils Motivation, das Konzentriertsein nun systematisch in seinen Alltag einzubauen, wuchs kontinuierlich. Er war überrascht, wo überall er dessen erfreuliche *Spuren* wiederfand. Nachdem er jetzt seit einiger Zeit Single war, musste er sich notgedrungen mit einigem Ungewohnten herumschlagen. Zum Beispiel mit dem, was sein innerer Macho früher seiner Ex-Frau gegenüber gern mit „das bisschen Haushalt" abgetan hatte. Nachdem sie mit den Kindern ausgezogen war, hatte er keine Freude mehr an dem großen Haus gehabt, Erinnerungen lauerten in jedem Winkel. Er hatte es sehr gut verkaufen können und sich am grünen Saum der Eilenriede das kleine aber feine Penthouse zugelegt. Für die gröberen Arbeiten hatte er für ein paar Stunden pro Woche eine Haushaltshilfe eingestellt, aber an seine persönlichen Sachen wie seinen Schreibtisch wollte er niemand Fremdes heranlassen. So folgte sein Single- Haushalt immer mehr einem Chaos-Trend. Phil sah dem keineswegs ungeniert zu, doch er wusste nicht so recht, wie er dem begegnen sollte. Dieses oft unterschätzte Problem begann sich nun jedoch fast wie von Zauberhand zu lösen. So sachte, dass Phil es gar nicht gleich bemerkte. Irgendwann, nachdem er mit dem wiederholten Konzentrieren begonnen hatte, bekam er eines Tages Lust, sich einen Plan zu machen, der einen *Rhythmus* festlegte für bestimmte Arbeiten, zum Beispiel den Schreibtisch aufräumen. Und plötzlich hatte er *Spaß* daran! Natürlich war ihm diese einleuchtende Idee auch vorher schon bekannt gewesen, bei ihm hatte sie nur nie gezündet. Bis jetzt. Da wurde ihm klar: es ist etwas ganz anderes, ob jemand Ideen nur im Kopf spazieren trägt oder ob er die Fähigkeit hat, sie in lebendige Aktion umsetzen zu können. Das war auch etwas, was ihm gefehlt hatte: Unternehmungs-*Lust* auch für die scheinbar ungeliebten, aber notwendigen Dinge des Lebens. Ich kann sie sogar *lieben lernen*! dachte er erfreut. Schon wieder eine erfrischende neue Erkenntnis für ihn. Es bringt wenig, sich mit Gewalt zu irgendetwas anzutreiben, sinnierte er hoch konzentriert eines Tages. Die wirklich guten und beständigen Erfolge kommen zustande auf dem Boden von *heiterem* Unternehmungs-*Geist*. *Strahle* ich Spaß an einer Sache *aus*, habe ich viel mehr *Kraft*, sie erfolgreich in die Tat umzusetzen, überlegte er. Wenn ich mich auf eine Sache *konzentriere* und daher in meiner *Mitte* bin, verbinde ich innere und äußere *Hand*-lungs-Fähigkeit und setze meine Energie in angemessene Aktionen um. Immer stärker wurde Phil bewusst, dass er seinen Fortschritt auch seinem *klaren* Konzentriertsein zu verdanken hatte. Nun begann er, in seiner Wohnung „*Klar* Schiff" zu machen.

Sein natürlicher, angemessener *Ordnungs-Geist* war aktiviert; er ließ ihn nun auf dieser Lebens-Ebene gelassen und heiter in Schränken und Schubla- den herumwirtschaften, wobei ihm die eher bescheidene Größe des Appar- tements sehr gelegen kam. Mélodie hatte ihm obendrein wieder mal einen goldwerten Tipp gegeben: als er sie einmal auf ihr fehlendes Konkurrenz- Verhalten ansprach, hatte sie ihm von dem Vorbild in der Natur berich- tet, bei dem nicht der bisher hochgelobte Darwinsche Überlebenskampf Trumpf ist, sondern das gutwillige Zusammenwirken der Lebewesen. Der japanische Agrarwissenschaftler Professor Teruo Higa[19] hatte, wie sie erzählte, in Jahrzehnten der Forschung an Mikroorganismen herausgefunden, dass deren erstaunliche Fähigkeiten sich nur in der Symbiose entwickelten, also im *friedlichen Zusammenleben.*

Professor Higa hatte bestimmte Bakterienkulturen zusammengebracht und daraus neue Produkte entwickelt. Unter dem Namen „Effektive Mikroorganismen", abgekürzt „EM", sind sie heute in der ganzen Welt bekannt. Auch Phil hörte nun von diesen unsichtbaren Helfern: sie machen zum Beispiel den Boden fruchtbar und stellen in Rekordzeit hervorragenden Bio-Dünger her, einfach aus Küchenabfällen. Sieneutralisieren Gerüche aller Art und vertilgen das, was wir Schmutz nennen, unter anderem bei der Wasser-Reinigung. Sie helfen bei der biologischen und umweltstärkenden Klärung von Abwässern im Haushalt bis hin zur Regenerierung verunreinigter Küstenregionen. Bei der Nahrungsmittelherstellung werden sie ebenso eingesetzt wie beim Straßenbau. Aus ihrer eigenen Erfahrung heraus zeigte Mélodie Phil etliche Anwendungsmöglichkeiten im Haushalt. Als sie gemeinsam probehalber ein Fenster putzten mit dem EM-Gemisch, erkannte er sofort, warum sie von den Winzlingen so angetan war. Postwendend stellte er seiner Raumpflegerin verschiedene EM-Reiniger zum Ausprobieren zur Verfügung – sie war begeistert. Als Immobilienmakler interessierten Phil besonders die vielfältigen Anwendungsmöglichkeiten im Bereich von Hausbau und Haussanierung. Sogar direkt für die Gesundheit von Pflanzen, Tieren und Menschen waren die Mikroben eine Hilfe. Die Krönung war, wie er fand, dass dies alles nach dem Prinzip „Ko-Existenz statt Konkurrenz" funktionierte. Und er staunte noch mehr, als er hörte, dass auch Professor Higa selbst sich analog die friedlichen Erfolgsmerkmale seiner Mikroben zum Vorbild nimmt für seine persönliche Lebensführung. Denn er ist überzeugt, dass die Menschheit umdenken und sich weg vom Konkurrenz-Verhalten entwickeln muss, hin zum Prinzip des friedlichen Miteinanders. Daher stellt er sie preiswert zur Verfügung, ohne vorrangig an seinen Profitzudenken.

Das ist offenbar ein Mensch, der an goldenen Wasserhähnen nur soweit interessiert ist, als dass sie mithilfe seiner kleinen Helfer vor hygienischer Sauberkeit strahlen, hatte Mélodie lächelnd über Professor Higa gemut- maßt.

Dessen innovative Produkte erfreuten nun auch Phils Raumpflegerin. Wennsie mit dem Staubsauger umher düste und er gerade zu Hause war, fiel ihm jedes Mal das plattdütsche Wort dafür ein, das er so lustig fand: „Huulbessen". Mélodie und er hatten das unter viel Gelächter im Plattdeutsch-Wörterbuch entdeckt. Der Gedanke an sie malte ein Lächeln auf sein Gesicht... Mit Verwunderung nahm Phil wahr, dass er das Chaos, das um ihn herum teilweise noch bestand, gar nicht mehr ablehnte. Vor wenigen Monaten noch hatte er seine einsame Wohnung beinahe gehasst, wenn er spät abends nach Hause kam. Dabei hatte er sie ja selbst ausgesucht, und als Immobilienmakler hatte er sich etwas richtig Gutes gegönnt. Jetzt nahm er sie mit seiner neuen Gelassenheit erst einmal an, wie sie war. Alles auf einmal in Ordnung bringen konnte er nicht, das ging Schritt für Schritt. Als Erstes räumte er seinen Schreibtisch auf. Und nachdem er seinen neu erstellten Wochenplan ein paar *Zyklen* konsequent durchgezogen hatte, war zum Erstaunen seiner Haushaltshilfe viel mehr Ordnung vorhanden – und es hatte ihn weniger Anstrengung gekostet als befürchtet. Schmunzelnd dachte er manchmal an seine Essenz-Erfahrung mit dem Wesen der Ordnung.

Als er eines schönen Morgens aufstand und die Sonne Tapeten, Möbel und Parkettböden verschwenderisch mit goldenen Streifen und leuchtenden Tupfen verzierte, mochte er seine Vier Wände zum ersten Mal richtig gern. „Chaos, wo bist du geblieben?" rief er in aufgeräumter Stimmung auf dem Weg zum Bad, schaute sich um und breitete lachend die Arme aus. Nun, ein wenig Chaos war schon noch vorhanden, dies war schließlich eine Wohnung und kein Museum. Irgendwie gehört auch das Chaos zum Leben dazu, dachte Phil, sonst könnten wir außerdem gar nicht erkennen, was Ordnung ist! Ich muss nur aufpassen, dass ich der Herrscher über das Chaos bin und nicht umgekehrt! Er sandte dem Chaos unwillkürlich ein wohlwollend neutrales Gefühl. Da weitete sich dieses freundliche kleine Gefühl genau so aus, wie sein Herz groß und weit wurde ... die wunder- volle Empfindung umfasste ihn und die Wohnung und das Chaos und noch viel, viel mehr ... Durchpulst von purer Frische und Lebendigkeit atmete er tief durch - was er in sich spürte, war die Kraft der machtvollsten Energie in diesem Universum: der Liebe.

Sommer

Entsteht um einen Menschen herum größere Ordnung, kann er getrost davon ausgehen, dass es aufwärts geht in seinem Leben. Auch Phils Leben begann sich jetzt grundlegend zu wandeln. Je mehr er seine zentrierte Haltung kultivierte, desto aufgeräumter wurde seine Stimmung. Er freute sich darauf, Mélodie von seinen Erfahrungen berichten zu können, als sie sich wieder einmal auf „ihrer" Parkbank trafen. Mitten im Erzählen zog jedoch eine kleine Gruppe Menschen in der Ferne Phils Aufmerksamkeit auf sich und seine Stimmung änderte sich abrupt. Nicht die schon wieder! wetterte er los. Die habe ich gestern schon
erlebt! Äußerst lästig, solche Leute.

Welche Leute? fragte Mélodie und blickte in die Richtung, in die Phil jetzt mit dem Finger zeigte.

Irgendwelche Ausländer, eine ganze Großfamilie. Ich kann die nicht ausstehen! Die sollen uns ja in Ruhe lassen! Sonst werde ich unangenehm! Seine Stimme war laut geworden, und mit wütenden Handbewegungen war er drauf und dran, einer vor seinem Gesicht umhertanzenden Mücke den Garaus zu machen. Aber die hatte Glück, denn Mélodie packte geistesgegenwärtig Phils Arm und die Mücke konnte weiter fliegen.

Was stört dich an diesen Leuten? Ohne eine Miene zu verziehen, ließ sie seinen Arm wieder los.

Was mich an denen stört? wiederholte Phil irritiert. Ja, ähm … man weiß doch, was das für Typen sind! Die fallen uns allen, der ganzen Gesellschaft, zur Last und untergraben die Ordnung. Wenn sie was ausgefressen haben – und das haben die andauernd! – bekommt man sie kaum zu fassen. Warum fragst du? Was sagst du überhaupt zu denen?

Sind doch interessante Menschen und ...

Phil starrte sie verständnislos an. Ja Sackzement! Du klingst ja wie die Frau aus meinem Navi! Die weiß auch immer besser, wo es lang geht und mit der kann ich mich auch nicht streiten! Vor Zorn schwoll ihm eine Ader an derSchläfe.

Du wirst ja richtig wütend, sagte Mélodie mitfühlend. Und alles nur, weil ich dich an die Frau aus deinem Navi erinnere, mit der sich nicht streiten lässt, setzte sie verschmitzt hinzu.

Naja, nicht nur deswegen, sagte Phil ein klein wenig umgänglicher. Hauptsächlich wegen dieser Typen dahinten.

Du magst sie nicht, weil du sie nicht kennst, oder?

Ja, deswegen auch, brummte Phil. Sein cholerisches Temperament beruhigte sich bereits ebenso schnell, wie es aufgebraust war.

Mélodie schloss die Augen und beide schwiegen, bis sie meinte: jemand muss schon ein wenig genauer hinschauen, um zu erkennen, was mit ihnen *wirk*-lich los ist. Ihre *Ausstrahlung* ist nicht die Uninteressanteste.

Also wirklich! protestierte Phil.

Buchstäblich *wirk*-lich! beharrte Mélodie liebevoll lächelnd. Die Leute da drüben haben ein interessantes *Naturell*. Und jemand mit Grips, der sich das mit Licht und Liebe transparent machen würde, könnte das ganz leicht selbst herausfinden und be-*greifen*.

Wie bitte? Phils Überraschung war unüberhörbar. Der letzte Rest von Ärger war verflogen.

Eine intelligente Erfahrung dieser Art wäre allerdings nur von Erfolg gekrönt, wenn dieser Jemand eine *objektive, wohlwollend neutrale* Einstellung zu dem Thema hätte.

Tatsächlich!? meinte Phil, und grinste dabei schon wieder. Du meinst, ich kann auf diese Weise etwas über ein ganzes *Volk* erfahren?

Wiss un wohrhaftig! antwortete Mélodie in ihrem geliebten Plattdütsch. Ich kann ja einem Volks-Wesen meine Liebe senden, genau wie einem Einzel-Wesen auch. Für alle gilt: nimmt ein Wesen diese Liebe an, kann es dir wiederum Ein-Blicke in die Tiefen seiner selbst schenken, und du bekommst buchstäblich tiefe Ein-Sicht. Aber betrachte dies bitte nicht als Handeln oder Feilschen. Und sollte jemand keine ehrenhaften Ab-Sichten haben – käme er also nicht in Liebe – würde das Ganze nicht funktionieren. Kommst du in der freundschaftlichen Absicht, etwas dazuzulernen, um das andere Wesen besser ver-stehen zu können und ihm gleichzeitig von Herzen etwas Gutes tun zu wollen, wird dein freundliches Er-Suchen meistens – aber nicht immer – offene Ohren finden.

Nicht immer? Wenn ich doch ehrenhafte Absichten habe?

Die setze ich bei dir ohnehin voraus, sagte Mélodie lächelnd. Aber manchmal ist es nicht passend.

Nicht passend? wiederholte Phil verblüfft.

Manchmal kommt man einfach ungelegen ... Nicht jeder mag ja zu jeder Zeit und in jeder Situation, dass plötzlich Leute in der Haustür stehen auf einen Überraschungsbesuch. Es ist einfach eine Frage der Höflichkeit. Mélodie sann einem Gedanken nach und begann zu schmunzeln. Da können kuriose Sachen passieren: vor Jahren war ich gerade in einer energetischen Reinigungsphase. Du weißt ja, was eine Fasten-Kur ist. Dabei wird der Körper von alten Schlacken befreit, und bei dieser Reinigung können auch Ausdünstungen entstehen. In so einer Situation möchte man nicht gestört werden und will eine Weile allein bleiben.

Logisch, wenn man stinkt wie ein Iltis! grinste Phil. Ich habe davon schon gehört. Sogar Eheleute bekommen bei manchen Kuraufenthalten deshalb jeweils ein Einzelzimmer.

Wenn dich also jemand zu so einem Zeitpunkt geistig besucht, ist es momentan vielleicht nicht das Günstigste. Das ist damals mir passiert, als ich gerade diese energetische Reinigung machte. Mélodie kicherte bei der Erinnerung daran. Ein lieber Freund kam bei mir überraschend auf einen geistigen Besuch vorbei. Groß und deutlich schwebte mir sein Gesicht vor dem inneren Auge – und dann sah ich, wie er die Nase rümpfte, weil der arme Kerl ja auch die Energien mitbekam von meiner Reinigung. Die lief gerade auf Hochtouren.

Moment mal! Heißt das, dass ich sehen kann, wenn mich jemand geistig besucht?

Freilich. Die Sache funktioniert ja immer wechselseitig. Man kann es auch hören, spüren, riechen, schmecken. Oder man weiß es eben einfach. Alle 7 Sinne sind beteiligt, auf beiden Seiten.

Oh.

Mann, habe ich mich damals geniert, fügte sie lachend hinzu. Aber letztlich hat mich der Besuch meines Freundes trotzdem gefreut. Ein lieber Kerl.

Phil warf ihr einen schnellen Blick zu.

Also noch mal, weil es so wichtig ist: um nicht unhöflich zu sein, sollte ich direkt fragen, ob ich jetzt gerade willkommen bin. Ich bekomme dann ein ent-sprechendes gutes oder un-gutes Gefühl.

Ich habe bis jetzt immer ein gutes Gefühl dabei gehabt.

Das reicht ja durchaus, denn das ist schon die Einladung. So ist es fast immer, die Wesen sind fast alle kooperativ. Ich will nur der Vollständigkeit halber erwähnen, dass es auch mal anders sein kann. Dann fängst du vielleicht den Gedanken auf, es lieber später noch einmal zu versuchen. Du wirst es wissen.

Gut, sagte Phil. Ich bin erstmal weg … In Gedanken fragte er das Wesen der Menschen-Gruppe dort hinten irgendwo im Wald freundlich, ob seine Kontaktaufnahme zu diesem Zeitpunkt erwünscht sei – und die Antwort kam sofort: ein freundliches, sonniges Gefühl. Also ein JA. Indem er dem Wesen in Liebe nahe kam, wurde ihm freundlich ein tiefer Ein- Blick gewährt. Bald war Phil wieder zurück. Nun war er sehr nachdenklich. Was sagt man jetzt dazu? sagte er leise wie zu sich selbst.

Ich vermute mal, dir sind ein paar Dinge gezeigt worden, die dich zum Nachdenkenbewegen?

Das kannst du laut sagen. Diese Menschen sind ganz anders, als ich gedacht habe.

Dann hast du also etwas Wesen-tliches dazulernen dürfen. Noch dazu hast du anderen Menschen freiwillig deine liebevolle Aufmerksamkeits- Energie gesandt ... übrigens: um in den Genuss solcher Energien zu kommen, lassen sich manche Menschen ziemlich wilde Sachen einfallen. Die Medien sind voll davon: Reklame hier, Schlagzeilen dort – und alles nur, um unsere Aufmerksamkeits-Energie an sich zu ziehen. Naja, das bisschen Aufmerksamkeits-Energie ...

Ein bisschen? Mélodie lachte leise. Erinnerst du dich noch an unser Gespräch über unser Grundgesetz:

„Die Würde des Menschen ist unantastbar"?

Ja, klar, dabei ist mir ja bewusst geworden, dass wir ohne ein-fühlsames Denken diese Würde gar nicht er-fassen können! Und dass aus dem Schutzwall der Un-an-tast-barkeit, die die Reinheit unserer Integrität sichern sollte, für viele von uns im täglichen Leben eine Kerkermauer des Un-be-greif-lichen wurde. Jetzt ist mir durchaus klar, dass unsere eigene Gefühllosigkeit uns nicht nur selbst kalt-herz-ig und un-nah-bar macht, sondern uns praktisch alle zu Un-berühr-baren herab-würd-igt. Letztlich würden wir uns damit selbst er-niedrigen und auf diese Weise auch noch unsere Selbst-*Achtung* verlieren.

Aber wenn ich unsere Menschen-Würde – diesen wundervollen „Achtung gebietenden Wert, der einem Menschen innewohnt" – bei meinen Mitmenschen wieder bewusst be-achten lerne und mit den Augen des *Herzens* sehe, sagte Mélodie, habe ich diesen besonderen Wert in uns und anderen tatsächlich ge-*würd*-igt. Ich habe ihm die *Aufmerksamkeit* geschenkt, die ihm auf jeden Fall gebührt. Mit der liebevollen Aufmerksamkeits-Energie einer Essenz-Erfahrung mache ich dem anderen ja wirk-lich ein wert-volles Geschenk! Wenn wir einem anderen Menschen n i c h t mit der Miss-Achtung begegnen, die wir früher ahnungslos und gewohnheitsmäßig an den Tag gelegt haben, haben wir bereits *etwas für ihn übrig* – nämlich unsere Energie, die wir ihm schenken durch unsere Aufmerksamkeit.

Und alles liebevoll und freiwillig.

Mélodie war hocherfreut über Phils Erkenntnis. Ja, und schon mit dieser schein-bar so kleinen Geste haben wir einem Menschen-Wesen, seiner unsterblichen Essenz, wirk-lich Ehre erwiesen. Und obendrein das Paradox gelöst, wie wir uns selbst und andere schützen und gleichzeitig aus unserem Schneckenhaus herauskommen und die Welt wirk-lich be-greifen können. Meine mit-fühlende Kon-zentration ist ja auch ein warmherziger energetischer Schutz-Wall für mich, im Gegensatz zu der eiskalten Mauer der Un-nah-barkeit, die innerhalb der Gemeinschaft Isolation bedeutet. Ich muss mir die Mühe machen, über meine Nasenspitze hinauszusehen und mein konzentriertes Mit-Gefühl stärken.

Ja, und dafür brauche ich die *Hoch-Achtung* vor dem Individuum.

Zusätzlich wirkt das universelle Gesetz der Resonanz. Das ist ja gedacht als gerechter Ausgleich: die Energien, die ich aussende, bekomme ich irgendwann wieder zurück, damit ich erkenne, wie sie wirken, um sie schließlich bewusst zum Wohle aller einsetzen zu können. Das ist ein überaus wirksames Mittel, um das für meine Weiterent- wicklung lebenswichtige Mit-Gefühl zu lernen: wenn ich es jetzt noch nicht schaffe, mich freiwillig in die Lage meiner Mitmenschen hineinzuversetzen, um sie zu verstehen und dadurch besser behandeln zu können, komme ich irgendwann eine neue Situation, in der ich prinzipiell genau das erlebe, was jetzt die anderen durch mich erleben. Dann habe ich nicht mehr die Wahl, mich dort hineinzuversetzen mit meinem Gefühl – ich bin direkt dabei mit meinem physischen Körper. Auf diese Weise ist das Verstehen lernen intensiver, weil man aus der Situation nicht sofort wieder heraus kann. Und es erfüllt seinen Zweck: ich entwickele immer mehr Verständnis für alles um mich herum und lege unschönes Verhalten ab.

Womit wir wieder bei der Basis jeglicher Kultur sind, der „Goldenen Regel": Was du nicht willst, das man dir tu, das füg auch keinem andern zu". Ja, und diejenigen, die das als erste be-greifen und in ihrem Leben wie selbstverständlich umsetzen, sind meist die Sensiblen und Hochsensiblen. Unter denen gibt es nicht von Ungefähr viele hervorragende Künstler. Übrigens hat mich überrascht, welch tiefen Sinn

„*Unter-Haltung*" hat. Es bedeutet nichts Geringeres, als „die *Existenz* einer Person *sichern*"!

Aha! Und wie funktioniert das? Ein *wirk-lich guter* „Unter-Halter" *gibt geistige Nahrung,* mit der er sein Publikum *auf-baut.*

Geistige Nahrung! Phil staunte.

Es findet bei Darbietungen solcher *Art* objektiv betrachtet eine *fein- sinn*ige Unter-haltung und *fein-stoffliche* Anhebung der Schwingung der Lebenskräfte des Publikums statt. Der *gute Geist des Gebens* tritt dabei in Aktion! Da wird kein „Mords-Vergnügen" zum „Besten" gegeben, es herrscht keine „Bomben-Stimmung". Es findet keine Zer-Streuung statt und somit keine Schwächung von Lebenskraft. Ein hochkonzentrierter Künstler und ein wirk-lich *guter* Unter-halter denkt auch nicht in erster Linie an seine Gage. Er fühlt Freude und Hin-gabe bei seinem Tun. Das ist ihm das Wichtigste und das macht ihn glücklich, weil es seine Berufung ist und daher seinem Seelenweg entspricht. Er will anderen von Herzen Freude bringen durch seine gute Unter-haltung. Er will ihnen dienen, daher gibt er sein Bestes.

Er denkt also ans Geben, nicht ans Nehmen. Wo immer solch ein Künstler auftritt, bringt er keinen „Glamour" mit, sondern *wirk-lichen Glanz*! Damit wird er zu einem *echt strahlenden Höhe-Punkt* eines Programms. Solchen Glanz ver-Mitte-lt vor allem das Feuer seiner *Herzenswärme,* eine der vielen *Spiel-Art*-en der Lebens-Kraft. Dieses *innere Feuer* – das ist der berühmte „*Funke*", der auf das Publikum *überspringt*! Deshalb ist Kunst im *Geist des Gebens* in jedem Bereich so *lebendig* und *herz-erfrischend.* Und hat *guten* Erfolg.

Damit hat Kunst allerhöchsten *Unter-haltungs-Wert*! Wenn sie andere Menschen faktisch *lebendiger* macht! folgerte Phil.

Das ist auch der Grund, warum ich mich nicht mehr nach der alten Unterteilung zwischen „ernster" Musik und „Unterhaltungs"-Musik richte. Manch schlichtes Stück U-Musik kann wesen-tlich höhere Qualitäten besitzen als berühmte Klassik.

Dann wäre das ja eine Mogelpackung, wenn ich gar nichts Gutes bekomme für mein Geld! Warum gibt es so was überhaupt? meinte Phil mit einem entrüsteten Unterton.

Weil auch so etwas im Spiel des Lebens seine Aufgabe hat: auch der ungute Geist kann die Konsumenten solcher Dinge etwas lehren. Diese Menschen können vielleicht zu jenem Zeitpunkt nur durch negative Erfahrungen lernen. Durch das Lehrgeld, das sie bei diesen harten Lektionen zahlen müssen, werden auch sie mit der Zeit sensibilisiert. Bis eines schönen Tages aus diesen „Dickfelligen" „Dünnhäutige" geworden sind und sie mit all ihrer neu entwickelten Sensibilität erkennen können: es gibt auch den erhebenden Weg. Dann brauchen sie das Un-Gute nicht mehr. Dann können sie frei entscheiden, ob sie sich dem buchstäblich Er-heben-den und Er-bau-lichen zuwenden. Etwas sehr Erhebendes ist übrigens auch der Geist der *Bescheidenheit*. Er hat eine *Wesens-Qualität* von allerhöchstem *Wert*. In unserer Gesellschaft wird dessen *wahres Wesen* von vielen völlig verkannt. Wenn jemand in einem schlechten *Licht* gesehen wird, kann dieser *Schein* also auch trügen. Ebenso wie hinter einem als makellos vermarkteten *Glitzer-Image* in *Wirk*-lichkeit völlig andere *Kräfte* als *Glanz* und *Gloria* stecken können. Der Geist der Bescheidenheit gehört wie zum Beispiel auch der Geist der Vergebung zu den Wesen, die durch ihr inneres Feuer der Herzens-Wärme den *Adel des Geistes und der Seele* kennzeichnen. Seine *Strahl-Kraft* kann anderen Menschen ein *Leucht-Feuer* sein, das aus der Dunkelheit heraushilft! sagte Mélodie, und die Freude über diese Tatsache stand ihr ins Gesicht geschrieben. Er ist ein *charakter-* istisches Merkmal der *Juwelen* in der menschlichen Gesellschaft, fügte sie strahlend hinzu. Eben der *wirk*-lichen „*Stars*".

Du meinst, eine *funkelnde Ausstrahlung* zu haben ist das *Merk*-Mal von *Stars*?! Einen Moment überlegte Phil, dann lächelte er breit. Was für eine Menge *Bio-Photonen* die doch aussenden müssen!

Mélodie lachte ihn fröhlich an. Ganz offen-sichtlich ist das *Charakter-* istikum eines *wirk*-lichen Stars eine *Aus-Strahlung* von

Liebe, Klarheit, *weiser Ein*-Sicht, Friedfertigkeit, Vergebung, Mitgefühl und Bescheidenheit. Diese Charakter-Züge zeigen ja *echten Glanz* und besitzen eine dermaßen *weit-reich-ende, funkelnde Ausstrahlung*, dass sie bei uns im Abendland mit der *Strahl*-Kraft eines *Sterns* verglichen werden. Die Jahrtausende alte chinesische Weisheit des fernen *Orients* gibt dem *Star-* Phänomen übrigens die Be-*zeichnungen* „*auf-richt*-iges *Herz*" und „*innere Wahrheit*".

Passt alles zusammen. Macht auch Sinn für mich. Mélodies Augen streichelten Phils Gesicht, als sie ergänzte: In den alten Schriften wird ausdrücklich betont, dass all diese echten glänzenden Star- Eigenschaften auf dem Konzentriertsein basieren, also dem Kon-takt mit der eigenen Mitte20. Im Vorderen Orient wurde diese geistige Premium- Qualität, klare Ein-Sicht in das Wesen-tliche nehmen zu können und auf- richtige Klarheit auszustrahlen, das „Prinzip der Höheren Vernunft" genannt, im alten Europa wiederum die „Sieben Säulen der Weisheit"21. Zum Star kann mich also niemand „machen", denn ich muss die wesen- tlichen Qualitäten dazu selbst ausstrahlen. Ein anderer Mensch könnte allerdings dazu Anregung geben – durch sein eigenes gutes Beispiel. Wirk-liche Star-Qualitäten kann ein jeder nur aus sich selbst heraus entwickeln.

Astronomisch betrachtet ist ein Fix-*Stern* eine *Sonne*, das heißt ein Himmels-Körper, der selbst *strahlt,* während im Beziehungs-Umfeld seines Sonnen-Systems etliche nicht von selbst strahlende Himmels-Körper um ihn herumsausen, überlegte Phil. Ein wirk-licher „Star" strahlt also analog wie unsere Sonne.

Und diese *sonnen-klaren, warm-herz-igen* Star-Qualitäten sind das *Diamant-Feuer* des menschlichen Geistes und der Seele. Sie haben *ordnende, klär*-ende und er-*hebende* Wirk-ung auf sämtliche umgebenden *Energie-Felder*. Es sind *gestalt*-ende, *form*-gebende *echt brillante Kräfte!* Sie haben eine gigantische Wirkung.

Das ist ja galaktisch! bemerkte Phil und brachte Mélodie damit einmal mehr zum Lachen.

Nimmst du dir nun ein Beispiel an solch einem *diamantenen Wesen*, siehst du es als dein *Leit-Bild* an und kultivierst ebensolche *Premium-Qua- litäten* in dir, wird mit der Zeit deine eigene *Ausstrahlung* ebenfalls bis hin zum *Charisma hoch*-trans-*form-i*ert. Damit bist du nicht nur *gut in Form*, sondern in *Hoch-Form*!

Das ist ja wieder *Charisma-Formung*! freute sich Phil.

Und das Allerschönste daran ist, wie ich finde: den Charisma-Aufbau – also das Ver-*edel*-n meines *Charakters* bis hin zur Ausstrahlung von brillanten Star-Qualitäten – kann ich mir an *jedem Stand-Punkt* auf meinem Lebens-*Weg* zu eigen machen. Gleich- gültig, wo jemand beginnt, zum *richtigen* Zeitpunkt wird sein Lebensweg von *strahlendem* Er-folg ge-kröntsein.

Manche sagen ja: „Der *Weg* ist das Ziel".

Das ist auch meine objektive Erfahrung. Nicht nur in den Sport-Arenen, in den Filmstudios und auf den Bühnen der Welt sind die *wirk*-lichen Stars zu finden. Viel öfter wirken sie auf ihrem Lebens-Weg still in einer Alltagswelt ohne gleißendes Rampenlicht. Jedes einzelne Individuum hat die Chance, sich zum *echten Star* zu entwickeln. Und es kommt dabei überhaupt nicht an auf den Bekanntheitsgrad und die Größe des Lebens-Kreises, und schon gar nicht auf Ruhm und Geld. Einem wahr-haften *Star* begegnen wir vielleicht in einer unauffälligen Familie in der Gestalt eines redlichen, liebevollen Vaters oder einer weisen Großmutter.

Hochinteressant, diese Sache mit dem „Stern"! Dann könnte man sagen, mit einem *wirk-lichen Star* in der Familie steht das Leben dieser Gemeinschaft „unter einem guten *Stern* "!

Oh, das hast du schön gesagt! freute sich Mélodie. Das *Wesen* eines *echten* Stars, in dem die Kraft der *In-teg*-rations-Fähigkeit so wundervoll aus-*geprägt* ist, kreiert *echt brillante* und *praktikable Ideen* für die *Unter-Haltung* – also die Existenz-Sicherung – der Menschen auf allen Lebens-Ebenen. Auf diese Weise entwickelt sich übrigens auch eine *in-teg*-ere Haltung. Die so er-*hell*-end ist für die Dunkelheit der Umgebung, und Balsam für viele wunde Seelen.

Phil nickte. Er öffnete sich nun gern der *diamantenen Kraft,* welche Mélo- die und ihn schon längst umhüllte. Sanft aber fest wirkte diese *funkelnde Qualität* in seinem Geist und gab einer vordem rauen Kante seines *Charakters* einen feinen Schliff, sodass sein wahres *Wesen* aus dieser neuen, wie poliert spiegelnden Facette heraus warm-herz-ig und brillant zu *strahlen* begann. Schon seit einigen Minuten befand sich Phil auf einem *höheren, objektiven Stand*-Punkt *geistigen Erkennens.*

Ein echter Star ist zudem ein *Segen* für seine gesamte Umgebung, weit über seine eigene Familie hinaus. Das *Energie*-Ge-*Bild*-e unserer *Ausstrahlung* ist ja das *Charakter*-istikum eines jeden Menschen. Mit dem setzt er wortwörtlich ein *Zeichen.* Das ist von lebendiger, vibrierender *Sign*-ifikanz und hat be-deuten-den *Ein-Fluss* auf die Umgebung. Daher ist es wahrhaft eine Aus-*Zeichnung*, die An-*Wesen*-heit eines solchen Menschen zu erleben. Wir bekommen dadurch die Möglichkeit, unsere eigene Energie anzugleichen und uns kurzzeitig auf einer *höheren Frequenz* erleben zu können. Doch wir bekommen das

„Star"-Sein nicht geschenkt. Die Aufrechterhaltung dieser hohen Schwingung liegt natürlich immer bei uns *selbst.*

Das muss ein *prägendes* Er-leb-nis sein!

Ja! Ein konzentrierter, mit-fühlend denkender und *bescheidener* Mensch wirkt in seinem Da-*Sein* durch die *Dynamik der sanften Transformation.* Je mehr uns die *Impulse* dieser *Dynamik* in ihrer *hingebungs-vollen Weise* berühren und uns *selbst* zu behutsamer *Wandlung* an-*regen*, desto weniger werden wir die Kräfte der Zerstörung einsetzen für das Not-*wend*-ige. Das, was wir individuell für uns selbst tun und für die große *Wende*, die jetzt vor der gesamten Menschheit liegt. Mélodie schaute mit klarem Blick durch die lichtdurchfluteten Baumreihen der Eilenriede. Man sollte ihnen einmal Dankeschön sagen, den bekannten und unbekannten echten Stars auf der ganzen Erde, die in diesem Geist „auf dem Weg sind", meinte Mélodie. Über Zeit und Raum hinweg einfach mal Danke! sagen für ihren Mut, dass sie diese juwelengleichen Wesenszüge für die Menschheit lebendig erhalten haben. Danke! für Eure Kraft der sanften Wandlung. Danke! für Eure Treue,

Liebe und Hingabe. Es wird immer jemanden geben, der sich erinnert an Euren Edel-Mut, denn all das ist für ewig aufbewahrt im energetischen Gedächtnis der Welt.

Energetisches Gedächtnis? Was soll das denn sein?

Ein feinstoffliches Energie-Feld. Indem sind alle Gedanken, Gefühle und Taten, also sämtliche Ereignisse auf der Welt, als Energie-Muster

gespeichert. Manche nennen es „Akasha-Chronik". Rudolf Steiner zum Beispiel soll seine Ein-Sichten daraus bezogen haben. C. G. Jung nannte es das „KollektiveUnbewusste".RupertSheldrake nennt es das „Morphogenetische Feld".

Phil schaute gedankenvoll in die Richtung, wo er vorhin in der Ferne die Menschengruppe gesehen hatte, über die er sich so aufgeregt hatte. Leise sagte er: Ich sehe sie nicht mehr, aber geistig kann ich sie jetzt mit anderen Augen sehen. Er war froh darüber. In seiner *Aura funkelten* die An-*Zeichen,* die von *erhabenem, konzentrativen Denken* zeugen, von Klar- Sicht und Ver-stand, von Ein-Sicht, von Weisheit und Bescheidenheit – und von Liebe.

Die Qualität seiner neuen *Ausstrahlung* nahm außer einer hocherfreuten Mélodie noch ein anderes Lebe-Wesen wahr. Aus einiger Entfernung hatte es die beiden wieder beobachtet, während der ganzen Zeit, die sie hier auf der Parkbank verbracht hatten. Wie jedes Mal, wenn sie sich hier trafen … Lass uns ein bisschen spazieren gehen! sagte Phil. Hast du Lust? Es ist schwül geworden, nicht?

Während sie durch Hannovers Stadtwald schlenderten und die sprie- ßenden Blumen und Bäume betrachteten, dachte Phil an seine denkwürdige Wesens-Erfahrung, bei der ihm vorhin buchstäblich ein *Licht* aufgegan- gen war. Ich könnte doch allen möglichen anderen Völkern Liebe senden! sagte er. Ich hab auch schon eine Idee! Vielleicht der griechischen Volks-Seele! Du hast das nicht zufällig schon probiert?

Zufällig ja! Das war für mich ganz naheliegend. Übrigens: bei deinem Namendenke ich oft an das griechische Wort „philos".

Bei meinem Namen? fragte Phil überrascht.

Oh ja, du trägst genau wie ich einen ursprünglich griechischen Namen! Phil ist ja eine Kurzform von „Philos", „Freund". Es steckt auch in „Philo-soph": dem „Freund der Weisheit". Ich finde es sehr ein-drucks-voll, wie du der Weisheit auf der *Spur* bist. Und ein guter Freund bist du mir ja auch.

Da spürte Phil jene Art von leuchtender Wärme in sich aufsteigen, wie sie prickelndes Hoch-Gefühl mit sich bringt. Er lächelte Mélodie an, empfand intensive Freude, aber sagen mochte er jetzt nichts weiter dazu. Anstatt dessen nahm er den geistigen Faden wieder auf, der Mélodie und ihn selbst mit den *Wesen*-heiten der Völker verband: Das ist ja ein Stückchen *echte* „Völker-Ver-*ständ*-igung", was mit einer Essenz-Erfahrung auf diese Weise praktiziert wird!

Jedenfalls braucht ein „Fremder" nicht erst jahrelang in Griechenland zu leben, um Land und Leute im *Wesen*-tlichen ver-*stehen* zu lernen.

Phil war be-*Geist*-ert von all diesen Völker verbindenden Gedanken. Und tatsächlich: innerhalb seines eigenen *Wesens* erhob in eben diesem Moment der *Geist der Brüderlichkeit* seine *schimmernden* Schwingen, um sie majestätisch auszubreiten.

Mithilfe der Essenz-Erfahrungen kannst du alle Völker in Frieden und Freundschaft besuchen! sagte Mélodie. Es gibt so viel Erstaunliches zu entdecken und zu erkunden, und die Wesen des Universums öffnen sich gern, wenn jemand im Geist der Liebe, so wie wir, re-spekt-voll nach- fragt und um Er-*Läuterung* bittet! Eben kommt mir noch eine hübsche Idee für eine Essenz-Erfahrung … aber damit überrasche ich dich später, Philos

… Sie blickte hoch zum Himmel. Der hatte sich inzwischen ein paar dramatisch aussehende Gewitterwolken zugelegt und – plitsch! – spürte sie erneut einen Tropfen auf der Haut.

Phil bekam einen mitten auf die Nase. Er schaute ebenfalls nach oben, worauf er lakonisch bemerkte: Es regnet!

Mélodie sah die Wolke über ihnen an und lächelte dem Regen zu. Die Hawaiianer sagen dazu „flüssiger Sonnenschein"!

Das haben sie hübsch gesagt, die Hawaiianer. Trotzdem will ich von die- sem flüssigen Sonnenschein jetzt nicht nass werden, ich habe gleich noch einen Termin. Bedauernd schaute Phil auf seine Uhr. Wir könnten uns dort drüben in dem kleinen Pavillon unterstellen, bevor ich los muss.

Mélodie summte vor sich hin, als sie im Pavillon ankamen. Kennst du das Tropfen-Lied?

Was meinst du jetzt? Ein Lied über Tropfen? Ein tropfnasses Lied? Ein Tropfen, der singt? kam lachend Phils Gegenfrage.

Mélodie lächelte. Kleines Geschenk für dich, bevor du gehst, sagte sie und begann, das Lied vom Tropfen im Fluss[22] zu singen.

Mit Armen und Händen zeichnete Mélodie das Rollen der kleinen Wellen des Flusses nach und wiegte sich dabei im Rhythmus in den Hüften.

Hawaiianischer Hula! kam Phil ein Gedanke.

Mélodie tanzte anmutig mit fließenden Bewegungen und wirbelte zum Schluss mitten im Pavillon im Kreis herum. Phil konnte ihre sprühende Lebendigkeit fast am eigenen Körper spüren … beide genossen, obwohl sie nicht mehr nebeneinander saßen, die Nähe des anderen sehr intensiv.

* * *

Phils gesamtes Leben drehte sich inzwischen sanft in eine angenehmere Richtung. So viele Kleinigkeiten hatten sich bereits zum Guten verändert. Sein Leben wurde leichter, so manches ging ihm jetzt besser von der Hand. War er konzentriert, sah er die Dinge wesen-tlich entspannter als früher. Nach und nach verlor sich bei ihm zum Beispiel die An-Sicht, wichtige Dinge würden nur dann korrekt erledigt, wenn er alles persönlich kontrollierte. Er bekam ein *Gespür* dafür, wann er welche Leute wie weit gewähren lassen konnte. Er entwickelte ein gesundes Abgrenzungs-Vermögen. Das äußerte sich auch darin, dass er seine Kollegen und Mitarbeiter mit einem an ihm vordem unbekannten Wohlwollen und Vertrauen ihre Arbeit tun ließ. Mit der Zeit erkannte er, dass auch andere Leute Ideen hatten, die dem Ganzen zugutekamen, und zollte ihnen angemessene Anerkennung. Sein Konkurrenz-Geist wich langsam einem gesunden *Gemein-Geist.* Sein Selbstbewusstsein wurde nicht mehr wie früher gleich erschüttert, wenn Kollegen Lorbeeren ernteten. Jetzt begann er – zu seinem eigenen Erstaunen – es ihnen von *Herzen* zu gönnen. Er entwickelte ein immer feineres Gefühl für den *wirklichen Wert* der Dinge, die geleistet wurden. Obendrein war er inzwischen ganz von selbst diplomatischer geworden. Er – das einstige verbale Raubein – verbreitete längst keine ätzenden Kritiken mehr. Jetzt brachte er für alle möglichen Dinge plötzlich echtes Ver-*ständ*-nis auf, was seinen Widersachern den Wind aus den Segeln nahm. Nun musste er nicht mehr stets das letzte Wort haben, um sich gut zu fühlen. Sich mit aller Gewalt durchzusetzen versuchte er auch nicht mehr, das hatte er nicht mehr nötig. Da er andere Menschen und deren Meinungen mehr und mehr respektierte, wurden auch seine Ansichten und er selbst mehr akzeptiert. Er stand buchstäblich da in einem neuen *Licht,* denn seine *Ausstrahlung* entwickelte sich *glänzend.* Durch seine konzentrative Haltung begann er, sich selbst zu be-Herr-schen. Es fiel ihm immer leichter, die *Ausstrahlung* und die *Ein-Drücke* seiner Umgebung zu er-*fassen.* Durch das mit-fühlende Denken begann er, das Leben auf eine sehr *element*-are Weise zu be-*greifen* – und entwickelte damit nicht nur mehr Grips, sondern bekam dadurch immer mehr Dinge buchstäblich in den *Griff.* Die Gewissheit, mit dieser inneren Einstellung seine eigene *Ausstrahlung* zu verfeinern, zu erhellen und zu vergrößern, bereitete ihm zusätzliches Vergnügen. Auch sein Über- blick über das Gesamtgeschehen wurde besser; er erkannte nun Zusammen- hänge, die er früher nicht wahrgenommen hatte. Immer öfter wachte er morgens ohne verheerende Laune auf, aber dafür mit interessanten Ideen für Neues, das zudem gut praktikabel war. Und auch mit überraschenden Problem-*Lösungen,* die auf *hohem Niveau* die unaufdringliche Note zeigten, die *charakteristisch* ist für einen allseits erfreulichen Kon-*sens.* Seine *Funken sprühenden Ideen* brachten neuen *Schwung* in seinen Job und Vorteile für alle, natürlich auch für ihn selbst. Und die echte Freundlichkeit, die er nebenher *ausstrahlte,* fast ohne dass es ihm selbst bewusst wurde, hatte ungeahnte Aufhellungen des Betriebs- *Klimas* zur Folge.

Er war sich zum Beispiel nicht zu fein dafür gewesen, der Putzfrau, die in aller Herrgottsfrühe sein Büro auf Hochglanz brachte, eines Abends auf seinem Schreibtisch ein kleines Dankeschön für ihr ordentliches Arbeiten zu hinterlassen. Sie freute sich sehr, war aber auch ratlos, was das zu bedeuten hatte. Sie gehörte zum Heer der Namenlosen, der fleißigen Helfer, die für viele Zeitgenossen etwas Selbstverständliches sind und als nahezuunsichtbare dienstbare Geister nur flüchtig bemerkt werden, wenn überhaupt. In diesem Unternehmen arbeitete sie schon jahrelang und war von Anfang an Phils Bürobereich zugeteilt. Aber nun musste sie in der gleichen Zeit viel mehr schaffen als früher. Einige der zurate gezogenen Rationalisierungs-Profis waren der Meinung gewesen, ihre Arbeit könne bequem auch erheblich schneller erledigt werden. Für diese Zeitvorgabe hatten die Pro- fis allerdings nie selbst Hand angelegt. Und da sie sich auch nicht in die Situation der betreffenden Mitarbeiter einfühlten, hatten sie keine Ahnung von dem tatsächlichen Arbeits-Druck: Knochenarbeit war das, kaum zu schaffen. Für die namenlosen Raumpflegerinnen war es mehr als hektisch geworden. Auf ihrem Rücken sparte das Unternehmen Kosten. Niemals in all der Zeit hatte ihnen irgendjemand einmal „Dankeschön" gesagt für ihre stets saubere Arbeit. Das hatte auch keine von ihnen erwartet, die Raumpflegerin für Phils Bereich ebenfalls nicht. Als sie ihm an jenem Tag auf dem Flur begegnete, bedankte sie sich und fragte ihn treuherzig, was ihn zu dieser Geste veranlasst habe.

Er hatte gelächelt und gesagt: Ich weiß jetzt besser, was sie den ganzen Tag lang tun. Ich wollte mich nur mal erkenntlich zeigen für ihre gute Arbeit.

Die Dankeschön-Überraschung war ihm eingefallen, nachdem ihm damals klar geworden war, welch enormes Arbeitspensum Ellen für ihn und die Kinder, in dem großen Haus und im Garten erledigt hatte. Und er hatte jetzt ja nur dieses Single-Apartment! Ein Haus oder eine riesige Wohnung wollte er auch nicht mehr, er mochte das Spartanische. Früher, mit Ellen, da hatte er immer gleich getobt, wenn nicht alles wie am Schnürchen lief. Phil ließ diese Zeit mit sehr gemischten Gefühlen Revue passieren. Schwerfällig erhob er sich vom Küchenstuhl, legte eine Rock- CD ein und zog gnadenlos den Lautstärkeregler hoch. Er hatte sich damals nicht viel um seine beiden Kinder und das große Haus mit dem schönen Garten gekümmert, das hatte seine Frau tun müssen. Schließlich hatte die Dame ja den ganzen Tag Zeit dafür. Er war ein viel beschäftigter Mann. Ständig im Stress. Und genau das machte seine Frau ihm später zum Vorwurf. Dass er niemals richtig Zeit gehabt habe für sie und die Kinder. Dass er nie da gewesen war, wenn sie ihn wirklich brauchten. Er wusste auch nicht, was er dazu sagen sollte, einer musste ja das Geld verdienen für ihren extravaganten Lebensstil. Er konnte sich aus seinen Zwängen nicht befreien. Seine Frau aber konnte durchaus – indem sie sich und die Kinder von ihm „befreite". Das hatte er ihr nie verziehen. Phil stützte den Kopf schwer in beide Hände …. die vertraute Rockmusik von BAP dröhnte in seinen Ohren. Die Scheidung war belastend gewesen für alle, aber während die „gegnerische Seite" anschließend – wohl versorgt mit seinem sauer verdienten Geld – ein neues Leben ohne ihn begann, fühlte er sich ausgenutzt und abgeschoben. Er hatte Ellens Beweggründe für die Scheidung nie nachvollziehen können. Seine privaten Differenzen hatten sich dann auch auf sein Berufsleben ausgewirkt. Wo immer er auftauchte, herrschte schnell „dicke Luft" und die Probleme verdichteten sich buchstäblich, weil er an allem und jedem etwas herumzu-stänk-ern hatte. Es war gewesen, als hätte ihn eine erstickende graue Wolke eingehüllt, die an ihm klebte, wie ein Säure-Nebel alles ringsumher verätzte und die gesamte *Atmosphäre* vergiftete. Doch begann sie sich sanft und kontinuierlich aufzulösen, seitdem Mélodies Tipp mit dem Konzentriertsein einen frischen Wind in seine Welt brachte. Nun tat die besondere Art dieser Rockmusik von BAP ein Übriges, und half mit, seine mentale Wolkendecke aufzureißen, um wieder Sonne zu ihm hereinzulassen. Er dachte an Mélodie. Jetzt, am späten Nachmittag, war Phil mit ihr verabredet, und pünktlich wie sie war, müsste sie gleich vor seiner Tür stehen. Sie hatte etwas angedeutet von einer Überraschung für ihn, fiel ihm jetzt ein. Er stellte die Musik leise, denn er wollte auf keinen Fall die Türklingel überhören. Er wusste nicht, ob Mélodie BAP mochte, aber er wusste, sie als Hochsensible mochte Musik nicht so gern in seiner bevorzugten Lautstärkehören.

Zehn Minuten später trat Mélodie ein, fröhlich einen schwer bepackten Weidenkorb vor sich her schwenkend. Die fünf Stockwerke zu Fuß hatten sie anscheinend kaum außer Atem gebracht.

Aloha, Phil! Rate, was hier drin ist! Phil rieb sich übers Kinn.

Ehe ihm etwas einfiel, stellte Mélodie bereits vergnügt lächelnd einige sorgsam eingepackte Köstlichkeiten auf den Küchentisch. Das hier ist Gemüse-Frucht-Salat, verkündete sie. Hier haben wir Hawaiianisches Ananas-Mango-Brot. Dies hier sind Macadamia-Käse-Biskuits. Und hier haben wir Kona-Kaffee.

Das duftet ja köstlich! Gibt das ein Hawaiianisches Abendessen? Wo hast du das alles her?

Habe ich selbst gemacht, sagte sie strahlend.

Aha. Du hast den Kaffee aber nicht selbst pflücken müssen, oder? Phil setzte sein frechstes Grinsen auf.

Als Antwort zog Mélodie eine Grimasse. Zufällig hatten sie in Honolulu geradewelchenim Laden.Also,washastduheutefürein Glück!

Wieso?

Heute bin ich dermaßen gut gelaunt, dass ich jetzt *wahrscheinlich* nicht mit Geschirr werfen werde. Mélodie wog prüfend eine Kaffeetasse in der Hand und warf Phil anstatt dieser einen belustigten Blick zu. Aber das ist eben nur die *wahr-schein-liche Zukunft*. Es gibt ja stets noch andere Möglichkeiten! fügte sie lachend hinzu.

Phil ging demonstrativ hinter einem Küchenstuhl in Deckung. Für ein paar Augenblicke war nur sein schwarz-silbriger Haarschopf zu sehen, dann äugte er über die Stuhllehne.

Mélodie gluckste vor Vergnügen. Herrlich, dass er noch so ein Kindskopf sein kann! dachte sie. Noch immer balancierte sie die zarte Tasse auf ihrer Hand.

Lässt du mein Lieblingsporzellan heile, wenn ich den Kaffee aufsetze und ganz allein den Tisch decke?

Hm.. Angebot akzeptiert!

Da habe ich ja wirklich Glück gehabt! lachte er. Soviel also zu den „Auswirkungen der Schwerkraft in der wahrscheinlichen Zukunft"! Schwungvoll kam er hinter dem Küchenstuhl hervor und machte sich mit heiterer Miene ans Kaffeekochen.

Ich wollte damals einfach etwas hawaiianisches *Flair* mit nach Haus nehmen. Zu dieser Zeit wusste ich ja noch nicht, dass das auch anders geht, beantwortete Mélodie Phils Frage, als sie gemütlich am Küchentisch zusammensaßen. In Kailua habe ich mir in einem Warenhaus ein Kochbuch[23] gekauft und daraus stammen die Rezepte. Es enthält noch bessere! Dies sind ja nur die einfachen, für Anfänger in Hawaiianischer Kochkunst wie mich. Sogar wie eine Kokosnuss fachmännisch geöffnet wird, ist ausführlich erklärt. Ganze Menü-Vorschläge findest du darin. Und was zu einer HawaiianischenParty, einem „Luau", gehört.

Ich sehe schon: da kommt gleichzeitig deine praktische und deine genie- ßerische Seite durch!

Sie probierten gebuttertes Ananas-Mango-Brot zum Gemüse-Ananas-Salat. Himmlisch! Phil bekam sofort Lust, mehr über Hawai'i zu hören, und das brauchte er Mélodie nicht zweimal zu sagen.

Be-Geist-ert erzählte sie: Man nennt die Polynesier auch *„Na 'Ohana Holo Moana"*. Das heißt: „Die reisenden Familien des Ozeans". Die Polynesier sind exzellente Seefahrer. Sie befuhren das Meer auch mit Groß-Kanus, je zwei nebeneinander gebunden mit einer Hütte in der Mitte. Das waren die Katamarane mit dem genialen Krebsscheren-Segel.

Genial? Wieso?

Wegen seines hervorragenden Verhaltens im Wind. Auf solchen Booten konnten bis zu hundert Menschen mitreisen. Die Polynesier waren klug genug, die guten Gebräuche und Kunstfertigkeiten ihrer Vorfahren in Ehren zu halten. Traditionell navigierten sie mit Hilfe von Geflechten aus Stöck- chen und Muscheln, den „Stab-Karten". Diese hohe Kunst des Navigierens ist nun nach Jahrhunderten wieder lebendig geworden. In den letzten Jahren vollzogen einige Polynesier verschiedene Reisen ihrer Vorfahren über den Pazifik nach, mit mehreren nachgebauten Doppelrumpf-Kanus. Eines davon ist die

„Hokule'a" – „Stern der Freude", ein Segelkanu von 20 Metern Länge. Mit solchen Booten segelten die Polynesier von Hawai'i bis nach Neuseeland und zurück. Einer der Navigatoren der „Hokule'a" ist ein Hawaiianernamens Nainoa Thompson. Erwirdvon seinen Leuten geradezu verehrt, weil er die überlieferten Arbeitsmethoden der Kahuna-Navigatoren bei einem der letzten polynesischen Altmeister gelernt und so vor dem völligen Aussterben bewahrt hat. Auf seinen Reisen wendet er diese alte Weisheit wieder an.

Kahuna-Navigatoren? Was sind denn das?

Kahunas nennt man auf Hawai'i jene Menschen, die nach langjähriger Spezial-Ausbildung einen hohen Meister-Grad erreicht haben, wie wir es nennen würden. Es gibt Kahunas seit alter Zeit und auf vielen Gebieten: zum Beispiel in Maschinenbau und Meteorologie, in Politik und Handel, Kriegführung und Medizin, in der Philosophie und eben auch in Naviga- tion. Die Meister-Navigatoren stützen sich dabei tagsüber auf ihre *Ein-Drücke* von Sonne, Wind, Wolken und Seevögeln. Nachts richten sie sich nach den „Sternen-Wegen" am Firmament und den geheimnisvollen Unterwasserblitzen. Kahuna-Navigatoren vervoll- kommnen unter anderem ihre Fähigkeit, sich in die *Bewegungs-Muster* der Meeresdünung *einzufühlen*. Sie *erspüren* den spezifischen Wellengang mit dem Körper. Einer von ihnen erzählte einem Filmteam, er spüre den Rhythmus der Wellen direkt im Unter-leib. Die Navigatoren wissen genauestens, in welchem Rhythmus und aus welcher Richtung welche Wellen kommen und wo sie sich im weiten Ozean brechen. Das sagt ihnen viel für ihre Navigation. Es ist eine große Kunst.

Phil staunte. Was hast du noch gehört von dieser „Hokule'a"?

Zum Beispiel, dass ihre Route mit jener verglichen wurde, die für diese Reise mit Hilfe von Satellitennavigationstechnik erstellt worden war. Und siehe da: die traditionelle Navigation hatte einen Weg gewiesen, der noch günstiger war.

Besser als mit GPS? Kaum zu glauben!

Und trotzdem wahr. Diese Reisen sind meines Er-*acht*-ens nach ein Lehrstück dafür, dass auch o h n e moderne Technik Geschaffenes, ob Materielles oder Geistiges, klugerweise Beachtung finden sollte und höchsten Respekt verdient hat.

Phil stand mit einem Male die geografische Lage des Pazifischen Ozeans vor dem inneren Auge, als schaue er auf einen beleuchteten Globus. Er staunte immer mehr. Dann sind die Polynesier auf ihren Reisen ja über den halben Pazifik gefahren! Ganz schön mutig!

Sie werden nicht umsonst auch die „Wikinger der aufgehenden Sonne" genannt. Wer solche Reisen freiwillig unternimmt, braucht ein *feines Gespür* für die *wesen*-tlichen Um-Stände, Um-Sicht und große Tapferkeit. Denk nur mal: ganz normale Familien mit Kleinkindern samt Haustieren, Saatgut und Verpflegung für Monate wagten sich damals auf eine Wasserwüste hinaus, die ein Drittel der Erdoberfläche einnimmt. Wenn ich mir das vorstelle, kommt mir jedes Mal die Raumfahrt in den Sinn.

Ah, du meinst die Weltraum-Exkursionen!

Ja, auch das sind bedeutende Reisen durch das Unbekannte und letztlich Unberechenbare. Die Astronauten haben dafür eine milliardenschwere, bodengestützte Super-Technologie im Rücken. Die Techniken der polynesischen Pazifik-Fahrer ist ebenso hervorragend, aber von bestechender Einfachheit und Natürlichkeit. Sie orientieren sich am *Wesen*-tlichen: an den Sternen, am Meer, am Wind, an den Tieren. Auch die polynesischen Familien auf ihren Schiffen gingen maximales Risiko ein, und auch sie waren da draußen nicht auf sich allein gestellt. Sie konnten keine Taste drücken und Houston rufen – sie riefen ihre eigenen Experten an: die Wesen der Natur.

Phil lächelte und nickte voller Anerkennung. Im Geiste sah er schwer beladene Doppelrumpfkanus mit gebauschten Krebsscherensegeln durch die Wellenpflügen, im endlosen Ozean. Ich sehedie Parallelen, sagte er. Habendie Polynesier sodengesamten Pazifik besiedelt?

Auf jeden Fall das Dreieck zwischen Neuseeland im Süden, den Osterinseln im Osten und Hawai'i im Norden. Das sind 30 Millionen Quadratkilometer. Und obwohl die Polynesier mit ihren verschieden entwickelten kulturellen Nuancen heute über ein solch riesiges Gebiet verbreitet sind, sind sie von ihrem *Wesen* her ein *einheitliches Volk* geblieben. Auch die unterschiedlichen Sprachen sind noch so eng miteinander verwandt, dass sich die verschiedenen Kulturen untereinander immer noch gut verständigen können. Magst du noch ein Biskuit-Röllchen?

Hawaiianische Biskuit-Röllchen mit Macadamia-Nüssen und Käse nebst entkoffeiniertem Kona-Kaffee lasse ich mir niemals entgehen! Irgendwie gelang es ihm bei seinen Worten, ein ernstes Gesicht zu machen, und freute sich, als Mélodie herzhaft lachte. Wollen wir nicht auf die Veranda umziehen bei dem scönen Wetter? fragte er dann bei einem Blick aus dem Fenster.

Ja, gerne! Im Liegestuhl kann ich noch besser schwelgen in meinen Hawai'i-Erinnerungen. Und in den Biskuits natürlich.

Du denkst auch immer nur ans Essen! lachte Phil und trug das Tablett mit dem Kaffeegeschirr hinaus auf seine Dachterrasse.

Mélodie pfiff ein kleines Liedchen vor sich hin, während sie das Gebäck mitbrachte.

Dieses Lied …! Das kam Phil sofort bekannt vor – und ein wonniges, herzerwärmendes Gefühl stieg in ihm auf. Was ist das noch gleich für ein Lied?

Daran erinnerst du dich, nicht wahr? Sie stimmte es noch einmal an, und sang es diesmal.

Oh! Jim Knopf und Lukas, der Lokomotivführer![24] Phils Augen blitzten,
und plötzlich sah er wieder aus wie der Lausbub, der er einmal gewesen war. Er lachte und fügte hinzu: Das war schön! Aber seine Stimme klang wehmütig. In diesem Moment wurde ihm *klar*, wie viel Freude ihm diese Geschichten damals geschenkt hatten…

Auch Mélodie bereiteten sie große Freude. Danke, Ihr kreativen Märchenerzähler der Welt! dachte sie still bei sich. Unermüdlich sind sie dabei, Freude zu schenken, gute Energien auszusenden – und nicht nur *Kinder*-Augen zum *Strahlen* zu bringen, wie man sieht …

Wie kommst du jetzt auf die Puppenkiste? fragte Phil vergnügt.

Die Augsburger Puppenkiste, erzählte Mélodie, ist ein *Familien*-Betrieb. Mindestens in der dritten Generation.

Aha! Schon wieder *Familien-Energien*! Wie bei den Hawaiianern. Langsam begreife ich, wie stark solche *Kräfte der Verbundenheit* sind. Anscheinend machen sie viele Dinge überhaupt erst möglich.

Auf Hawaiianisch heißt „Familie" „ohana" – und unser Wort „Familie" stammt ab vom lateinischen „Famulus", was „Diener" heißt. Ich habe das Gefühl, der *Geist des gegenseitigen Dienens und Unterstützens* ist das, was eine Familie zusammenhält und stark macht, jeder dient dort dem Ganzen auf seine Weise. Die Familie ist eine Keimzelle für den *aufbauenden Geist des Dienens und des Gebens,* darum ist jede einzelne auch so wichtig, zum Beispiel für ein *Staats-Wesen*. Es kommt darauf an, welche *charakter-* istischen *Energie-Qualitäten* von all den Familien *ausgestrahlt* werden.

Die *Ausstrahlung* mancher Puppenkisten-Geschichten finde ich auch hervorragend! sagte Phil, während er den Sonnenschirm öffnete.

Es ist diese besondere Ausstrahlung, die auch die *Kraft der zeitlosen Archetypen* enthält. Vor längerer Zeit habe ich mir Jim Knopf übrigens mal in natura angesehen – was war ich überrascht, wie klein diese Marionetten sind!

Im Fern-sehen können Dinge größer erscheinen, als sie es in der Realität sind. Übrigens genau wie bei Herrn Tur-Tur, unserem Puppenkisten-Scheinriesen, der in der Entfernung größer anstatt kleiner wird. Weißt du noch? fragte Phil vergnügt.

Ja, freilich! lachte Mélodie. Die Entdeckung der Zartheit der Figuren hat meiner Liebe zu ihnen nicht geschadet, ganz im Gegenteil: ich finde sie jetzt noch niedlicher als früher. Zu einem runden Geburtstag der Puppenkiste tauchten sie auch wieder verstärkt in den Medien auf, mit ihren Liedern und allem Drum und Dran: Jim Knopf und Lukas und Emma und der Löwe und das Urmel und …

Mitten im Satz hielt Mélodie plötzlich inne und starrte Phil an. Dann brach sie in schallendes Gelächter aus.

Phil lachte unwillkürlich mit. Was ist denn jetzt los? Der Löwe?

So ähnlich! gluckste Mélodie und bog sich vor Lachen. Jetzt weiß ich endlich, an wen du mich immer erinnert hast, prustete sie und wischte sich eine Träne von der Wange. Professor Tibatong!

Augenblicklich erstand die liebenswerte Figur des Wissenschaftlers mit Herz aus der „Urmel"-Geschichte vor Phils innerem Auge. Das nehme ich aber als Kompliment! betonte er.

Ja, sicher! japste sie.

Und wie war das nun mit der „Insel mit zwei Bergen"?

Ach, ich hatte wieder mal meine Hawai'i-Landkarten hervorgekramt, berichtete Mélodie immer noch glucksend, ich wollte mir die genaue Lage eines Tempels anschauen, den ich mal besucht hatte. Wie die riesige Karte so ausgebreitet auf dem Wohnzimmerteppich vor mir liegt und ich den großen Überblick habe, denke ich plötzlich: Big Island ist ja auch eine Insel mit zwei Bergen! Dem „Mauna Kea" und dem „Mauna Loa".

Phil nahm sich erwartungsvoll noch ein Biskuit und stopfte in bester Laune auch Mélodie eines in den Mund.

Nur eine kleine, scheinbar unbedeutende Geste – aber Mélodie fühlte sich davon tief berührt. Weißt du, sagte sie mit bebender Stimme, im antiken Hawai'i durften Männer und Frauen nicht gemeinsam essen. Dieses Verbot wurde nur zu Festlichkeiten aufgehoben. Dabei hatten die Hawaiianer die schöne Sitte, Gäste, die sie ganz besonders mögen, eigenhändig mit den besten Leckerbissen zu füttern.

Schöne Sitte! befand Phil. Dann stutzte er und fügte verwundert hinzu: Hab ich ja gerade auch gemacht!

Eben! sagte Mélodie und betrachtete Phil voller Lliebe.

Auch Phil spürte mit Wonne die besondere Atmosphäre, die sich nun entwickelte … Hawai'i ist anscheinend ein ganz besonderes Fleckchen Erde, sagte er mit einem zärtlichen Blick zu Mélodie und griff zur Kaffeekanne, um ihnen beiden nachzuschenken. Bisher verband ich mit dem Begriff „Hawai'i" ehrlich gesagt nur Honolulu,

Waikiki, Palmen, Sonne, Surfen und schöne Hulamädchen mit Blumenkränzen.

Mélodie lachte fröhlich. Stimmt ja auch alles! Das ist aber nur das vordergründige Hawai'i. Auf der *energetischen Ebene* ist alles durchzogen vom „*Aloha-Geist*". Möchtest du darüber mal etwas ganz Außergewöhnliches lesen? Über die Energie auf Hawai'i und ein paar andere wesen-tliche Dinge? Ein amerikanischer Wissenschaftler hat seine wahrhaft abenteuerlichen Erlebnisse mit der Hawaiianischen Energie aufgeschrieben[25]. Aber Obacht – es könnte dich ziemlich umhauen, wenn du die Möglichkeiten überdenkst, die in den drei Bänden geschildert werden. Sie griente. Das liebevolle „Füttern" der Ehrengäste auf Hawai'i hat er übrigens auchbeschrieben.

Wie heißt er?

Hank Wesselman. Seines Zeichens Anthropologe und gleichzeitig Kahuna. Er kennt sich bestens aus mit Hawai'i. Und mit dem Aloha-Spirit. Ich würde den Aloha-Spirit auch gern verstehen, sagte Phil versonnen. Wenn du es ehrlich meinst und nicht bloß gierig auf Informationen bist, schicke ihm deine Liebe! Dann ist die Chance ja groß, dass ein Wesen sich dir offenbart.

Phil trank noch einen Schluck von dem köstlichen Kona-Kaffee, bevor er liebevoll Kontakt aufnahm mit dem *Wesen des Aloha.*

Dann kam sein Bericht: Den *Geist des Aloha* zeigt sich mir als kraftvolle Pflanze mit fleischigen, tiefgrünen, glänzenden Blättern. Sie ist ständig im Wachstum, entwickelt außer den Blättern wundervolle große Blüten in leuchtenden Farben.

Die Pflanze trägt dicke, saftige Früchte, wie große Nüsse. Begebe ich mich in die Pflanze hinein, spüre ich mich fest verwurzelt in der Erde – „*Mutter* Erde". Dann bin ich im *Wesen*-tlichen wachsende, *nährende Liebe,* und ich verteile verschwenderisch Nahrung, nur vom *Feinsten!* Es macht mir große Freude, den Lebe-Wesen meine Unterstützung zu geben. Ich sehe genau, wie jedes Einzelne auf seine Art wächst und sich entwickelt. Von meinem hohen Stand-Punkt aus erkenne ich sogar, wie diese Lebe- Wesen früher waren und wozu sie sich inzwischen entwickelt haben. Sie sind von unten nach oben hin ausgerichtet – wie in einer Aufwärts-Spirale – und diese enthält analog dazu mehr und mehr *Licht*. In all diesen Spiralen erkenne ich die verschiedenen Lebens-Abschnitte der Wesen in ihren unterschiedlichen Gestalten. Ich sehe auch verschiedene Entwicklungs-*Möglichkeiten* um ihre gegenwärtige Position, die wie Trauben um sie herum angeordnet sind. Je nachdem, in welche Richtung sich die einzelnen Wesen wenden wollen, wird ihre zukünftige Gestalt und Lebenssituation sein. Ich selbst als Geist des Aloha *lebe ganz in der Gegenwart*, daher habe ich auch diesen allumfassenden Über-Blick. Und während ich all das über-*schaue,* bin ich allen Wesen nah in mit-*fühl*-ender *Liebe*. Ich bin immer da für sie, um sie zu erhalten und ihnen das Gefühl von Freude und Kraft, Schutz und Geborgenheit zu ver-Mitte-ln. Auf meinen dunkelgrün glänzenden Blättern funkeln Tautropfen. Auch sie gehören zu meinem *Wesen*, in *Wirk*-lichkeit sind es geistige Diamanten. Wie Mini-Prismen brechen sie das Licht der geistigen Sonne in mehrfarbige Strahlen, die verschiedenen Spiel-Art-en des Lichts.

Danke, Mélodie, fügte Phil hinzu, das war eine ganz feine Idee von dir, mir den *Aloha-Geist* nahe zu bringen!

Geteilte Freude ist doppelte Freude. Ich habe dir zu danken! sagte Mélodie entzückt, denn

Aloha ist ewige Liebe!

Eine wundervolle Kultur haben die Hawaiianer, sagte Phil.

Ja wirklich. Freundlichkeit, Akzeptanz und Liebe waren und sind ein *wesen*-tlicher Teil des traditionellen hawaiianischen Lebens. Selbst noch heute, da auf Hawai'i so viel Tourismus-Kommerz praktiziert wird, zum Beispiel beim Heiraten. Sogar als Passant kann man das fast hautnah mit- erleben. Mein Freund und ich schlenderten einmal am Strand von Waikiki entlang und standen plötzlich vor einer Hochzeitszeremonie mit zig Gästen im angrenzenden Hotelgarten. Das ist uns mehrmals passiert. Doch trotz aller Kommerzialisierung: grundsätzlich passen *Hoch*-Zeiten resonanzmäßig ganz genau zum er-hebenden *Wesen dieser Inseln.* Die

Liebe ist im *Geist des Aloha wahrhaftig lebendig* auf Hawai'i. Mélodie dachte einen Moment nach. Ich frage mich, ob es wohl eine Petroglyphe für „Aloha" gibt?

Du meinst so eine Fels-Malerei?
Ja, genau, die Hawaiianer hatten ja keine Schrift. War für sie nicht nötig..
Wie meinst dudas?

Ich meine, sie haben noch keine gebraucht. In Europa kennen wir das von den Kelten. Ihre berühmten Barden haben die Historie durch lange Balladen erhalten, alles ging von Mund zu Ohr und wieder zum Mund. Erst mit nachlassender Gedächtnis-Leistung brauchte die Menschheit die Schrift.

Phil schaute verwundert. So habe ich das noch nie gesehen!
Im antiken Hawai'i brauchte man ebenfalls keine Schrift. Man konnte sich noch wunderbar durch Symbol-Zeichnungen ausdrücken.
Ah, du meinst, ein Bild sagt mehr als tausend Worte!

Mélodie bejahte dies fröhlich. Schrift besteht im Grunde auch nur aus Bildern. Ein Gedanke wird dabei aber nicht mit einem großen Bild ausgedrückt und herüber gebracht, sondern mithilfe vieler kleiner und winziger Bildchen, den Worten und Buchstaben. Ich erkenne in der Entwicklung der Schrift analog eine Veränderung des Denkens: sie zeigt den gedanklichen Wechsel von der Erkenntnis der Qualität hin zur Darstellung bloßer Quantität. Die Qualität, also die Bedeutung der Zeichen, wurde dabei mehr und mehr in den Hintergrund gedrängt: die Macht eines Bildes wurde zerfasert in zahllose kleine und kleinste Details.

Eine emotionsgeladene Illustration wurde also zu Geschwafel. Mélodie lachte auf. Das Wort „illuster" hat übrigens die Bedeutung „erleuchtet". So eine Illustration ist nicht nur erkenntnisreich, sondern direkt ein-leuchtend, das heißt, die Menschen be-greifen leicht die innewohnende Energie. Was in alten Zeiten beim Anblick einer solchen Illustration allen *klar* war, wurde im Laufe der Zeit buchstäblich zum heutigen Hintergrund-Wissen. Auch die Bedeutung der so entstandenen kleineren Einheiten, beispielsweise das Wesen der Worte, fiel irgendwann nicht mehr ins Gewicht, sie konnte buchstäblich nicht mehr be-griffen werden und war deshalb auch kein Gegenstand der offiziellen Lehre mehr. Obwohl ein Wort doch bedeutungs-schwer und sinn-voll ist, also voll von wicht-iger ausstrahlender Energie.

Stimmt, grinste Phil, so ähnlich war es bei mir. Mir war das Wesen der Worte ja auch noch nicht bewusst.

Da fällt mir ein: die Fähigkeit, Bilder zu sehen, ist eine Fertigkeit unserer rechten Gehirn-Hälfte, und mit der hängt ebenso Gelassenheit, Konzentriertsein und Gefühl zusammen. Eigenschaften, die auch auf Hawai'i zutreffen. Schreiben jedoch gehört zur linken Gehirnhälfte. Die haben wir in unserer westlichen Kultur dominant werden lassen – und damit eben n i c h t Gelassenheit, Konzentriertsein und Gefühl.

Hm, ganz neue Zusammenhänge für mich ... Phil schaute gedankenvoll in die Ferne. Die Sommerhitze auf seiner Dachveranda 5 Etagen hoch über dem grünen Innenhof wich langsam dem milden Abendlicht. Am liebsten würde ich gleich morgen schön gelassen abfliegen in den Urlaub nach Hawai'i, anstatt mich wieder herumzuärgern.

Stress im Büro?

Ach, dieser Goschuffreißer, erzürnte sich Phil. So vieles ist in den vergangenen Monaten besser geworden, aber mit diesem Kollegen ist einfach kein Auskommen. Dabei habe ich meinen Kampf-Geist doch wahrlich heruntergefahren.

Wir sollten die Dinge so sehen, wie sie sind und erst einmal annehmen. Aber wir müssen sie nicht so lassen, Philos! ermunterte sie ihn lächelnd. Wenn du möchtest, können wir eine kleine Übung zusammen machen. Phil war erfreut über Mélodies Angebot und machte sofort mit..

Wie denkst du jetzt über den „Goschuffreißer" fragte Mélodie anschließend. Alles nur noch halb so wild. Phil lächelte entspannt. Das hat echt gut getan! Als wenn etwas Dunkles, Schweres jetzt weg ist.

Stimmt ja auch. Die vorher niedrigen Frequenzen in deinem Energiefeld hast du klugerweise soeben losgelassen und mit höheren ersetzen lassen. Das, was dir und natürlich dem anderen Menschen nicht gut tat, hast du somit freiwillig abgegeben. Etwas ab-geben bedeutet aber auch: etwas ver-geben. Dies war gleichzeitig ein groß-herz-iger Akt der *Vergebung* von dir! Übrigens hast du jetzt nichts geändert im Energiefeld des anderen, sondern nur in deinem, das ist also k e i n e Manipulation. Das andere Wesen reagiert nur auf die von dir veränderte Qualität in deinem   e i g e n en Energiefeld.

Phil überlegte. Dann brauche ich ja gar nicht, wie immer gesagt wurde, zwingend andere Menschen, um durch sie Vergebung, Gnade und Befreiung zuerlangen!

Ja, genau.

Das ist ja eine wunderbare Erkenntnis! Und was sagt unser werter Volksmund dazu? fragte Phil sichtlich erleichtert:

Hilf dir selbst – dann hilft dir Gott

Und die Buddhisten, erzählte Mélodie, geben uns den weisen Rat:

Sei dir selbst ein Licht

Mir hat inzwischen eingeleuchtet sagte Mélodie, selbst wenn ich einen anderen Menschen um Ver-*Gebung* anflehen würde, das allein könnte meine innere *Not-Lage* nicht von mir ab-wenden, nicht *wirk*-lich und grundsätz- lich. Ähnlich wie auf einer Computer-Festplatte auch gelöschte Daten tief drinnen trotzdem noch immer vorhanden sind und wieder zum Vorschein gebracht werden können. Die Erleichterung, die ich verspüre, wenn ein anderer oberflächlich sagt: „Schwamm drüber!" ist leider bloß subjektiv, und bei der allernächsten Gelegenheit könnten diese unerledigten Sachen erneut hoch kommen – weil die Energie nicht grundlegend geändert wurde. *Objektiv* gesehen ist Vergebung von anderen buchstäblich nicht zwingend für meine emotionale Befreiung *not- wend*-ig, denn das kann meine innere energetische Lage ja gar nicht *wesen*-tlich verbessern!

Meine Güte! sagte Phil. Canossa-Gänge sind also gar nicht notwendig! Schau mal genau hin – sie sind nur ein Macht-Werkzeug! *Wirk*-lich *notwend*-ig, also die Wende in der Notsituation bringend, ist es, die „Festplatte" neu zu konfigurieren: *in sich selbst* aktiv zu werden. Das heißt, anderen und sich selbst gütig zu ver-*geben* und sich ehrlich zu ent-Schuld-igen. Bleibe ich ruhig und ausgeglichen, werden Konflikte fair *gelöst* und alle Be-Teil-igten behalten dabei ihre *Würde*. Jede Seite bekommt obendrein die Möglichkeit, die andere wirk-lich ver-*stehen* zu lernen.

Was für eine großartige Chance! sagte Phil.

Ja, und darin spüren wir den *Geist der Synthese,* der stets auf die ausgleichende Gerechtigkeit für beide Seiten hinwirkt. Und mit deiner neuen An-Sicht siehst du die Dinge nun von einem *höheren Niveau.*

Das ist wieder dreidimensionales Denken! Ja, wirklich, ich stehe jetzt auf einem neuen, *höheren Stand-Punkt* als vorher – ist ja kein Wunder oben auf dem „Berg der Erkenntnis"! Phil lachte befreit. Ich sehe mich selbst und meinen Kollegen nun in einem anderen Licht.

Es stimmt, jeder Mensch hat seinen *Grund* für das, was er tut. Jeder von uns lebt ja buchstäblich auf dem *„Grund* und Boden", also der *Basis* seines eigenen *Energie-Feldes*, welches wiederum an andere *Grund-Stücke,* andere *Gründe* in der weiten *geistigen Landschaft* der Gemeinschaft angrenzt. Ein jeder von uns be-*sitzt* dort sein eigenes *Gedanken-Gut*. Dort lebt unsere persönliche Geschichte. Und dort liegen unsere *geistigen Boden- Schätze*: viele verborgene *Werte*! Bei deinem Kollegen ebenso.

Ich erkenne jetzt auch seine innere Würde, ich empfinde mehr Wertschätzung für ihn. Es ist alles viel ruhiger und klarer als vorher. Ich bin froh, dass ich diese alten Energien eben losgelassen habe.

Ich auch. Sie hatten deine Ausstrahlung jedenfalls nicht charismatischer gemacht, sagte Mélodie lächelnd. Sie sind ja kein Ausdruck von *Sympathie* dir und anderen gegenüber. Düstere Energien bringen kein dauerhaftes Wohlgefühl. Die Anspannung in dir, die dadurch verursacht wird, würde dich zwingen, diese entweder gewaltsam zu unterdrücken oder in Aktion umzusetzen. Beides ist auf Dauer aber keine *Lösung*. Denn die zugrunde liegende Situation ist damit ja nicht verschwunden! Eine Er-*Lösung* von diesen Zuständen bringen zum Beispiel Methoden wie die Technik, die du eben erlebt hast. Es gibt auch noch tief greifendere Methoden, wenn das not-wend-ig sein sollte. Sie eröffnen dir den Ausweg zwischen den beiden Extremen – komplette Verdrän- gung einerseits und hemmungsloses Ausleben gegenüber anderen oder dir selbst andererseits: den gesunden „Goldenen Mittelweg" der sanften *Höher-Transformation*.

Extreme nennst du das? fragte Phil verblüfft. Ich dachte, wenn ich bei- spielsweise meinen Frust herauslasse, indem ich gegen einen Baum trete oder mal laut werde, ist das auch eine *Lösung*!? Dann ist die nervige Energie doch weg!?

Ist sie eben nicht! Nur der schlimmste Überdruck ist abgelassen – und das auch nur vorübergehend. Das ist es, was man als kurzfristige Erleichterung spürt. Generell sind Energien ja nicht zerstörbar, sie sind nur von einer *Schwingungs-Form* in eine andere verwandelbar. Werden die *Energie-Frequenzen* niedriger, würde es dir schlechter gehen, werden sie hoch trans-*form*-iert, geht es dir *wesen*-tlich besser.

Prima. Dann kann ja jetzt alles besser werden! freute sich Phil.

Bei den Aborigines zum Beispiel ist es nur den Kindern erlaubt, Gefühle hemmungslos herauszulassen, aber auch ihnen wird schon tatkräftiges Mit- Gefühl für alle Wesen gelehrt. Bei den Erwachsenen gilt das Ideal, Gefühle wie Ehrgeiz, Feindseligkeit und Egoismus im Reifen des Menschen zu überwinden und sie nicht in der Öffentlichkeit wahllos auszuleben. Die nordamerikanischen Indianer erziehen ihre Kinder zur Stille. So lernen die Kinder früh, Freude an der Ruhe zu haben und aufmerksam auf alles ihre Sinne zu richten, wenn auch die meisten Weißen dort nichts sehen oder hören oder fühlen. Indianer sind still, damit das Geistige in allen Dingen sich ihnen offenbaren kann. Für dieses klare Bewusstsein, das ja auch das Fühlen seines eigenen Selbst- Bewusstseins mit einschließt, kämpfen sie heute mehr denn je, allerdings ohne Waffen. In der althawaiianischen Gesellschaft hatte man einen weiteren guten Ansatz: dort wurde gleichfalls schon den Kindern beigebracht, n i c h t wahllos Gefühle herauszulassen. Anstatt dessen wurde ihnen „*'olu'olu"* gelehrt: „*Gelassenheit* "[26]. Gefühle in unserem Energie-Feld erwecken ja *Resonanz* in den Energie-Feldern meiner Umgebung, beispielsweise in denen anderer Menschen. Das tun sie, auch wenn diese Gefühle bewusst oder unbewusst verdrängt sind. Und sie tun es besonders stark, wenn du sie wieder aktiviert hast. Bei negativen Gefühlen ist das eine Resonanz, die uns garantiert nicht gefallen würde. In Asien wurde unter anderem aus diesen Erkenntnissen die höchste Form der Kampf-Kunst entwickelt: das Siegen, ohne zu kämpfen. Es bedeutet, die Resonanz mit einem Gegner in sich selbst aufzulösen. Siegen durch Kampf hingegen weist auf eine noch bestehende Resonanz mit dem Gegner hin. Dies ist eine weitaus niedrigere Stufe des Siegens.

Phil war beeindruckt. Das ist ja hoch interessant!

A l l e s , was wir denken, fühlen und tun unterliegt meiner Ansicht nach den universellen Kräften der Resonanz. Das bedeutet: all unser Denken, Fühlen, Handeln be-*EinFluss*-t nicht nur unsere Umgebung, sondern fällt auf uns selbst zurück! Irgendwo, irgendwie, irgendwann bekommen wir alles wieder: als sicht-bares Spiegel-Bild, als hör-bares Echo, als fühl-baren Bumerang. Wenn wir in uns Frieden entstehen lassen durch Vergebung nicht nur für andere, sondern genauso für uns selbst, wird das Hin und Her von Vergeltung und Rache durchbrochen. Als Resonanz darauf breitet sich der Frieden aus. Wir ernten, was wir säen.

Und ab wann funktioniert das?

Das gilt immer.

Phil wurde plötzlich unruhig und rutschte auf seinem Liegestuhl herum. Bei jeder Gelegenheit? Selbst bei den kleinsten Kleinigkeiten? Lächerlichen Dingen wie … wie … eine Mücke ins Nirwana zu befördern? Du willst mir doch jetzt nicht erzählen, eine so unbedeutende Sache sei relevant auf diesem Planeten! Davon wird sicher niemand ein Aufhebensmachen!

Aber ja! beharrte Mélodie. Auch die kleinsten Kleinigkeiten sind relevant! Das *zeigt* uns unter anderem an-*schau*-lich das Wort „*re-levant*" selbst: eigentlich bedeutet es „in die *Höhe heben*". Es stammt aus dem Rechts- Wesen und geht vom Bild der Waage Justitias aus: liegt etwas von *wesen*-tlicher *Bedeutung,* von *Ein-Fluss* und *Gewicht* – und daher etwas *Schwerwiegendes* – in der einen Waagschale, wird dadurch die andere Waagschale naturgemäß in die *Höhe gehoben.* Mélodie zeichnete mit den Händen eine sich hebende Waagschale in die Luft. Die *Gerechtigkeit* im Leben macht also in der Tat ein „*Auf-Heben*-s" von allem *Wesen*-tlichen, nicht wahr? Auch ein Insekt ist als ein „*Lebe-Wesen*" eindeutig *sicht*-bar ausgestattet mit der *Ausstrahlung* seines *energetischen Wesens* – und daher ist es natur-gemäß sehr wohl von *wesen*-tlicher *Bedeutung!* Die Gerechtigkeit macht ohne Ausnahme ein „*Auf- hebens*" von allem mit *wesen*-tlicher Bedeutung – und wer oder was hat die nicht? Das heißt auch, dass die *wesen*-tlichen Dinge in unserem Leben *prinzip*-iell immer *wieder hoch*-kommen, immerwieder für uns *re-levant* werden. Und zwar solange, bis eines Tages alles *Schwerwiegende* in uns aufgelöst ist. Dann erst sind die Waagschalen *ausgeglichen* und auch der *Gerechtigkeit wurdegenügegetan.*

Gerechtigkeit ... mit dem *Wesen der Gerechtigkeit* würde ich mich auch gern anfreunden ...

Mélodie lächelte ihm aufmunternd zu.

Phil schloss seine Augen und sandte dem *Geist der Gerechtigkeit* seine Liebe ... Anschließend berichtete er Mélodie: für mich sieht die Gerechtigkeit aus wie eine dicke, runde Scheibe, die waagerecht liegend vor mir schwebt. Sie hat keineswegs einen martialischen Charakter, wie ich früher angenommen habe, sondern besitzt eine durchweg rosarote Tön-ung! Dieser Farb-Klang ist die Gefühls-Schwingung *fürsorglicher Liebe,* untermalt von *herz-licher Freude!* In diesem Augenblick war Phil restlos *klar geworden,* dass Gerechtigkeit nichts, aber auch gar nichts Strafendes an sich hat. Die spezielle Aufgabe dieses Wesens ist der *gesunde Ausgleich* von allem! Ich habe eben begriffen, dass dieser Dienst zutiefst liebevoll erfüllt wird durch sorgsames *Ein-fühlen* in alle Bereiche des Lebens und ständiges hoch-sens-ibles *Ab-*

wägen der Gegebenheiten der Lebens-Zyklen aller Wesen. All das geschieht innerhalb des Energie-Feldes der Gerechtigkeit. Das Ausbalancieren und Stabilisieren des natürlichen Gleichgewichts findet dabei o h n e visuelle Kontrolle statt. Was nichts anderes heißt als: der edle Geist der Gerechtigkeit arbeitet *rein sens-itiv* mit der Grundform allen *Wahr*-nehmens: dem *Ein-fühlungs-Vermögen*! Blitzartig wurde Phil jetzt auch klar, warum sensible Menschen in der darstellenden Kunst den als

„Justitia" personifizierten *Geist der Gerechtigkeit* mit einer Waage in der Hand zeigen – und mit verbundenen Augen. Der äußere *Schein* kann nämlich trügen und ab-lenken vom *Wesen*-tlichen, erklärte Phil, aber mit liebevoller *Fühlung-Nahme* und klarer *Objektivität*, ohne jegliches ä u ß e r e An-Sehen welcher Person auch immer, kommt man der *inneren Wahr*-heit auf die *Spur*. Wie wundervoll an-schau-lich und gleichzeitig gediegen einfach diese Künstler ihre Erkenntnisse symbolisch umgesetzt haben, fügte er voll Bewunderung hinzu. Diese Menschen haben das *Wesen*-tliche der Gerechtigkeit *er-spürt*: ihr zutiefst *mit-fühlendes Wesen*. Und vermutlich wegen der mütterlichen und fürsorglichen Art dieser Energien, die sie empfunden haben, hat Gerechtigkeit eine weibliche Gestalt bekommen. Aber das Schwert? kam eine neue Frage auf, was hat das Schwert zu bedeuten, mit dem Justitia auch dargestellt wird? Das ist das Schwert des *scharf-sinn*-igen, *wahr*-nehmenden Geistes, die *erkennende Kraft* des die Dunkelheit geistiger Um-Nacht-ung durchdringenden Ver-*ständ*-nisses, blitzte ein weiterer Gedanke auf in Phils Geist. Gerechtigkeit ist ganz anders, als ich dachte! fügte Phil strahlend hinzu. Mir kam dazu auch noch das Gedankenbild:

Die Wogen werden geglättet und der Tropfen kehrt ins ruhige Meer zurück

Ja, und das natürliche *Wieder-Auftauchen re-levanter* Dinge aus diesem Meer des Einsseins wird bewirkt von der *Re-sonanz,* erzählte Mélodie.. Auch die ist ja ein universelles *Prinzip* und wirkt immer und überall und generell auf alle Energien, gleichgültig, ob sie uns nun winzig klein erscheinen oder rie- sig groß. Die Resonanz hilft uns, die gerade zur Be-Reinigung an- stehenden *Energien* zu erkennen und sie in *feinere Schwingungs-Frequenzen,* also *höhere Qualitäten* und *erhabenere Werte*

umzuwandeln. Das „Schwer-wiegende" in der Waagschale wird dabei gereinigt, verfeinert und er-leichtert. „Dunkle Punkte" in unserem Leben – also bisher schwere, kalte dunkle Farb-Klänge wandeln sich auf diese Weise immer mehr zu einer warm-strahlenden, hell klingenden Note. So bekommt unsere Ausstrahlung immer mehr *warm-herz*-ige *Leucht-Kraft.* Wirbauen langsam aber sicher das *Phänomenale* in uns auf.

Vorhin kam mir der Gedanke, berichtete Phil, dass in meinem Energie-Feld auch meine *Motive* für mein früheres Verhalten verborgen liegen.

„Motiv" heißt ja auch „Be-*Weg*-Grund" – demnach war dieses der *Grund* meiner äußeren Be-*Weg*-ung, meine innere Trieb-Kraft für mein damaliges Verhalten. Gottfried Wilhelm Leibniz sagte einmal, nichts geschehe ohne *Grund.* Das konnte ich nicht so recht glauben. Jetzt ist das anders, jetzt habe ich eigenes Wissen darüber erfahren. Und noch etwas fällt mir dazu ein: der Begriff „Motiv" hat nicht nur eine *bild*-hafte Bedeutung, sondern auch eine *hör*-bare. Es gibt ja auch in der Musik
„Motive" – kleinere Ein-heiten eines musikalischen Themas, das *immer wieder vor-kommt* und von verschiedenen *Stimmen* variiert werden kann. Ich denke, so, wie die *Farb-Klänge* meiner inneren Motive durch ihre Höher-Transformation eine schönere, hellere *Stimmung* wiedergeben, herrscht insgesamt mehrHarmonieinmir *selbst.* Undwenn eine harmonische *Stimm*-ung herrscht, dann *stimmt* einfach alles! Man sagt doch auch, dass *etwas stimmt,* wenn es sich dabei um die *Wahr*-heit handelt. Ich habe das Gefühl, diese beiden

Begriffe Harmonie und Wahrheit stehen in einem *wesen*-tlichen Zusammenhang! Mélodie blieb ganz still in ihrem Liegestuhl sitzen, um Phils *Ideen-Strom* sich frei entfalten zu lassen. Jetzt entwickelt er das innere Hören! blitzte ein froher Gedanke in ihr auf. Sie konzentrierte sich daraufhin noch stär- ker, um das hohe Energie-Niveau, das nun durch sie beide floss, weiter zu stabilisieren und Phil damit energetisch zu unterstützen.

Der spürte indes fein-fühlig den warm-glänzenden, filigranen Gedanken-Formen in sich selbst weiter nach. Was Phil in dem Moment noch nicht wusste: Deren *Feuer* ähnelt im *Wesen*-tlichen der Mach-*Art* der schö- nen uralten Zeichnungen der Aborigines. Sie drücken mit ihrer „Tupfen- Malerei" die *feurig leuchtende Beschaffenheit* der *Bewusstseins-Energie- Felder* ihrer „Traumzeit" durch viele verschiedenfarbig schimmernde Pünktchen aus. Was sie dabei *sehen* und Phil nun *spürte*, sind die *Funken des Lebens*, die *Bio-Photonen*, die die innere *Wirk*-lichkeit bilden, die *Wahrheit*, das *Wesen*:

Das leuchtende Herz des Lebens

Dies ist das *grund-legende Prinzip* eines Welt-Bildes, welches die enorme Kraft besitzt, in allem das *Lebendige wahr-nehmen* zu können.

Ich *empfinde* es so: wenn etwas in sich *stimmig* ist und dort *Harmonie* herrscht, dann ist das die eigentliche Wahrheit, erklärte Phil, dem *vibrieren- den Klang* seiner Gedanken-*Fährte* konzentriert folgend. Wo Dis-Harmonie herrscht, ist die Wahrheit nur unterdrückt, verzerrt und verschleiert; dann wird sie „Un-Wahrheit" genannt. Verändere ich aber Dis- Harmonien zu harmonischem *Ein-Klang*, so wie ich das mit einer Frequenz- Änderung tue, kommt zum Vor-Schein, was ich im *Grunde* schon längst BIN! Ich erkenne mein wahres, un-verzerrtes *eigentliches Wesen*, das bloß gehemmt und unterdrückt war ... der Schleier fällt...

mir ist, als nähme ich eine Maske von meinem *wahren* Gesicht. Phil *fühlte* sich behutsam immer tiefer in die *Sach*-Lage hinein ... Demnach BIN ich in Wahrheit doch bereits voll hoher *Qualitäten*, voller *Güt*-e, sagte er. In mir existieren also schon *hohe Werte*, ich muss sie nicht erst alle neu aufbauen.

Mélodie lächelte.

Wenn ich auf meiner „weißen Weste" die alten dunklen Flecken, den düsteren Grau-Schleier auf-*löse,* können sich meine hohen Werte wieder frei entfalten – und das buchstäblich, nicht wahr? Dann hülle ich mich selbst und andere nicht mehr in eine abstumpfende dunkle Energie-Wolke ein, sondern lasse einfach meine *wahren großen Werte hervor-strahlen*!

Strahlend blickte er Mélodie an, und die lachte glücklich zurück. Wie hat er sich seit damals verändert, dachte sie. Jetzt ist er wahrhaftig dabei, eine *phänomenale Erfolgs-Aura* aufzubauen!

Motive in mir wie zum Beispiel Angst repräsentieren also gar nicht mein ureigenes, wahres *Wesen*! sprudelte es aus Phil heraus. Sie lassen lediglich meine bereits vorhandenen *Qualitäten* nicht voll zur Geltung kommen. Sie stülpen sich manchmal nur darüber und drücken sie durch ihre Last zu Boden. So etwas sind „dunkle Punkte" in einem Leben,
„niedere Beweg- Gründe". Angst fühlt sich eng an, jeder kennt das. Sie schnürt die Lebendigkeit ab, be-schränk-t deren Ent-faltung. Ich habe das Empfinden, dass aus solch genereller energetischer Be-schränktheit viele andere klein-geist-ige Einstellungen erst entstehen, von harmloser Klein-lichkeit über Eng-stirn-igkeit bis zu gefährlichem Größen-Wahn.

Ja klar, jemand mit Größen-Wahn ist in Wirk-lich-keit ein Klein-Geist, er wähnt sich ja nur groß, dachte Mélodie still.

Identifiziere ich mich mit einem solchen Zerr-Bild meiner selbst, erkenne ich meine wahren Qualitäten nicht an und bin daher mir selbst gegenüber un-auf-richt-ig. Wenn ich meine hohen inneren Werte leugne, ist das also nichts anderes als Selbst-Täuschung! Und Leugnen heißt lügen! Angst ist nichts als Lug und Trug! Fazit: in Wahrheit bin ich im Grunde i m m e r ein wert-voller Mensch – ein Mensch voller Werte – gewesen und ich bin es auch jetzt. Gleichgültig, was alles passiert ist in meinem Leben. In Wirk-lichkeit bin ich *gut* genug! Ich habe nur diese Maske auf, die ich auch wieder herunternehmen kann. Und dieses Fazit gilt nicht nur für mich, sondern für jeden anderen Menschen ebenfalls!

Mélodie hatte bisher still neben Phil gesessen und sich konzentriert. Weil sie für die *Aussage-Kraft* der Äußerungen anderer inzwischen sensibler war als früher, hatte sie gespürt, welch *schimmernde* Qualität aus Phils Darlegungen *hervorstrahlte*. Warme Freude breitete sich in ihr aus, als sie ihm lauschte. Wirklich, sagte sie, als Phil zu Ende gesprochen hatte, deine Gedanken *funkeln* wieder! Dein *Sinn*-Bild mit der *Maske*, die jeder Mensch vor seinem wahren Gesicht trägt, erinnert mich daran, dass das Wort „Maske" im Lateinischen *„persona"* heißt. Mit einer Maske wurde früher die *Rolle* eines *Schau-Spielers* auf der Bühne be-*stimmt*. Ich habe das Gefühl, dass jeder Mensch auf der Bühne des Lebens jeweils eine *Charakter-Rolle* spielt. Was er darstellt, ist eine be-*stimmte Person*: seine *Persön*-lichkeit. In dem Wort „persona" erkenne ich obendrein die Bedeutung „*per sona*", was ich mit „*hindurch klingen*" übersetzen könnte: das Maß der inneren *Harmonie schallt* durch den Körper *hindurch* aus den Menschen heraus. So be-*stimm*-t es als Echo das *Lied* ihres Lebens ...
Mélodie ließ nun ihrem Gedankenstrom dazu freien Lauf:

Manche *Personen* fristen ein mono-*ton*-es oder sogar nichts-*sagendes* Leben, und irgendwann sind sie unbemerkt – *sang*- und *klang*-los – von der Bühne des Lebens wieder verschwunden.

Viele sind verstrickt in ein Dasein, das eine einzige Kette von Un-*stimm*-igkeiten ist.

Etliche Menschen *hören* nie auf, sich und andere mit unüber-*hör*-barer Zer-*knirscht*-heit zu martern.

Viele versuchen in dieser lauten Zeit mit *Schrill*-heit die erste Geige zu spielen.

Einige Menschen strahlen derartige Dis-*son*-anzen aus, dass man sie – mit allem Respekt – buchstäblich als „ver-*Krach*-te Existenzen" bezeichnen könnte.

Einige *Personen* aber leben gemäß ihrer Ein-Sicht, dass ein Da-Sein im *Ein-Klang* mit allen Wesen zum *guten Ton* gehört. Sie geben den *Takt* an in einem be-*schwing*-ten Leben, das viel-*stimm*-ig und harmonisch ist wie eine *Sym-phonie.*

Das hat ja alles mit Tönen und Geräusch zu tun … aber von innen! kam Phil wie ein Blitz die Erkenntnis.

Mélodie lachte glücklich. Das ist „Inneres Hören", und damit können wir uns wieder ein Stückchen mehr aus unserem Schneckenhaus befreien! Denn mit dieser wundervollen Fähigkeit kannst du – mit welchen Wesen auch immer – jetzt nicht nur mit dem „sentuitiven Denken" an Hand von Mit-Fühlen und Sehen kommunizieren, sondern gehst nun einen Schritt weiter und verwendest zusätzlich deinen *höheren Hör-Sinn.*

Phil strahlte sie an. Und wie ist das mit dem höheren Geruchs- und dem Geschmacks-Sinn?

Die entwickeln sich auch noch, wir werden es erleben … In unserer Kultur waren das bisher die beiden am wenigsten gebräuchlichen Sinne. Jetzt ändert sich das, denn seit einigen Jahrzehnten werden immer mehr Kinder geboren, die solche Talente, wie wir sie hier wieder auffrischen, gleich parat haben. Die meisten Erwachsenen können mit den ersten drei Sinnen am besten üben und Erfahrung sammeln in der Wesens-Kommunikation. Mit der Anwendung unserer Methoden wird gleichzeitig die Schwingungs-Frequenz eines ganz bestimmten Charakterzuges aufgebaut: er beinhaltet, dass ich den Geist aller Wesen, mit denen ich kommuniziere, mit dem liebevoll ein-leuchtenden Wesen der Ursprünglichen Wissenschaft erhelle und dabei gerne zulasse, gleichzeitig ebenfalls durchleuchtet und dadurch selbst auch noch mehr erhellt zu werden. Ich fungiere dabei wie ein Vermittler des Lichts, und meine An-Wesen-heit gibt sogar energetischen Schutz. Ich bin dann wie ein Leuchtfeuer, das anderen sicheres Geleit geben und sie obendrein dazu in-spir-ieren kann, das Beste in ihnen zu stärken und zu ver-wirk-lichen.

Das sind doch alles Eigenschaften von Charisma! sagte Phil. Habe ich ja selbst ent-deckt!

Siehst du! Genau das meine ich. Du fängst schon an, Charisma zu entwickeln!

Phil strahlte. Weißt du, woran mich das „Innere Hören" jetzt erinnert? Ich habe von jemandem gehört, der die *duftig feinen, köstlich vibrierenden Klang-Farben* des Lebens in allem um uns her ebenfalls wahr-genommen hat: der Dichter Joseph von Eichendorff. Er beschrieb einmal ein wundersames Erlebnis als Zehnjähriger im heimischen Garten von Schloss Lubowitz: es ist Frühling, er schaut ins Tal hinab. Er war der Meinung, er hörte damals die Dinge singen! Das inspirierte ihn wohl zu seinem berühmtesten Gedicht[27]:

Wünschelrute

*Schläft ein Lied in allen Dingen
Die da träumen fort und fort
Und die Welt hebt an zu singen
Triffst du nur das Zauberwort*

Dieses Gedicht hat auch mit der philosophischen Vor-Stellung zu tun, dass die Welt durch *Sprache erlöst* werden kann, erklärte Phil. Ist das nicht eine *herz-erwärmende,* ja be-*Gnade*-te Idee!

Er sah Mélodie dankbar lächeln über die tiefe Weisheit, in schlichte und doch so ein-druck-svolle Worte gekleidet vom *geist-reich*-en, *tief-sinn*- igen, *funkelnden Charakter* Joseph von Eichendorffs. Sie erfreute sich an der *brillanten Dicht-Kunst* hinter den *dezenten* Worten des kleinen Kunstwerks, diesem *funken-sprühenden* geistigen Geschenk an die Menschen. Es kam ihr vor wie eine edle Morgen-Gabe, ein Klein-Od, dessen Leucht-Kraft die Nacht des Geistes überwinden hilft mit *strahlender Wahr-* heit. Als sie spontan und mit Dankbarkeit dem *Wesen dieses Gedichtes* ihre Liebe sandte, bekam sie augenblicklich das Empfinden, wie von schimmernden Flügeln des Geistes kraftvoll emporgetragen zu werden
– in *warme, helle, klare* Gefilde des Ver-*Stehens* auf einer *hohen Ebene*. In diesem Moment wurde ihr *klar*: das bewusste *Be-Greifen* der Worte einer Sprache bedeutet tatsächlich Er- *Lösung* für uns Menschen! Und zwar, indem wir durch die neue *Klarheit* überholte oder nicht *real*-istische Vorstellungen *los-lassen* können. Entzückt teilte sie ihre Erfahrung sogleich mit Phil, der schon daraufwartete.

Wir *lösen* uns durch unser neues Wissen von wenig *sinn*-vollen *An-Sich- ten* und so, mithilfe der Resonanz, wie durch Zauberhand auch aus alten Lebens-*Um-Ständen,* sagte sie begeistert. Denn wenn wir nicht mehr den tiefen *Inhalt,* die *definitive Bedeutung* der Worte wissen, auf die wir alle uns mit Hilfe von tief-*Sinn*-iger Sprache ja einstmals geeinigt haben, wenn wir also unsere kulturellen, gesellschaftlichen und persönlichen *Werte* und auch uns selbst nicht *klar er-kennen* und anstatt dessen entweder unsere eigenen völlig subjektiven Interpretationen davon fabrizieren oder aber vorgefertigten weltfremden An-Nahmen einfach blind glauben – dann können wir auch nicht im *Ein-Klang* mit der Welt leben! Wir brauchen als *wesen-tliche Gemeinsamkeit* den *über-ein- stimmenden Ausgangs-Punkt* für eine weitblickende Entwicklung aus geistigem Sumpf heraus zu *höherem* Niveau. Auch, um unsere eigene *Identität klar* zu erkennen. Hast du übrigens bemerkt, knüpfte sie, vor Freude immer noch tief bewegt, wieder an, dass du vorhin mit den *hohen lebendigen Werten* in dir eine *fundament-ale geistige Ebene deiner selbst* entdeckt hast?

Habe ich, berichtete Phil hoch konzentriert, ich hatte dabei ein sehr angenehmes Gefühl von ... *Gediegenheit.* Als sei ich auf ein sicheres, trag- fähiges, grundsolides *Fundament* gestoßen, auf dem ich getrost mein Leben aufbauen kann.

Und ob du das kannst! sagte Mélodie. Damit hast du dein ursprüngliches *Selbst-Wert-Gefühl* wieder-ent-deckt! Ich bin übrigens auf ähnliche Weise *dahintergekommen.*

Ja, sagte Phil mit leuchtenden Augen, während er liebevoll Mélodies Schulter streichelte, stimmt! Ich habe tatsächlich meine hohen *Werte* in mir selbst wieder entdeckt. Das tut unendlich gut!

Mélodie betrachtete ihn zärtlich. Und wenn wir zum Beispiel Reisen in unser *Selbst* unternehmen, bekommen wir ebenfalls tief-greifende *Ein-Sicht.* Und *Selbst-Erfahrung,* fügte sie hinzu. Ich erkenne dabei immer mehr, wer ich in Wirk-lichkeit bin, was tat-*säch*-lich aus mir heraus wirkt: das ist tiefe *Selbst-Erkenntnis.*

Aus diesen konkreten Er-*fahr*-ungen heraus entsteht ein korrektes *Selbst-Bild.* Unangemessene Einstellungen – die reichen können von Selbstbeweihräucherung über Selbstmitleid bis zum Selbsthass – haben damit keine Grundlage mehr und beginnen, sich aufzulösen.

Wenn ich mich *selbst* mehr und mehr kennenlerne, entwickelt sich ein größeres *Selbst-Bewusst-sein,* wie *von selbst.* Ich lerne, die verschiedensten Dis-Harmonien in mir aufzuspüren und bin in den *Stand* gesetzt, Un-stimm-igkeiten und Ver-stimmt-heit selbst aufzulösen. Das fördert enorm meine *Selbst-ständ-igkeit.*

Ich kann immer umfassender selbst darüber be-stimm-en, wie ich mich fühlen möchte und die unterschiedlichsten Aspekte meiner selbst zur Überein-stimm-ung bringen. Das ist ein großes Stück *Selbst-be-stimmung*.

Mit einfachen Mitteln, bin ich in die Lage versetzt, neue *Heraus-*Forderungen anzunehmen und dabei mein altes, eng gewordenes Welt-Bild hinter mir zu lassen. Ich werde mutig genug, meine bisherige Selbst-Einschätzung zu hinter-*fragen* – so verliere ich auch meine Ar-*roganz*. Durch diese Entwicklungs-Arbeit an mir selbst wachse ich energetisch buchstäblich über mich, mein altes Ich, hinaus.

So kann ich meine *Ausstrahlung* ein-*druck*-svoll erhöhen und *wirken* lassen. Damit erreiche ich stärkeren *Selbst-Ausdruck,* und letztlich – meine*Selbst*-ver-*wirk*-lichung!!

Das ist doch genau das, was wir uns alle wünschen! So will doch jeder leben! sagte Phil. Wir wollen die Kraft und die Möglichkeiten haben für ein selbstbestimmtes Leben … um die wahre LIEBE zu erleben! Um in FRIEDEN und FREIHEIT mit anderen zusammenzuleben und unser GLÜCK zu finden! Leise fügte er hinzu: den Glauben an GERECHTIGKEIT und an das GUTE im Menschen hatte ich auf meinem vorherigen Weg anscheinend irgendwo unterwegs verloren. Für mich war bisher die einzige Möglichkeit, mich zu behaupten und weiterzukommen, das Kämpfen, und damit hätte ich beinahe *wirk*-lich alles zerstört. Ich bin froh, inzwischen *konstruktive* Methoden zu kennen, mein Leben selbst zu gestalten und vorwärtszugehen. Jetzt habe ich Kräfte zur Verfügung, an die ich vorher nicht mal im Traum gedacht habe!

Mélodie nickte versonnen. Das erinnert mich an einen schönen Besuch im „Starlight-Express", dem Rollschuh-Musical. Eine Szene darin hat mich besonders beeindruckt: das Lied, in dem erzählt wird, was geschieht, wenn man sein Starlight findet … Mélodie machte eine weiche, weit ausholende Armbewegung, als wolle sie all diese Sterne liebevollumfassen. Ihre Augen funkelten, als sie an diese ergreifende Szene zurückdachte. Sie hörte die Melodie des Liedes in sich erklingen und begann noch mehr zu strahlen, als sie sich Phil wieder zuwandte und sagte: sieht ganz so aus, Philos, als hättest du *dein Star-Light* inzwischen gefunden.

Phil sah sie mit glücklich strahlenden Augen an. Ja, sagte er sanft, so kann man es wohl nennen.

Er bekam von Mélodie ein zärtliches Lächeln geschenkt. Da bist du also nun auf dem Weg, ein echter *Star* zu werden, geliebter Freund! Doch lass dich nicht vom Ruhm überwältigen, der auf dem Fuße folgt, denn „Ruhm ist wie ein Krokodil". Besagt jedenfalls ein weiser Spruch an einem wunderschönen historischen Fachwerkhaus in meiner Heimatstadt Höxter. Wenn ich nach meinem Spaziergang an der Weser dann durch die Westerbachstraße schlendere, bewundere ich es jedes mal. Bedenke stets: nur, solange du *bescheiden* bleibst, wird dein *Stern* erstrahlen. *Bescheidenheit* – das ist das Zünglein an der Waage.

Danke für den Tipp … und wie wär's jetzt für uns beide mit einem Tässchen heißen Kona-Kaffee und einem Macadamiakeks hier draußen im Sternenlicht?

Du denkst auch immer nur ans Essen! erklärte Mélodie fröhlich und befand, sein Angebot sei eine prima Idee.

Nachdem er Mélodie heimgefahren hatte und wieder in seiner Wohnung zurück war, drehten sich Phils Gedanken weiter um das Wesen der Gerechtigkeit. Immer noch war er tief berührt davon.

Plötzlich tauchte der Gedankengang „Gnade vor Recht ergehen lassen" in Phils Geist auf wie eine leuchtende Sternschnuppe. Gnade? tastete er sich behutsam heran, das Wesen der Gnade würde ich auch so gern verstehen…

Als er dem *Wesen der Gnade* daraufhin seine Liebe sandte, zeigte es ihm vor seinem inneren Auge die Struktur einer transparenten Pyramide.

Klar und schimmernd wie Kristall war ihre Energie, und stark, enorm stark. In ihrem Inneren schwebten drei große hellgrün strahlende Energie-Kugeln, die die Pyramide nahezu gänzlich ausfüllten. Sie vibrierten und bewegten sich langsam; zwei auf der Basis-Ebene und eine in der Spitze der Pyramide. Phil fühlte sich in die beiden bodennahen Kugeln ein: die Erste begrüßte ihn zu seiner Verwunderung mit einem hellen, liebenswerten Lachen, wie das einer vergnügten jungen Frau. Die zweite Kugel strömte liebevolle Erhabenheit aus. Die dritte Kugel in der Spitze umspülte ihn mit einer Woge von Mitgefühl. Alle drei waren stark *ordnende* Kräfte! Auch den erhebenden *Geist des Dienens* spürte Phil hierbei ganz deutlich. Hier wirken fröhliche Mächte, und sie geben gleichzeitig praktische Hilfe-*Leistung*, das ist sonnenklar. Und wie funktioniert eine solche Hilfe ...? Aha! Die Hilfe besteht darin, eine Atmosphäre der Fröhlichkeit und Entspannung, des Guten, neu Erblühenden und Aufbauenden um jedwedes Ungeordnete herum zu schaffen. Das hält weitere destruktive Einflüsse von ihm ab und hilft auf diese Weise mit, es wieder in stabile Ordnung zu verwandeln. Das *Wesen der Gnade* ist also eine regel-Recht-e Ordnungs-Kraft! kam ihm ein Gedanke, und als ihm das fröhliche Frauenlachen wieder einfiel, wusste er genau: und das auch noch mit mütterlichem Humor! Da wirkt ein großartiges Prinzip, ein edles Ideal, ein kraftvoller Geist, welcher starke Unterstützung gibt! Energetisch Schiefes und Schräges bekommt durch ihn die Chance, sanft wieder *gerade*-gebogen zu werden und sich auch durch eigene Kraft in Ruhe wieder auf-*richt*-en zu können. Da begriff Phil, dass uns die Natur in ihrer Milde und Großherzigkeit immer die Möglichkeit anbietet, den sanften, *gnaden-reichen* Weg zu erneuter *Auf-richt*-igkeit und zu einem freiwilligen, bewussten Ausgleich zu gehen. Bevor die Ge-Recht-igkeit vielleicht einen unbequemen Weg dazu in unserem Leben finden muss, der uns von unserem bisherigen begrenzten Stand-Punkt aus oft unver-*ständ*-lich ist und daher ungerecht und strafend *erscheint*. „Gnade" ist eine praktische, frohgemute, zuversichtliche Unterstützung, eine milde Gabe, die von Natur aus jedem zur Verfügung gestellt wird. Daher ist es eine *weise, noble* und *natür*-liche Haltung, wenn Menschen mit ungeordnet schiefer und schräger geistiger Struktur „Gnade vor Recht" gewährt wird. Werden sie wahrhaft be-*gnad*-igt, bekommen sie dadurch die Chance, in einer *Atmo-Sphäre echter Güte* ihre geistigen Haltungen zum Beispiel durch Vergebung *selbst* wieder *stabilisieren* und *auf-richt-en* zu können. Auch wenn sie tief gesunken waren und als „schräge Typen" noch so „krumme Dinger gedreht" hatten: durch das Wesen der Gnade kann man sie unterstützen, ihr aus den Fugen geratenes Leben wieder *auf-bauen* und in der *richt-igen Richt-ung aus-zu-richten* – anstatt sie hin-zu-richt-en. Die Natur macht uns vor, wie dies am besten geht: sie ist eben immer ein „Tickchen" mehr f ü r das Leben. Und das ist für jeden von uns *gut*! So kann zuversichtlich und frohgemut ein neuer Kreislauf auf einer höheren geistigen Ebene beginnen.

Der Sinn und Inhalt dieser Gedanken entfaltete sich duftig in Phils Geist – wie zarte Kirschblüten unter strahlendem Himmelblau im Frühlingswind, und brachte noch einen weiteren mit sich:

Gnade ist die allumfassende Milde des Lebens

Eine geraume Weile noch verbrachte Phil sinnend in seinem geliebten Großvatersessel sitzend. War das ein erfahrungs-reicher Tag! sagte er zu sich selbst. Als er sich etwas später zum Schlafen legte, wanderten seine Gedanken nochmals zurück zum *Wesen der Gnade* und er sandte ihm dankbar erneut seine Liebe. Wieder zeigte sich ihm die Pyramide mit ihren inneren grün strahlenden Kugeln vor seinem geistigen Auge. Plötzlich fühlte er sich eingeladen, sie sogar noch weiter erforschen zu dürfen. Erneut versetzte er sich in ihr Inneres hinein und schwebte diesmal von der unteren Ebene der beiden Kugeln langsam nach oben. Als er sich etwa in der Mitte der Pyramide befand und sich dort einfühlte, spürte er um sich her eine starke Energie, die ihn sogleich herrlich erfrischte und belebte. Erfreut schwebte er weiter nach oben, hinein in die Pyramiden-Spitze und – ehe er sich's versah, wurde sein Bewusstsein von dort aus hinauskatapultiert! Und einen Sekundenbruchteil später fand Phils klares Bewusstsein sich gemütlich im All schwebend wieder! Gelassen schaute er hernieder auf die Erde ... ein glitzernder Edelstein ... Rings um ihn her schimmerte das diamantene Gefunkel von Millionen Sternen im nachtschwarzen Raum, und links neben sich bemerkte er eine hell strahlende Gestalt. Direkt sehen konnte er sie nicht, aber er nahm sie schemenhaft aus den Augenwinkeln heraus wahr. Er fühlte sich sehr wohl und in völliger Sicherheit mit seiner leuchtenden liebevollen Begleitung, die ihm eigentümlich vertraut war ...

Am nächsten Morgen drehten sich Phils Gedanken um diese wunderbare Begegnung und auch um die Gespräche mit Mélodie. Er fragte sich, ob die gemeinsame Entdeckungs-Reise weitergehen würde. Würden sie weiterhin so Großartiges erleben? Er konnte ja nicht ahnen, dass sie noch viele köstliche geistige Abenteuer miteinander erleben sollten: bald würde er nicht nur wissen, wie man seinen Schutzengel direkt erreichen und mit ihm sprechen kann ... auch über Bodenständiges sollte er staunen: gemeinsam mit Mélodie würde er die echte Haute Cuisine kennenlernen und dabei einmal so recht nach Herzenslust nur „ans Essen denken". Warum Diskussionen ganz und gar nicht das „Gelbe vom Ei" sind würden sie *erfahren,* und woran genau man politische Grandezza erkennt. Sie würden nie Gehörtes über Kunstschätze herausfinden! Und mit-fühlend begreifen, warum schwerreiche Leute es wahrhaftig nicht leicht haben. Wohlwollend neutral würden sie hinter Kulissen schauen und liebevoll so manches Geheimnis buchstäblich in *Erfahrung* bringen ... sie würden erkennen, was wirklich „cool" ist – und ... und ... und ... Und natürlich würden sie wieder schwelgen in einem ihrer Lieblingsthemen:

A L O H A !!!

Fortsetzung folgt......

Quellen-Verzeichnis

1 Drosdowski, Günther (Hrsg.): *Duden Etymologie,* Dudenverlag, Mannheim 1989
2 Elaine Aron: *Sind Sie hochsensibel?,* mvg Verlag, Heidelberg
3 Susan Marletta-Hart: *Leben mit Hochsensibilität,* Aurum Verlag im J. Kamphausen Verlag, Bielefeld 2011
4 Pierre Pradervand: *Segnen heilt,* Reichel Verlag, Weilersbach 2010
5 Bruce H. Lipton: *Intelligente Zellen – Wie Erfahrungen unsere Gene steuern,* Koha Verlag, Burgrain 2006
6 Bill Watterson: *Calvin und Hobbes,* Wolfgang Krüger Verlag, Frankfurt am Main
7 Tom Brown, Jr.: *Das Vermächtnis der Wildnis,* Ansata-Verlag, CH-Interlaken 1992
8 Helen E. Waite: *Öffne mir das Tor zur Welt*, Verlag Freies Geistesleben, Stuttgart 1993
9 Peter von Tresckow: *Kennen wir uns nicht?* Verlag Zweitausendeins, Frankfurt am Main 1997
10 Stephanie Noelle: *Amerikanische Collies,* Pro Business, 2009
11 Linda Tellington-Jones & Sybil Taylor: *Der neue Weg im Umgang mit Tieren,* Franckh-Kosmos Verlag, Stuttgart 1993
 - dies.: *TTouch for you,* Stuttgart 2003
12 Georges Simenon: *Maigret verliert eine Verehrerin,* Diogenes Verlag, Zürich 1987
13 Phil Rosenzweig: *Der Halo-Effekt,* GABAL Verlag, Offenbach 2008
14 Julia Friedrichs: *Gestatten – Elite,* Hoffmann und Campe, Hamburg 2008
15 Georg Parlow: *Zartbesaitet,* Festland Verlag, Wien 2003
16 Joachim Bauer: *Prinzip Menschlichkeit,* Hoffman und Campe Verlag, Hamburg 2007 ders.: *Warum ich fühle, was du fühlst*
17 Katya Walter: *Chaosforschung, I Ging und genetischer Code,* Eugen Diederichs Verlag, München 1992
18 *PONS Wörterbuch der Jugendsprache,* Ernst Klett Sprachen GmbH, Stuttgart 2002
19 Franz-Peter Mau: *EM,* Wilhelm Goldmann Verlag, München 2002
20 R.L. Wing: *Das Arbeitsbuch zum I Ging,* Eugen Diederichs Verlag, München 1990
21 Hajo Banzhaf: *Das Arbeitsbuch zum Tarot,* Heinrich Hugendubel Verlag, München 1995 ders.: *Schlüsselworte zum Tarot,* Wilhelm Goldmann Verlag, München 1990

22 Juliane Werding:(CD): *Land der langsamen Zeit – Tropfen im Fluss* (Buch): Songbuch

23 Lee & Mae Keao: *Cooking with Hawaiian Magic*, The Bess Press Inc., Honolulu 1990

24 Michael Ende: *Jim Knopf und Lukas, der Lokomotivführer*, Thienemann-Esslinger Verlag, Stuttgart 2015

25 Hank Wesselman: *Die zwölf Wahrheiten des Nainoa*, Schirner Verlag, Darmstadt 2008

26 Paul Ka'ikena Pearsall: *Aloha – die Lust am Leben. Lebenskunst auf polynesisch*, Verlag Hermann Bauer, Freiburg 2000

27 Wolfdietrich Rasch: *Joseph von Eichendorff – Werke in einem Band*, ©Carl Hanser Verlag, München 1977

Hinweis:

In dem Wort „Rekordzeit" im Titel dieses Buches steckt ein kleines Rätsel - und des

Rätsels   Lösung steckt in Band 2!

Über die Autorin

Anastasia Rödiger, Jahrgang 1955, wuchs auf in Deutschland, in Höxter im Weserbergland, und übte ihren ersten Beruf im Bereich der Schulmedizin aus. Mit der Zeit erkannte sie ihre Fähigkeit, feine Energien wahrzunehmen und akzeptierte ihre Hochsensibilität. Nachdem sie ihre medialen Gaben zu lieben gelernt hatte, folgte sie ab Mitte der 1980er Jahre ihrer Berufung als Spirituelle Lehrerin. Ab 1995 wurde sie inspiriert, mittels eigener Erlebnisse eine Erkenntnis-Methode zu entwickeln, die sie „Essenz-Erfahrung" nennt, und die auf der Grundlage einer seit Jahrtausenden bewährten respektvollen Methode zur Bewusstseins-Entfaltung und Persönlichkeits-Entwicklung beruht. Daraus entstand diese Buchreihe, in der sie einen Teil ihrer Erfahrungen veröffentlicht.
Auf mehreren Reisen entdeckte sie ihre tiefe Liebe zu Hawai'i und ihre Verbundenheit mit dem Aloha-Spirit.
Ein großes Anliegen ist ihr die Entwicklung von innerem und äußerem Frieden. So absolvierte sie 2009 eine Ausbildung zur Mediatorin.
Anastasia Rödiger ist ausgebildete Geistheilerin, Lebensberaterin und Rainbow Reiki® - Meisterin und Lehrerin. Die Schwerpunkte ihrer Tätigkeit liegen derzeit im Coaching von sensiblen und hochsensiblen Menschen und in der medialen Lebensberatung. Sie ist Ausbilderin im Fachbereich Geistheilung.
Ganz besonders liegt ihr das Wohlergehen der Indigo-, Regenbogen-Delfin-, Stern- und Kristall-Kinder am Herzen: unserer hochsensitiven Kinder der Neuen Zeit.

Kontakt zur Autorin:

www.reiki-hierosgamos.de

info@reiki-hierosgamos.de

Von Herzen danke!

An meine ganze Familie:
Diese Buchreihe habe ich nur schreiben können mit eurer direkten und indirekten Unterstützung, von jedem auf seine spezielle Weise!

An Simone, Astrid, Rajko und Ralf:
Mit Eurer tatkräftigen Hilfe und Eurem guten Rat war diese Neuauflage erst durchzuführen für mich!

An den J. Kamphausen-Verlag:
Sie gaben mir die Chance, als Autorin bei tao.de ein „Zuhause" zu finden – und ich fühle mich bei Ihnen in der Tat bestens betreut!

An KleiDesign:
Ihre Design-Ideen und Ihre gute Arbeit, und nicht zuletzt Ihre Engels-Geduld waren das Zünglein an der Waage für den Erfolg!

An Tredition:
Ihr liebenswürdiges Entgegenkommen auch bei meinen ungewöhnlichen Ideen freut mich sehr!

An Dr. Rüdiger Dahlke:
Die Erlaubnis, Ihre spezielle Silben-Trennung in meinen Büchern zu übernehmen, macht das Wesen der Worte im Text noch transparenter für die Leser!

Ganz besonders an: Tiger, Phönix, Michael, Gabrielle und all die anderen wundervollen Wesen, die ihr Tag und Nacht für mich da seid!